U0092813

文學與人生

－此情無計可消除－

陳碧月・著

自序——

相思本是無憑語

聽說學院裡的教授，都不太願意上通識課程，原因是：沒有成就感。大學生在學兩年或四年中，就其僅選修的幾個學分，怎麼可能會獲得什麼「通識」（具有多種知識，如歷史、文學、哲學、數學、語言、宗教、法律和修辭等），這確實也不無道理；但也許是我才疏學淺吧！我倒是在通識的課程裡，如魚得水，和來自不同專長領域的學生的互動中，給他們一把鑰匙，去開啟文學的那扇門，我也從他們的想法中持續學習；讓他們透過閱讀，去辨識、溫習與內省，進而跨學科去接受各種觀念，我想，這是通識教育的精髓之一。

拜電子信箱所賜，各種勵志溫馨的文章被轉貼傳送，我常想，若其傳播的速度和教化的程度可以成正比落實，那麼也許我們就可以透過文學的救贖——努力擺開桎梏人心的貪婪、脫離累積的集體潛意識的苦悶與焦慮，或者學習用腦袋取代感官來談情說愛——以正面能量，化解內心的深層迷思。

去年教過的學生，來了一封信，問我要不要「無怨的青春」的CD？他說這片CD應該算是紀錄了五年級生的回憶——應該用什麼來包裹起我們共度的歲月，是滾燙的淚，還是痛快的乾杯——在飛揚的樂音中，我整理了從大學時代以來投稿在報章雜誌上的散文，像是和自己的青春展開了一趟旅行。

我在電腦上「剪剪貼貼」，在鍵盤上敲下「春日和風」。想像自己到青絲染成霜，或者面對滄海桑田的改變，應該還是可以藉由文學得到超然。當風煙雲嵐靜默地散會；當天空星辰繁密地集合，我思故我在。

本書除了將發表在報章雜誌上的散文集結外，還融入其中，分為七個部分，透過文學作品，介紹文學與人生的聯繫，還有勵志、親情、友情、愛情、兩性關係、關懷和旅行文學等主題，沒有太多學術的理論，適合「通識」閱讀。內容除了中外文學作品與電影的舉例介紹外，其中還特別分析了幾篇大陸當代小說，以因應兩岸文學日漸交流的頻繁。

本書版稅將全數捐予聯合勸募中心，讓我們在一起享受文學的心靈饗宴時，感覺更有意義。

陳碧月

二〇〇三年八月

目次

Contents

第一章

概說文學與人生

學習目標

研讀本章內容之後，學習者應可達成下列目標：

1.認識「文學與人生」。

2.瞭解文學的價值。

3.明瞭閱讀的價值意義.。

4.透過文學了解與人生的聯繫。

文學的價值

「文學」指的是文獻典籍、文章博學；用語言文字表達思想、情感和想像的藝術，如詩歌、散文、小說和戲劇等。而透過詩歌、散文、小說或戲劇的閱讀和欣賞，所得到的啟發、感想與省思，那就是文學的價值所在。

魯迅的＜藥＞，不但反映了在舊中國社會人們受迷信思想的荼毒，還說明了革命家脫離低層勞動群眾的弱點。華老栓為了救治兒子的癆病，傾其所有買來蘸有人血的饅頭，那是一位革命烈士的鮮血啊！後來，兩位送黑髮人的母親，在兒子的忌日在墳上遇見了的場面，更是諷刺而哀戚。

琦君〈橘子紅了〉裡所呈現的認命的宿命觀，也是傳統女性的可悲所在，其中還涵蓋了一些迷信的成分。

十八歲的秀芬，小學沒念畢業就休學了。她娘是填房，爹死了，娘就改嫁了。娘死後，跟著沒有血緣關係的哥哥嫂嫂在一起，日子很難過。哥哥嫂嫂甚麼事都叫她做，還嫌她在家吃閒飯。又嫌她命硬，訂了親，新郎不久得痢疾死了。這樣的「望門寡」，連做填房都沒人要，只能做偏房。

橘園的大富人家的大媽打聽了秀芬家，左鄰右舍都說她又勤快又規矩，就叫人去說媒，她哥哥嫂嫂一聽便答應了，說好五百銀元當禮金，以後兩家就不來往了。

「算命先生說她八字太硬，做新娘一定要從豬欄邊進來，對男家才會吉利。新娘衣服外面還得罩件黑布杉，跨進豬欄邊門，把黑布衫脫在門外，晦氣也就攔住在後門外了。」（洪範出版社，一九九〇年，頁26。）當然從小說的結局來看，這個所謂的化解的方法，也是沒什麼效果。

×　　　×　　　×

張愛玲＜金鎖記＞，描寫民初一名叫曹七巧的女子，家裡貧困，只好嫁給患有軟骨症的姜家二爺，二爺在姜家毫無地位，七巧已經被看不起了，再加上她貧窮的出身，婆媳妯娌排擠她；她在身心靈都得不到滿足的情況下，和小叔發生了若有似無的情愫，她愛上小叔卻也得不到真愛。

二爺過世後，七巧不畏「強權」爭得了屬於她的財產。在當家主政後，以幾近變態的行徑，投射在兒女身上，控制著兒女的婚姻。長久以來，她在人性與情慾的壓抑下，內心遭到嚴重的扭曲，一生孤寂。

財富與權勢的枷鎖重重鎖住了她的幸福，在糾結的情慾、權力和金錢的慾望中沉浮。

蕭麗紅《桂花巷》裡的高剔紅，從小生長在窮苦的家庭中，她的弟弟為生計出海捕魚被淹死，正因如此，她了解到貧窮的可怕，選擇嫁入豪門，捨棄真心所愛的漁民秦江海，婚後不久，丈夫死亡，她開始掌握一切，也開啟了她下半生的愛恨情仇。

蕭颯《如夢令》裡的于珍先上車後補票嫁給了雜貨店無能的少爺。經過婚後的兵荒馬亂，她利用她的姿色、出賣她的身體去接觸商場上可以讓她扶搖直上的人物，她成了女強人，後來又從高峰處跌落，她從丈夫身邊搶過女兒。當她指責還在就讀中學就懷孕了的女兒時，她面對女兒鄙視的眼光，突然頓悟她以為自己得到了一切，可是如今面對女兒，她第一次知道外在的物質和虛榮並不能滿足全部的人生。

文學反映人生。當我們在面對人生的抉擇時，可能會透過閱讀的歷史經驗去取樣，你在記憶裡所找到的參考，可能就是一則預言，是一種生命的召喚，告誡你和今昔、未來的可能處境參差對比，然後，冷靜而理智地直面人生做出正確的判斷與決定。

閱讀的必要

余秋雨在《台灣演講》中曾說過：「閱讀的最大理由是想擺脫平庸，一個人如果在青年時期就開始平庸，那麼今後要擺脫平庸就十分困難。」

現在是一個自我銷售的時代，經由閱讀，可以增進你的語言表達能力，一句話可以清楚表達的，你不會用五、六句話還讓人家聽得一頭霧水；經由閱讀，可以讓你簡潔明瞭、順暢達意地完成一份履歷表或者文書報告；經由閱讀，可以讓你「腹有詩書氣自華」，加強你的人際關係。

透過閱讀，我們可以發現自己，可以更容易去表達所思所想，去傾聽，去感受人間充滿了愛的交響的震撼，進而對生命發出禮讚和眷愛。

因為知道自己要什麼，所以，你可以大刀闊斧地選擇要把自己的人生描繪得像傳統的工筆畫，還是像印象派的朦朧；因為知道自己要什麼，所以，你可以用心地去感受生命所帶來的愛恨嗔痴，痛著的感覺，也能體會些道理出來；因為知道自己要什麼，所以，你可以在全力以赴時，將不為人知的特質充分展現。

張忠謀的父親是個銀行家，在張忠謀十五、六歲時，只要家中設宴，他一定要張忠謀作陪，他希望張忠謀能透過傾聽大人們的對談，多方面啟迪他的思想。也許因為這樣的早熟，使得這位科技之父早早養成閱讀的習慣，至今每天一定仔細瀏覽數份英文報紙，並將重點剪輯或筆記，不斷地學習，以隨時掌握全球資訊。

站在自己的世界頂端

一個學生說他很喜歡旅行，可是進了科技大學後，不但課業繁重，他甚至已經可以想像以後進入工作職場後，沒日沒夜的低品質生活；我告訴他：「很多事情沒有可不可以，只是你要不要。」

侯文詠在即將邁入中年時，毅然決然地辭去大醫院專任的醫師職位，專心從事寫作。他在《我的天才夢》中提到：「或許人生能按照自己希望的活下去，才是最重要的事吧，一個人生命中最了不起的成就，無非就是發現自己和勇敢地成為自己。」

我認識一位科技公司的負責人，他可以在工作遇到瓶頸時，暫時放下一切，跑到微風廣場下午茶；他可以一時興起，在假日出遊了一整天後，還奔赴擎天崗數星星；他可以藉由每天的閱讀，隨時修正自己。

科技的東西，瞬息萬變，他曾遇到決策關卡，半夜思索，找不到出路，便到敦南誠品耗幾個小時；工作再忙再累，也要讓鬧鐘叫醒他，趕赴清晨6：45健身房的第一堂舉重有氧，然後再從容地去主持會議。

他覺得忠於自我才是最重要的，用「面子」問題去箝制一個人的感覺，無非是對生命的一種綁架。

有些人要花很多的錢，卻買不到什麼快樂；可我總見他，甚至可以不花錢，就能夠在心靈上得到很大的滿足。

每個人都可以打開自己心靈的那一座秘密花園，只要你願意。

試問你瞭解自己嗎？有多少人是真正明白自己想要過

什麼樣的生活，還是只是讓生活牽著鼻子走？你對你的生命充滿熱情嗎？還是只是貪圖追求一時的享樂和快感？

×　　　　×　　　　×

張愛玲〈紅玫瑰與白玫瑰〉裡的振保的生命裡有兩個女人彼此糾結著，一個是他的白玫瑰，聖潔的妻子；另一個是紅玫瑰，熱烈的情婦——「也許每一個男子都有過這樣的兩個女人，至少兩個。娶了紅玫瑰，久而久之，紅的變了牆上的一抹蚊子血，白的還是『床前明月光』；娶了白玫瑰，白的便是衣服上沾的一粒飯黏子，紅的卻是心口上一顆硃砂痣。」（《傾城之戀》，皇冠出版社，二〇〇一年，頁52）

這一段話很「經典」地傳達出人心的欲求不滿，因為欲求不滿的搖擺，不但荒廢了青春，也錯失了幸福。

往往我們面對所處的環境都很會抱怨，而且愈年輕愈是如此，學生時代抱怨學校、老師；出了社會抱怨公司制度、主管。我們很少真正去檢討，其實那是自己所選擇的，那麼既然是自己所選，既來之，則安之，為什麼不去努力接受、或試著在合理的範圍尋求改變，你唯有試著去愛、去參與，才能找到樂趣，對於你所選的科系是如此，工作也是。

劉必榮教授在一場演講中談到「談判」，他舉了自己賣房子的經驗。前後共有三個房屋仲介和他接洽——第一位，一進到房子便開始挑毛病，從格局不佳，講到風水差，整間屋子被他批評得體無完膚；第二位，在房子外就開始稱讚房子地段的生活機能優，進了屋更不用說了，從採光佳誇到坪數適宜，最符合小家庭的需求；第三位，除了具有第二位的優點外，還主動從公事包裡拿出抹布，東擦擦、西抹抹的，說是只要再費點心打掃一番，一定可以賣到更好的價錢。

劉教授說，無庸置疑地他最後當然選擇將房子交給第三位仲介去處理，因為，他感覺到這位仲介比他更愛他的房子。

每個人都想站在自己的世界頂端，大口呼吸，欣賞柳絮楊花，聆聽鳥叫蟲鳴，既是如此，那就讓我們在學習中追求新知，在工作中學習成長，在成長中容許缺憾，如此，才不會在現實中失去動力。

人生・不可理喻

我有一個同事告訴我，她曾經做過兩個奇異的夢。

她的姐姐，在生完第一胎四年後，拿掉避孕器準備懷第二胎，可經過幾番的努力，仍舊毫無消息。

前一陣子她的姐姐和姐夫到大陸旅遊時，她做了一個夢，夢見姐姐和姐夫從大陸回來，並帶了一包紅棗給她，她當場打開紅棗，拿起一顆，塞進嘴巴裡時，對她姐姐說：「早生貴子。」

幾天後，姐姐和姐夫回國了，打電話告訴她：「我終於又懷孕了。」

還有一次，她八十九歲的奶奶，在過年時生了一場病，全家人都擔心奶奶度不過這個年關，大家的心裡也都做了最壞的打算。

然而，就在一個風大雨急的夜晚，她做了一個夢。

她夢見奶奶提著行李準備去遠遊，她陪奶奶去等車，巴士遠遠駛來，她朝車裡看，車裡坐滿了一些上了年紀的老人，老人們穿著清朝時期的衣服，每個人的臉上沒有任何表情。

奶奶從她手裡接過她的行李，然後揮手和她道別，便上了車。她在塵土飛揚中目送奶奶離開。

回到家後，居然發現奶奶站在門口等她。

「奶奶，您怎麼回來了？」她有些莫名。

奶奶慎重其事地說：「車上人太多，太擠了，我根本沒位子坐，所以，我不去了。」

隔一天早上，她的奶奶從昏迷中醒來。

她的奶奶今年已經九十一歲了。

人生所以有趣，在於你不知道下一步將會有什麼喜怒哀樂發生，可能有窮光蛋一夜致富；也可能有家財萬貫者，一夕間窮途潦倒，曾經人人爭相攀附，如今避之唯恐不及。

宋話本的公案小說《錯斬崔寧》是一則巧合的悲劇。

陳二姐的身懷十五貫錢的丈夫醉酒回家，戲稱要賣了她，她信以為真，連夜逃跑，途中與一賣絲的商人崔寧邂逅，兩人同行；而其時陳二姐的丈夫正好被盜賊所害，且偷走他身上的十五貫錢；官兵追到陳二姐，搜出崔寧身上正好也有十五貫錢，於是兩人成了通姦謀財的兇手。當然，後來，百轉千折，真相大白，但也枉送了一條人命。

余華為其小說《活著》設計了這樣一個情節：福貴本是少爺，在荒唐的生活後，敗盡家產，把一百多畝的土地全賭輸了，開始過著貧窮人的生活。孰料後來因禍得福，在中國大陸土地改革時，將地主的土地沒收，也將地主判為黑五類，福貴因此免於一死。

你看，是不是很不可理喻！？

有一篇西洋短篇小說，說一個人開著車，路上遇到一個衣著不整的人搭便車。上車後，車主覺得那人的言談舉止有些怪異，於是摸摸自己的口袋，發現手錶不見了，於是不動聲色地拿起手槍，對搭便車的人說：「把手錶交出來。」對方情急之下脫下了自己的手錶，倉皇下車。車主自得意滿地繼續往前開，後來，居然在另一個口袋發現自己的手錶。

美國小說家歐．亨利的《麥琪的禮物》寫一對貧困的夫妻互贈聖誕禮物的故事——妻子賣掉自己一頭金髮，買了金錶鏈要送給丈夫；而在另一頭的丈夫卻是賣了金錶，買了髮梳要送給妻子。

人生有太多的事情是不可理喻的，你只能讚美、嘆息或迎接，因為還沒有蓋棺論定前，你都無法預知還會有什麼事情發生。

人生短短數十年，凡事又何必太計較，為了小事，爭得臉紅脖子粗，為了名利，不擇手段去謀取，但其所得卻又是生不帶來、死不帶去的。其實，盡情且負責任地釋放自己的生命的能量，才是可以掌握的踏實。

既然，我們敵不過命運的安排，那麼就像方孝孺的〈深慮論〉裡所說的「積至誠，用大德，以結乎天心，使天眷其德，若慈母之保赤子而不忍釋」吧！

（部分原載於〈夢〉，《自立晚報》，二〇〇一年五月二十九日，第十五版。）

閱讀人生地圖——GPS隨想

第一次對GPS留下深刻印象，是在動作大導演吳宇森所導的《Misson: Impossible 2》，飾演特別幹員的湯姆克魯斯（Tom Cruise），要追殺一位背叛他們的冷血間諜，這個恐怖份子偷取了致命病毒，並妄想以此摧毀世界，湯姆克魯斯必須要阻止這個瘋狂行為。片中這個恐怖份子把被注入病毒的女主角放到雪梨去，而湯姆克魯斯和他的電腦天才搭檔，使用電腦系統搜尋女主角。而那個產生定位追蹤人物作用的系統就是GPS（GLOBAL POSITIONING SYSTEM）——全球定位系統。

拜訪一個從來沒有聽過的地方，一個完全陌生的城市，車載GPS導航儀可以讓你不用問路，擁有一切盡在掌握的安全感。

我實在訝異於那樣一個小小的東西，可以準確地知道你的所在，好像是人的隱私赤裸裸地在眾人面前揭露；還有你要循規蹈矩，GPS會知道每條路的速限，你一超速它會提醒你不可開太快。

GPS原是只應用於軍方的系統，美國將GPS中的二十四顆衛星全部發射升空後，這項歷時二十八年，耗資巨大的工程便開始平民化地展示它無窮的魅力。它能夠利用空間衛星、地面監控以及用戶終端設備之間的相互作用，不管是在海陸空，它都能夠利用準確的目標定位能力，提供導航定位。

我心想：如果每個人都有屬於自己的GPS，清清楚楚地導航告訴你——在求學時應該要唸哪一個科系，畢業後應該要走哪一行，應該要找什麼樣的對象結婚，那是不是會比較好？因為，我們就不會唸錯科系、入錯行、嫁娶錯人，而耽誤寶貴的生命，然而，但若如此是不是我們也會失去摸索生命的快樂？

美學大師朱光潛說過，人生所以美好，就在於她的不完美，因為不完美，使得我們有了希望，試想如果人生毫無缺陷，那麼何來期待呢？人生最愉悅的不就是我們在努力付出的過程所產生的五味雜陳的感覺嗎？所以我們要努力追求自我實現，而在追求的過程中享受她的美好。

網路上有一個很有意義的故事：一隻狐狸，在路上閒逛時，眼前忽然出現一個很大的葡萄園，葡萄園的四周圍著鐵欄杆，狐狸想從欄杆的縫隙鑽進葡萄園內，品嚐讓牠垂涎三尺的葡萄，可是卻因為祂的身體太胖了，根本鑽不進去。於是狐狸決定減肥，讓自己瘦下去。狐狸在葡萄園外餓了三天三夜後，果然瘦到順利地鑽進葡萄園內，大快朵頤起來。但是，當祂吃到心滿意足要溜出園外時，卻發現自己又因為吃得太胖而鑽不出欄杆，於是只好又在園內餓了三天三夜，讓自己瘦得和進來時一樣，才得以順利鑽出園外。

這個故事表面上消極看來好像是白忙了一場；可是說故事的人卻要我們看問題的重點，這個故事的重點在中間的部份，畢竟狐狸在葡萄園內享受葡萄時是多麼地快樂啊！

每個人赤裸裸地來，也終將赤裸裸地去，雖然到頭來可能是一場空，什麼也帶不走，但總也要在過程中享受忙碌與付出的快樂。

有了GPS降低了走錯方向的機率，但沒有GPS，我們卻可能因為走錯路，而柳暗花明又一村，而改變既定的行程，於是，發現更美的桃花源。

事實上，即便是有GPS，還是會有意外狀況發生，明明這條路已經改成禁止左轉，但螢幕上卻規劃你要左轉。就像我們開車要去找一個森林步道的登山口，但是因為道路施工封閉，只好違背GPS的指示，往另一個方向走，結果居然發現一間不錯的花園餐廳。

我喜愛旅行，到世界各地蒐集旅遊的戳章，但最難忘的還是第一次到歐洲兩個月的自助旅行，因為每一站的未知，因為未知而伴隨來的冒險的快慰。

你是不是也有這樣的經驗？跟團旅行，在導遊按表操課結束了一天的行程後，你離開既定的框架，即使是信步走在街頭轉角的白牆藍瓦的巷弄間；隨意走進一間小酒館淺酌一杯；凝神細聽你所拾級的每個階梯；還是隨著眾聲喧嘩而去與陌生人的短暫交談，這些在意料外的，反而是最有趣，最令人印象深刻的。

人生還是有很多狀況，無法按照事先繪製規劃儲存好的地圖去走，但無論如何，我們總要先定位好自己，就像先在GPS上設定好你的目的地一樣，即使你在途中臨時改變了方向，它才有辦法再為你找出另外一條通往目的地的路。

隨筆至此，我想到，甚至連裕隆汽車的TOBE系統都還要開口和服務人員對談提問，但是有了GPS，人們不需要再開口問路，GPS——又讓人更孤僻了！

（原載於今日生活雜誌 第三七八期　2005年12月第七七至七八頁）

▶ 問題討論與活動設計

Q 何謂「文學」？請舉篇章說明與人生的聯繫關係。

Q 請說明文學的價值。

Q 請說明閱讀的力量？以及你的閱讀習慣與喜好的文學類型的理由？

Q 請說明我們如何在生活中透過文學得到借鏡？

第二章

勵志文學與人生

學習目標

研讀本章內容之後，學習者應可達成下列目標：

1.認識「勵志文學」的涵義。

2.瞭解勵志文學的價值意義。

3.明瞭文學的勵志力量。

4.透過勵志文學提昇人生的能量。

用心琢磨師生情

走進新教室，面對一群新面孔，我見到他們眼中的期待。

「在這個動盪不安的時代，我們應該慶幸可以有緣聚在這裡一起學習成長。尤其是我們學文學的，我們要感謝我們可以用文學來滋養我們的心靈，免被外在的不安環境給打倒。」

我對他們說：每學期會抽點三次名，第一次點不到人，就用立可白把你的姓氏在我的成績冊上塗掉；第二次再見不到人，成績冊上的你就只剩一個字；第三次你再「不告而別」，就永遠不要來了。

「有沒有什麼歐陽啊！范姜啊！還是其他複姓的？」我環顧了一下四週。

學生們交頭接耳。

「如果有，恭喜你，你有四次機會。」

全班同學都眉開眼笑起來。

馬上有位同學舉手。

我問他：「你是單名嗎？」

「是啊！我只有兩個字。」他一臉委屈。

「那算你倒楣，你只有兩次機會。」我玩笑地說。

大家笑得更是開懷。

我準確地以幽默的方式傳達了希望他們不要缺課的訊息。

面對現今e世代的新新人類，難為的是現代的夫子，也要隨時努力以「萬變」來應萬變，還要學習扮演多重的角色，才能在教室的戰場上，凱旋而歸。

有一位國中老師感慨現在e世代的學生難帶，學生無法體會老師的諄諄教誨，尤其是女老師，根本惹不起一些「霸道」的男同學。有一位女老師住在學校附近，她把她的「黑貂」車停在學校的停車場，有一天，她要去開車，一打開遮雨棚時，才發現她的車子已經變成「花貂」了。

×　　　×　　　×

我熱愛我的工作，自認相當用心琢磨於師生的情誼。

有一個專三的學生，上課不專心，老愛望著窗外發呆，我問他：「是不是在想女朋友？」

在全班同學的起鬨聲中，他羞得臉都紅了。

我對他說：「古文雖然較乏味，但是只要用心理解，還是會有收穫的。」

接著，我在黑板上寫下：「死生契闊，與子成說；執子之手，與子偕老。」

我告訴全班同學，這是出自詩經的「擊鼓」詩。有一天，有個夜二專的女生拿了這四行字，說是她男朋友寫給她的，要我幫他翻譯。

我告訴她：「妳男朋友說他生死都永遠不和你分離，他對妳的誓言銘記在心裡，他要緊緊握妳的手，和妳到老永不分離。」

轉述至此，全班同學異口同聲地歡呼起來。我趁機對他們機會教育一番。接著，我看見幾個同學振筆疾書，把黑板上的四句話抄錄下來。

我搖搖頭損他們說：「你們真現實，我看你們記翻譯都沒那麼認真。」

× × ×

我從《詩經》的＜關雎＞談起＜子衿＞——

青青子衿，悠悠我心。縱我不往，子寧不嗣音？
青青子佩，悠悠我思。縱我不往，子寧不來？
挑兮撻兮，在城闕兮！一日不見，如三月兮！

詩中的女子為著這位身著「青青子衿」的青色衣領男子而「悠悠我心」。女子深深思念著他，所以才會有「一日不見，如三月兮」的感觸。思念到極點，女子反問：「縱我不往，子寧不嗣音」、「縱我不往，子寧不來」，就算我沒去找你，你難道不能捎個信或親自來看我嗎？

女子的語氣從叮嚀到焦急，情感的節奏也從閒散而緊密，這都表現了女子「欲語還休」的心理狀態。

隔天，一個女同學欣喜若狂地到研究室找我，說她和男友嘔氣很多天，男友打手機給她，她故意不接，後來，他就沒有再打來了。昨天她發了電子郵件給他，信裡就只把＜子衿＞敲了進去，過了不久，這個唸中文系的男友就騎著機車來找他了，還直誇她有氣質呢！

× × ×

台科大有個男同學說，他來修「文學與人生」這門課，是想知道文學和人生究竟有什麼關係？

有一次上課，介紹到李之儀的＜卜算子＞——

我住長江頭，君住長江尾。
日日思君不見君，共飲長江水。
此水幾時休，此恨何時已。

祇願君心似我心，定不負相思意。

期末批閱到那位同學的書面報告，他在報告末尾PS說：「老師，謝謝您一學期來的教導，我收穫良多。最近，功課很沉重，很久沒有和在中部唸書的女朋友見面了，我把您抄在黑板上的＜卜算子＞抄給她，她非常感動，我們的感情又加分了。」

×　　　×　　　×

自從手機普遍流行後，我想很多老師上課時，都曾受其擾，即使你再三規定上課要關機，但一定還是有狀況發生。

有學生放在抽屜裡開了震動的手機，漫天搖動，我瞪了他一眼，隔壁的同學替他解圍說：「老師，那是電動刮鬍刀啦！」

還有一次，聖誕節前夕，有個同學的手機響起“We wish your Merry Christmas”，我還來不及反應，他馬上說：「老師，祝妳聖誕節快樂。」

這何嘗不是當老師的甘苦？你不能對學生生氣，因為他們是不懂事的孩子，需要你去用心「琢磨」；你還必須與時俱進，必要時和他們稱兄道弟啊！

（部分原載於〈用心琢磨師生情〉，《聯合報》，一九九六年九月二十八日，第三十六版。）

白日莫空過

我第一年在大學裡教授「文學與人生」的課程，這一學期來跟著學生的成長而成長，這是當初意料之外的收穫。

我和他們談到文學的實用性，舉漢樂府〈上邪〉為例：「上邪！我欲與君相知，長命無絕衰，山無陵，江水為竭，冬雷震震，夏雨雪，天地合，乃敢與君絕。」我說這應用在生活中，可以寫進情書裡，我解釋說：天啊！我要一生一世都和你相知相許，只有等到山沒有陵線、江水枯竭、冬天出現震震的雷雨、夏天下雪、天與地相合，我才會和你分離；可是這些情況是不會發生的，所以，我會永遠和你長相廝守。馬上有同學等不及下課便拿起手機發簡訊。

我和這群理工科的學生說起多情的賈寶玉、執著的林黛玉和世故的薛寶釵；徐志摩生命中的三個女人——徐志摩用「小腳和西服」比喻他和張幼儀不協調的婚姻，而張幼儀又是如何堅毅地從狹隘的傳統婚姻中走出來，並且感謝徐志摩擴大了她的生命視野，不然，她的生活空間可能只是他們家小小的廚房；林徽音怎麼理性地拒絕了立志要當中國第一個離婚的男人的徐志摩手上的那張得來不易的離婚協議書，而當她選擇嫁給梁思成，梁思成問她：「為

什麼是我？」林徽音說：「我將用一生的時間來回答你這個問題。」到後來，梁思成趕赴徐志摩飛機失事的地點，還為林徽音撿了一塊飛機殘骸，讓她供在家裡廳堂的正中央；似仙是魔的陸小曼怎麼決定了徐志摩的命運。

×　　×　　×

我們穿越時空走進了張愛玲〈傾城之戀〉裡的淺水灣，想像一個急著找長期飯票的白流蘇和一個只想談一場浪漫戀愛的范柳原，兩人是如何較勁去征服對方；我們還墜入白先勇筆下〈那晚的月光〉裡的美麗朦朧的月色中，大學生的男女主角在迷離的月光下，意料之外地懷孕了，就那麼一次，因為「都是月亮惹的禍」，男主角不得不放棄留學的計畫，到處兼家教賺錢，挺著大肚子的女主角為著家計精打細算，兩人面對著未來的茫然，足茲警惕；我們還從契可夫的〈賭》討論到人性的黑暗面。

我們可以從新聞事件探討到人生的道理——一個失業五、六年的四十二歲男子，欠了不少健保費，沒錢看醫生，鄰居借了錢讓他先去治病，他也捨不得把錢花在醫藥費上，結果吐血而死。當新聞媒體同聲譴責健保局的制度以及經濟衰退，政府無能時，我要同學們從不同的角度切入思考，試想五、六年前的台灣，經濟狀況還算不錯，有心找工作並不難啊！就算現在經濟蕭條，他的母親年紀那麼大了，都還有辦法每天出去賺個一兩百塊來養活他，難道他就不能和他母親一起出去打拼嗎？

×　　×　　×

這一門課，不舉行筆試，以口頭和書面報告的方式評分，感覺起來很「營養」，每個星期有二至三位同學要輪流上台報告其閱讀心得，其他同學則提出自己的意見和看法。我想，唯有為興趣而讀書，而不是為考試而讀書，才能找到閱讀的樂趣，才是閱讀的最高境界。

這樣課程設計的收穫也在我的意料之外，每個同學都是充分準備上台的，台下的討論也是相當熱絡，那種互動有著像海綿急著吸收水分的熱誠，我們常常是敲了下課鐘，還討論得不亦樂乎。

文學裡的三大感情——親情、友情、愛情。「愛情」似乎是他們目前最關切的問題。

× × ×

有一位男同學從談戀愛，討論到「物質與麵包」的問題，多數男生（已經當過兵，有些社會歷練）都贊同他的：女生都很市儈，都愛有錢人的說法。

兩位應屆考上的七年級女生，雖然是班上「唯二」的，聲音也不小地為女性發出抗議聲——現在女生都已經經濟獨立自主了，她們所需要的應該是偏重於精神層面。我附議著。

後來，有男同學在《青春對話》的〈戀愛是什麼〉一文中提到聖埃克蘇佩里在《小王子》中說過：「愛不是互相凝視，而是一齊看著同一方向。」又要同學把文中的「男性能把女性視為一個『人』來尊敬、尊重，才稱得上是一個『自立的男性』」特別劃線記下來。

還有一位男同學講了一篇名為〈娶妻娶德〉的故事（《把這份情傳下去》，能仁出版社，二〇〇二年）——男子奉父母之命和一個奇醜無比的女子結婚，雖然共同撫養小孩，但幾十年來從未正眼瞧過他的妻子，但當他眼睛出現問題，卻意外發現捐眼角膜給他的，竟是他的妻子。

×　　×　　×

我們討論起外表和內在的議題。

在台上報告的同學舉他的親身經歷說，以前念專科時，總是把一些比較「恐龍」的女生分為三種：暴龍，是那種高壯型的女生；雷龍，是那種身材中等，卻很會黏人的女生；迅猛龍，則是身材嬌小，但動作敏捷的女生。有一次聯誼活動，來了十幾個女生，其中就有以上三種典型的「恐龍」妹，他怎麼也沒想到自己竟然運氣那麼「好」，就抽到那隻「暴龍」，而他最要好的朋友抽到「雷龍」。他形容說當「暴龍」坐上他50C.C.的摩托車時，他的車子幾乎跑得比腳踏車還要慢，而且，他被「暴龍」緊緊地抱著，在狹窄有限的座位裡動彈不得，真沒想到出門前他特別把他平常騎的野郎125擺在一邊，故意牽出被他冷落已久的50C.C.，結果居然——真是報應。

事後，他的好友果然被「雷龍」纏上了；畢業後，大家各奔前程。幾個月前和好友聯絡上，他很意外好友居然和「雷龍」成了男女朋友，而且還被好友取笑他很膚淺，居然只注重女孩子的外表，好友說「雷龍」現在是台大的高材生，上知天文，下知地理，和她在一起很能在交流中相互成長。

有人還談起自己「過盡千帆皆不是」的感情；「平生不會相思，才會相思，便害相思」的閒愁；還有「眾裡尋他千百度，驀然回首，那人卻在燈火闌珊處」的喜悅。

× × ×

至於「親情」方面，有一個同學介紹一篇散文，故事是說：有一個父母雙亡的女孩，被撿破銅爛鐵的阿嬤撫養長大，自卑的女孩，一直害怕老師和同學知道她來自那樣的家庭。有一次，老師要作家庭訪問，她故意把阿嬤支開，誰知就在老師準備離去前，阿嬤撿著廢紙鐵罐回來了，同學知道了真相，她覺得自己受到極大的羞辱和傷害，便對阿嬤咆哮著。大學畢業，開始工作後，雖然她寄錢給阿嬤，可是阿嬤仍舊撿著破爛。有一次，她帶男友回家，在車站巧遇阿嬤，她高喊著阿嬤，可是推著破爛的阿嬤卻不敢承認，反而對她男友說：「阮不是伊阿嬤啦！」

同學說他以前看這篇文章沒什麼感覺，現在重讀這篇文章感觸良多，他講起自己感同身受的經驗——小時候家裡很窮，媽媽都穿得破破舊舊的，每次媽媽騎摩托車送他和姐姐去上學時，他都覺得很丟臉，同學都是騎車接送的啊。有一次，上學遲了，媽媽急著在校門口對面等待迴轉，卻不幸和車子相撞，他們三人跌得四腳朝天，當時，他只覺得很丟臉，拿起書包就跑，也不管跌傷的母親。

長大後，他也比較懂事了。家裡的經濟改善了，可是媽媽還是很節儉，他很清楚所謂的「貧賤夫妻百世哀」，所以告誡自己要努力往前。

我鼓勵他說，等到他以後功成名就了，這個經驗可能是他自傳裡很吸引人的情節，我戲說，以後如果要出傳記可以找我，讓我抽一點版稅。

× × ×

有一個同學說他在日本長大，小時候就很愛打電動玩具，有一次被媽媽罵，六歲的他帶著一台掌上型的電玩，在冰天雪地中離家出走。到了晚上，他開始覺得又冷又餓，可是身上一毛錢也沒有，但他告訴自己不可以回家。後來，路邊有個賣黑輪準備收攤的歐日桑看他可憐給他東西吃，他感激萬分，把遭遇告訴歐日桑，歐日桑對他說：「我才給你一點東西吃，你就那麼感謝我，那麼，你媽媽把你養到六歲大了，你吃了她幾餐了？你有沒有感謝過她呢？」真是一語驚醒夢中人，回到家後，見到準備出門尋找他的家人，他上前認錯。他說這件事對他影響很深。

此外，有些同學的報告還討論到有關「生死」的問題——把每天都當作是生命中的最後一天認真去過；「孤獨」的問題——孤獨是訓練自我重整的最佳時機；還在勵志的作品中提到——生命在挫折中成長得特別快，生命的苦痛和強度成正比。

今年是我教書的第八年，原害怕自己開始會有些職業倦怠。但上天卻安排我與他們結緣，沒想到我可以和這群未來科技界的菁英，建立起一種「我見青山多嫵媚，料青山見我應如是」的心照不宣。

我喜歡當我介紹旅行文學，和他們談起我的旅遊冒險時，他們專注的神情，好似我們一起展開了一場旅行；我還喜歡上課時「環境」的氛圍——我們把桌椅圍成ㄇ字型，像是在開一個小型讀書會，有一位喜歡音樂的同學，每個禮拜為我們準備不同的天籟，讓我們徜徉在心靈饗宴中。

有幾位同學特別在期末報告的結尾附上了感謝和祝福的話，有一位女同學說：「老師，我很喜歡這樣的課程設計，我們受益良多，老師，繼續加油！」對於一個傳道、授業、解惑的老師，我想，這樣就很值得了。

我衷心希望透過這樣的學習，我為他們開啟的是閱讀的喜悅之窗。

漢成帝種草莓

在中國古典小說的課堂上，我講起趙飛燕和漢成帝的故事：漢成帝臨幸了趙飛燕後，在她脖子上留下印記，承諾三天內接她進宮。

「印記？」有同學發出疑問之聲。

我在黑板上寫下這兩個字，然後解釋說：「換一句你們的話說，就是：『種草莓』。」

大家點頭如搗蒜，露出會心一笑。

說起漢成帝同召趙飛燕與其妹合德時，有個男同學說：「老師，原來古代就已經流行3P了。」

而對於〈霍小玉傳〉裡李益和霍小玉一見鍾情，當晚交合，學生馬上反應說：原來古代就流行「一夜情」。

古典小說裡有一篇〈崔護〉，說的是女子與崔護一面之緣後，見到崔護再訪時，在門上所題的「去年今日此門中，人面桃花相映紅。人面不知何處去，桃花依舊笑春風」竟患了相思而亡；當崔護再訪，女子的父親訴其原由，並要崔護對他的後半輩子負責。傷心的崔護要求哭屍，結果女子死而復活。

有個男同學舉手說：「老師，我覺得這簡直就是『仙人跳』。」

講完〈杜十娘怒沉百寶箱〉——有男生說：「根本就是陰謀論嘛！」

有個七年級的女生說：「杜十娘所以偷藏珠寶，是因為知道公子是個沒用的人，本來要進京考試，結果流連妓院，把錢都花光了，她一定也很清楚這種男人怎麼能依靠終身，當然要藏一些私房為自己留後路。」

另一個女生贊聲說：「沒錯啊！公子果然也是為了自己要把杜十娘賣掉啊！我要是杜十娘才不會那麼笨，把珠寶丟掉，自己也自殺，因為，這種男人根本不值得為他犧牲。」

現在的老師很辛苦，心臟要夠強，得學習年輕人的語言才能和他們交流打成一片。我很慶幸在自己的舞台上，還能這樣熱愛我的工作，也感謝我的一些寶貝學生，亦師亦友地豐盈了我的生命。

（《中國時報》，二〇〇四年八月十九日，人間副刊）

相信自己可以

批閱學生期末的書面報告時，有一份報告令我久久難以釋懷。

這位學生從〈扭轉奇蹟〉的文章，談起自己的身世：爸爸好賭因躲債離家，留下重度精神障礙的母親和國中的他寄住在外婆家。從小因為家庭的關係，他非常自閉又自悲，國三時導師到家裡作家訪，送了一本書鼓勵他。畢業後，他半工半讀唸補校，第三年和重考生一起補習，考上勤益日間部，一樣自給自足，因為一些原因，重考一年後，上了國立大學。

在他的報告中，他說，以前看過一部電影——《騎士風雲錄》，男主角威廉是個下階層的平民，從小立志要當個騎士，但當時只有貴族才可以當騎士，威廉的父親不斷灌輸他：「一個人可以改變他自己的命運」。最後，經過努力，威廉終於實現了他的夢想——這部電影對他影響很深，他沒想到自己一個高工夜校生，可以上國立大學，雖然他不會因此而一定成功，但深深覺得：只要用心經營，一定會有收穫。

我對這位學生印象深刻，因為他上台報告時非常緊張，儘管我試著緩和氣氛，要他放輕鬆。後來，我在成績冊上打了七十八分；下課後，他來看成績，見到自己的分數並不滿意，請求我是否可以讓他再報告一次。因為修課的同學將近有六十位，我們在第一堂課就已排定報告的順序，我有些為難，一方面因為時間，一方面因為公平問題。但是，我怎麼忍心去拒絕一位這麼在乎自己的成績的孩子呢！

「你先做好準備，從下禮拜起，只要該報告的同學報告完，時間夠用，就趕快讓你補進來。」我對著急切得到肯定的答案的他說。

他的第二次報告以powerpoint進行，比較不緊張了。

我才準備把成績送出去，便在電子郵件中，見到這位學生寄來一封詢問他的學期成績的信件，他說因為要考研究所甄試，希望成績不會太差，所以很緊張自己的每一科成績。

我回了信，把成績告訴他，並把看完他的報告的感想告訴他，鼓勵他繼續加油；後來，他又回了一封信來道謝。

× × ×

這個懂事又堅強的孩子，讓我想起考上碩士班的那一年暑假，我在一家補習班教國小作文，學生裡面也有這樣一個小女孩。

三年級的小女孩在我們已上過三次課後，由外婆帶她到班上加入我們。外婆說女孩不會寫作文，請我多照應她。

當天的作文題目是「電話」，我講解了破題的寫作技巧後，學生們就提筆了。

我要女孩盡量寫，接不下去時，就拿過來問我。

女孩寫了一段後，把她的作文給我看，很有禮貌地問我：「老師，我下一段要寫哥哥常常在我看電視的時候打電話吵我，可不可以？」

「哥哥打電話給妳？」我用充滿問號的眼神看著她。

她馬上解釋說：「我爸爸和媽媽離婚了，哥哥跟著爸爸，我跟著媽媽，但媽媽養不起我，所以把我寄放在外婆家。」

我聽了實在不捨，把作文本拿還給她：「好，妳把妳想寫的寫進去，老師再看。」

女孩追問：「那我要不要說因為爸爸媽媽離婚，我沒有和哥哥住在一起，所以，哥哥才會打電話給我？」我對女孩搖搖頭，遞給她一個微笑。

中間下課十分鐘，班上的男生，又在樓梯間喧鬧了，女孩還留在座位上振筆疾書。突然——眼前一片黑暗——停電了。

我把學生全部叫進教室，確定人數無誤後，趁機會告訴那些調皮的男生：「還好你們沒又玩電梯，否則不就困在電梯裡了。」我要他們大聲背唐詩——「春眠不覺曉，處處聞啼鳥，『夜』來風雨聲，花落知多少？」——對於在黑暗中背詩，他們似乎格外興奮。

忽然在隱約中聽到一聲聲的啜泣——是那個女孩，男生們此起彼落嘲笑著她的膽小。

我過去握住她的手：「老師在這裡，不要怕，妳看得見我對不對？」

之後，女孩才稍稍平靜。

不一會兒，電來了。看著女孩紅著的雙眼，我想她一定極度缺乏安全感，我關心地問她：「妳很害怕停電是不是？」

女孩居然對我搖頭，這引來男生們的一陣噓聲。女孩竟又哭了起來，哽咽著說：「阿嬤要去買拜拜的東西，然後再來接我，我怕她會被困在電梯裡。」

霎時，全班安靜無聲。

我在黑暗中見到了光明。

我曾經舉這個實例，告誡來自擁有雙親的學生，要知福惜福；勉勵那些單親家庭的孩子，只要相信自己可以，就可以活出自己的一片天空。

× × ×

瑜珈很強調集中意念。瑜珈老師示範了一個動作，說是有助於改善女性的生理痛，她要我們集中意念在下腹部，並對著下腹部說：「妳是健康的。」她說：念力是很重要的。

我相信。誠心相信，就像在《牧羊少年奇幻之旅》中，老人鼓舞牧羊少年說：「當你真心渴望某樣東西時，整個宇宙都會聯合起來幫你完成。」

（部分原載於〈哭泣的女孩〉，《聯合晚報》，二〇〇一年四月三日，第十三版。）

感謝我們可以做選擇

詹姆斯·邁基米的《哈里的罪過》被選入全美《最佳短篇小說集》，這是一個相當有趣的故事。

哈里是一個身上只剩下五塊錢的窮途潦倒的詩人，他決定犯罪被抓進監獄，才能繼續寫作。他拿著玩具手槍，搶劫了一家商店，然後在門口等警察來。誰知警察來抓走的卻是老闆第二任老婆的拖油瓶，他常常鬧事，老闆為感謝哈里陰錯陽差幫他除掉了這個累贅，於是送給了他一些罐頭；哈里用磚頭砸碎了一個有錢人的豪華轎車的玻璃，結果，有錢人送給哈里二十元，因為他正好可以向保險公司申請理賠；接著，哈里在晚上爬上陽台，進入一個女子的房間，強暴那女子，誰知女子沒有遇過如此勇敢的人，她欣賞他的冒險犯難的精神，甘願獻身給他，還送給了他一些錢；最後，哈里索性使出最後一招，公然毆打警察總一定會被逮捕吧！就在他使出全力襲警後，果然當場被趕來的警察給帶到了警察局，誰料，原來哈里打的是專門冒充警察犯案的累犯，他得到警方頒發的一萬五千元獎金，終於他決定可以安心寫作了，然而，就在這個時候，他被國稅局找去，稅務部門以弄不清錢財來源的罪名，將他關進了監獄。

我們不禁感嘆，命運有時真是無法自主啊！所以，當我們徘徊在十字路口，面對有得選擇的左右為難時，其實，是應該要感謝的。

感謝我們可以選擇自己想要唸的學校、科系；可以選擇自己樂於付出的工作；可以選擇自己的心靈伴侶；可以選擇自己喜歡閱讀的書；可以選擇自己愛的美食；可以選擇想要去旅行的國家……。

然後，愛你所選擇。

你在追求什麼？

契訶夫的〈賭〉的故事背景是在俄皇尼古拉一世，在當時中央集權的專制政體下，知識份子見到上流社會的落後無知的膚淺，試圖藉著文學作品來反映社會現象。

在一個家財萬貫的銀行家所舉辦的宴會中有了一場「死刑應該廢止，而以無期徒刑來替代」的辯論。有人認為死刑比無期徒刑更合乎道德、更近人情；也有人認為兩者都不合乎道德；一個年輕的律師在被徵詢意見後，表示他寧願選擇無期徒刑，因為活著總比死了好。

於是在其他來賓的推波助瀾下，銀行家和律師有了一場賭局。

有錢的銀行家拿出他擁有最多的金錢來當籌碼；年輕的律師則企圖以他的自由和時間（年輕、健康）來換取他所沒有的金錢，因此有了這樣的賭局約定，律師如果可以被關在小屋裡十五年，便可贏得銀行家的兩百萬元。

但孰料人生的計畫怎趕得上變化。十五年之約即將到期，銀行家從一個自負而驕傲的事業家，變成一個平凡無奇的銀行從業員，股票交易的賭博、冒險性的投資，使得他的事業日趨衰敗。而面對賭局，他終將成為輸家，他決定逃避羞辱與破產的命運，他要偷溜進監禁律師的小房間弄死律師，然後嫁禍給看守人。

就在他打開鑰匙進入小屋後見到的律師是：一具皮包骨頭的骷髏，頭髮蜷長如婦人，鬍鬚粗長如山羊毛，臉色枯黃晦暗，兩頰凹陷，沒有人會相信這個衰老瘦弱的面孔會是個四十歲年紀的人。

律師因這場「賭」而自願被關進一間小屋——代表失去

自由而幽閉的環境。在開始的第一年，他感到寂寞、煩悶、恐懼，他所閱讀大多是一些不需思考的書籍，他害怕酒會激起慾望，所以拒絕菸酒；第二年，他閱讀古典作品，安定情緒；第五年，他開始喝酒，原希望建立自我卻又猶豫否定，他變得沮喪憤怒；而從第六年到十五年之間，他重新振作，再度出發，找出一絲曙光，在裡面將自己原本血氣方剛、不成熟的思想沉澱下來，轉為成熟內斂，他迫切閱讀，並勤奮地鑽研書中的學問，進而在最後第十五年快到期滿時，體認到書本所帶給他的價值，遠勝於金錢所能帶給他的價值。

律師從自由的環境過渡到被囚禁的環境，在遠別以往的監牢生活中轉變自我性格，達到自我人生的追尋。

律師趴著睡著的桌上，放著一張字條，銀行家拿起來看才發現原來那是一封律師預定要留給他的信，信中表示他已不把那當初視為珍寶的兩百萬賭金放在眼裡，他決定要放棄獲得這筆賭注的權利，在約定時間的前五分鐘離開小屋，這樣算是他違約，銀行家就可以免付賭金。

銀行家看完信後，把信放回桌上，吻了律師的頭，不禁哭了起來，走出去時，他為自己感到可恥，那是縱然他在交易中虧損慘重也沒有過的可恥。

隔天早上，看守人說律師從大門跑掉了，銀行家從桌上收起那封聲明放棄賭注的信，鎖進保險箱裡，以作日後廓清不必要的流言之用。

律師原本是為了現實利益或爭勝強出頭而賭，但中間過程沮喪痛苦，那時他已經不是和銀行家對賭，而是和自我比賽。閱讀帶給他積累的智慧，他開始去探詢生命的意義與價值，所以留下了一封充滿矛盾的信而去。

這篇小說的主題新穎，作者在處理時顯而不露，讓讀者自己去找尋其意義，不愧為膾炙人口的佳作。

閱讀可以讓我們內省，內省可以讓我們看清楚自己的弱點，進而產生克服弱點的力量。

× × ×

我們常常費盡心力地去追求心中所認定的價值，而忽略了支撐該價值的元素的重要性。

白先勇赴美後，《紐約客》系列作品中的〈芝加哥之死〉頗令人深思。

吳漢魂，在台灣十分貧苦，初到美國，沒有獎學金，不但自食其力，還得寄錢回去奉養母親。每天下午他幫洗衣店送衣服，到了週末他就到飯店洗盤子。六年來的苦讀，他充分利用工作外的時間，每天一回到他那間陰暗潮濕的地下室，就忙著燒飯、洗澡，然後塞起耳朵埋頭讀書，他日以繼夜地啃書本，弄得自己身心交瘁，為的只是拿到博士學位。

在吳漢魂準備博士資格考期間，他沒有多餘的時間和精力去參加社交活動，久而久之，朋友也不找他了；他在台灣的女友一個禮拜寫兩封信給他，他沒時間回，三年間，女友的信積了一大盒，到第四個年頭，女友卻寄來一張結婚喜帖；一天晚上，他突然收到舅舅的急報：「令堂仙逝，節哀自重」。他發了半天愣，然後把電報搓成一團，塞到抽屜的角落裡，又開始埋頭苦讀。考試前一天，他又收到舅舅的信，他沒有拆封，也一併把它塞到抽屜裡。

吳漢魂終於如願以償，摘取了博士桂冠。他整整地睡了兩天。打開那封塞在抽屜裡的信，才知原來他母親是因腎臟流血過多身亡。為了這個博士學位，他失去了和他真正相愛的女友；為了這個博士學位，他頭髮開了頂，外表看起來比他的年紀大上七、八歲，在女孩子面前他感到自卑，因此他不自覺地退出了談戀愛的戰場。吳漢魂得到了博士學位，但卻失去了全部——親情、友情、愛情。

吳漢魂再也無法忍受這間陪著他焚膏繼晷的陰暗地下室的生活，他奪門而出，在極度的寂寞下，接受了一個老妓女的誘惑，可是事後，並沒有帶給他解脫，他完全崩潰了，他不要見任何人，更不要再見到自己，在茫然絕望之下，投密歇根湖自殺了。

× × ×

現代人太忙碌，真不知是忙、還是茫，為了家庭拼事業，結果造成婚姻、親子關係疏離，本末倒置，就算事業達其成就，也無人真心分享。

在《富爸爸窮爸爸》裡我倒不是佩服富爸爸的投資理財，我欣賞的是富爸爸懂得利用錢滾錢而節省下來的時間享受親子之樂，規劃孩子的生涯，陪他們一起成長，並且伸出援手幫助窮爸爸的小孩。

在一個聚會場合，我認識了台北市喜願協會的常務理事陳寬裕先生，他說他剛退出扶輪社，原因是他覺得扶輪社每年花在餐敘上的費用太浪費，應該拿來做更有意義的事；他拿出幫助喜願兒完成夢想的照片，一件件講述著，我覺得他像是這些癌症病童的天使，只要向天使許願願望就會實現——於是有個男孩等了三年終於到美國見到了麥可喬登；有個女孩抱著大型的多啦A夢搭上了直昇機在榮總附近的上空繞了一圈——也許是因為做善事的關係，我誇他難怪能永保青春，他得意地笑了，我在他的笑容中見到富爸爸的豁達。

每個人都可以很偉大

蕭颯〈我兒漢生〉裡的漢生高中時玩鎖匙，他稱此為「也算一種收集」，並說是「一種心智訓練」；和同學到書店偷書被抓，說道：「哎呀？誰偷書嘛，只是，只是打賭看誰拿得了。」後來，又因打抱不平殺傷同學。

轉學後，他在學校辦報紙抨擊師長，理由是：只是為了正義，說大家不敢說的話……導師沒有學問、沒有品德，兼課外活動組長時，只知道汙學校的錢。

當母親要他只唸書，不去管學校的事情，他回答：「怎麼不關我的事，我要接下去辦校刊，怎麼不關我的事。」漢生不願同一般人一樣只求潔身自保，而要積極參與謀求改進，卻不曾考慮如何在社會許可範圍內發揮他的熱忱和正義感。

漢生的母親為他以後的前途擔心，因為他早踰出常軌，母親無法想像，這樣的孩子可能正常的成為一個成功的男人嗎？

漢生大學畢業後，秉持著熱忱，積極參與社會服務，從教育協進機構、傷殘服務中心到保險公司，在求職道路上一直碰壁，只因為他「實在受不了一些同事，成天抱怨薪水低，沒有前途……看著生氣，還不如離開他們遠些。」因為漢生的這份「志氣」，他的雙親只得暗中幫他拉保險，籌錢，甚至幫他還債。

後來，漢生又從廣告公司離開，自己買車開計程車，因堅持自己的理想，不願面對現實，最後面臨被倒帳欠債的結局。看到漢生處處碰壁，而心感沮喪時，他的母親擔憂地和丈夫考慮著：是否等漢生賣了車，如果錢還不夠，替他賠上，另外把現在住的樓房抵押出去，為他開家書店？但是身為父母的，心底都有一樣的矛盾，怕他會接受這樣的安排，而失去早先想要自力更生，為社會做楷模的理想和熱情。

漢生的問題在於自我要求作一個獨立自主的年輕人還不夠成熟，而他能力不足，但卻空有熱忱，要去幫助別人，在這樣不穩固的根基上，當然容易形成架空的虛幻理想。

一個成熟的人，是有計畫、有目標，能夠為自己負責的，尤其其理想要落實於現實上，並且要與大環境的轉變而有所調整。

史蒂芬．柯維在《與領導有約》中曾提到：偉大有兩種：一是，「至上的偉大」，就是以原則為重的人格；二是，「次級的偉大」，才是為他人所認識的偉大，如受人歡迎、名聲、財物、天賦……等。我們試著激勵孩子先去追求「至上的偉大」，例如：當他在面臨沉重壓力時，仍可以勇氣十足地作出決定；可以克制自己，嚴守紀律，關懷他人，肯定與他共事的每個人。而不借助「次級的偉大」的力量，去彌補人格的缺憾。（天下文化出版，二〇〇三年，頁156。）

福約斯特的《人質》，說著這樣一個故事：一九四四年秋天，一位德國的將軍接到元首的命令要去守衛一個不重要的「要塞」，而且被要求必須堅持到最後一個士兵死去，這和大屠殺沒什麼兩樣。

可是根據當時的人質法，軍官如果不盡忠職守，家屬就會被處決。將軍為了保護他的妻子，在陣地上盡力取扮演好自己的角色。

此時，將軍接到妻子的訣別信，說是罹患了癌症。將軍悲痛之餘，決定向盟軍投降，挽回一萬士兵的性命。然而，就在這個時候，他那謊稱患病的妻子，坦然地接受在柏林被捕的命運。

將軍的妻子所表現出來的是「至上的偉大」。

我見到現在多數的學生首要追求的是「次級的偉大」，所以，當他們在追求「次級的偉大」的過程中，面對壓力時，可能因為無力承受，或者選擇躲進自己的象牙塔，或者自我傷害；他們也可能因為太過於自我，往往見不到別人的優點，更不可能去關懷別人，那麼路就會愈走愈窄。

《幸福時光》的作者彭蕙仙提出，幸福需要三個S：Supervise（監督）、Specify（專注）、Simplify（簡化）。我覺得這三個S，正好呼應前面所提的「至上的偉大」，每個人只要能對自己負責，監督自己的所作所為，集中心力地去追求自己的夢想，就比較能不被外物所役使，不會去追求超出自己能力所及，不合身分角色的事物——比如：為了擁有名牌、趕上流行，使用循環利息使負債愈來愈多，或者刷暴父母的信用卡，或者日夜打工，荒廢學業，本末倒置——這些都是不負責任的行為。

我推薦《誰搬走了我的乳酪》這本書給學生，希望他們能夠藉由這本書，先學習對自我要求，建立自己的責任心，以寬廣持平的態度去瞭解社會現實，然後，挺直腰桿去承擔對社會所應有的道德勇氣。

每個人都可以很偉大，只要我們願意激發對生命的實質熱情，人生的輪廓就會更鮮明。

困頓是潛力的好友

有一部外語電影——〈天堂的孩子〉相當具有勵志性。

懂事的阿里出身於貧窮的家庭，有一天他去幫生病的媽媽買東西時，卻把妹妹補好的鞋子弄丟了。他和上早上課的妹妹商量，妹妹先穿他的鞋子去上學，放學後，他在半路等她，交換鞋子後，他再趕去上他的課。

剛開始阿里常常因為遲到被罰，後來跑步的速度愈來愈快了。阿里對於遺失了妹妹的鞋子一直耿耿於懷，當他得知有一個校外的跑步比賽的第三名的獎品中有一雙球鞋時，他決定去參加比賽。

比賽當天，每一個參賽的選手無不穿著名牌的運動鞋，只有阿里還是那一雙快要磨破的球鞋。比賽的過程中，阿里的腦子裡出現了這些日子以來，妹妹和他共穿一雙鞋的委屈，他奮力地往前跑，當他一路領先時，他又故意退到了第三個，可是後來又有人迎頭趕上他，他繼續往前衝，最後，居然在衝刺時，跑出了第一名的成績，領獎時他並不高興，因為他對妹妹承諾要帶回一雙新的運動鞋給她的。

電影的結局是父親領到了薪水，買了不少日用品和食物，當然還包括阿里之前和父親一起去當園丁，希望父親買一雙給妹妹的鞋。

× × ×

我在研究大陸女性文學時，發現新時期的女作家大抵經歷過文化大革命的磨難，而愈是困阨的環境，愈能使人發揮出你所不知的潛力。

王安憶〈流逝〉裡的端麗因為文化大革命從原本的少奶奶，成為尋常百姓，凡事要自己動手，傭人伺候的年代已經過去了。

在菜市場上，端麗敢和人爭辯了，有一次排隊買魚，幾個野孩子在她跟前插隊，反而還賴說她插隊。端麗二話不說，奪過他們的籃子，扔得遠遠的。

這和她第一次鼓起勇氣上菜市場買魚有著天壤之別——賣魚的營業員為了防止插隊，用粉筆在人們的胳膊上寫號碼，一邊寫一邊喊著號碼。端麗覺得在衣服上寫號碼，像是犯人的囚衣。於是向營業員商量把號碼寫在她夾襖前襟的一角。誰知到她買魚時，她的號碼因人擠人和毛線衣的磨蹭給擦掉了。她急得快哭了，一句話也說不出來。後來，是鄰居為她作證，才順利買到魚。

端麗不再畏縮，她獲得了與過去所不同的自尊感，那是在貧窮中才有的自尊。

池莉〈月兒好〉裡的月好，並沒有因為人生旅途的坎坷而失志。她迎接乘船回鄉的尚賓，十九年前她送他去復旦大學念書，後來他變了心，十九年來，他的工作和生活都不順心，長久以來他對月好懷著愧疚，也擔心她和他一樣過得不好；誰知完全相反，月好不但沒有失志消沈，反而工作與生活都很順利，身為幼稚園園長的她，教育出兩個懂事的雙胞胎兒子，他們立志要實現母親的願望——考上復旦大學。尚賓默默離去，他也受到了月好的感染，重新鼓起面對生活的勇氣。

張潔的〈祖母綠〉寫的是曾令兒在對她的男友左葳

的犧牲奉獻的付出，覺醒之後，仍繼續努力於她的理想。左葳在一九五七年「鳴放」時期，寫了一份言詞激烈的意見書，由曾令兒抄成大字報，不久，風雲變色，曾令兒擔起罪名，說是一人所為。左葳為報答曾令兒，決定與她結婚。不久，左葳便反悔了。曾令兒北上接受勞改，此時發現懷了左葳的孩子，她的生命又燃起了希望。在眾人的欺負和羞辱之下，小孩終於出世了，她獨自艱辛地撫養兒子長大，誰知在兒子十五歲那年，游泳出事了。她勇敢地走過傷痛，某家學報上出現了她的名字，她的研究在國際上引起注意；左葳的妻子，深知左葳的能力不夠，想盡辦法邀請曾令兒幫忙，此時，曾令兒已走出愛情的傷痛，已能坦然面對。

大腹便便的曾令兒處於勞動改造時期，處境的艱難是難以想像的：

> 「你必須交待自己的錯誤，檢查犯錯誤的政治根源、思想根源、歷史根源、社會根源。這是和誰發生的？在哪兒？是初犯，還是屢教不改？這樣做的動機和目的？」

> 「政策我們已經向你交待清楚了，如果你拒不交待和檢查，只會加重對你的處分，延長你的改造時間。你現在的罪行是雙重的。右派份子加壞份子。地、富、反、壞、右，你一個人就占了兩項。」（《張潔》，北京：人民文學出版社，一九九三年，頁274。）

不論上頭的人怎樣輪番找她談話，要她交待，她只是用雙手護著肚子，不發一語。孩子是她活下去的希望，為了他，她忍辱負重地承受肉體和精神的慘痛折磨，忍受他人輕視的目光、侮辱的言語和羞恥的指點。她反擊食堂師傅對她的騷擾，卻招來一頓毒打和訓斥，自此，食堂師傅從不按量給夠她所買的飯菜，還把剩的、餿的賣給她。她就這樣度過了餓得頭昏眼花的每一天，一直到兒子落地，在醫院還受到醫護人員的羞辱。

好幾次，她望著吃不飽的兒子，總有衝動想寫封信向左葳求救，不過還是沒寫出一封信；只有一次，兒子病危，她急得沒了主意，便打了一通長途電話，不過她還是沒有出聲。等到兒子退燒後，她喃喃地對他說：「你看，我沒有對他說。我們還是撐過來了，對麼？等你長大了，你就知道，頂好的辦法是誰也不靠，而是靠自己。」（頁252）身為母親的她更堅強了，她知道一切只能依賴自己，唯有充分的自信和自強不息的奮鬥，才有資格繼續往前。

兒子是那樣的貼心懂事，因為沒有父親，在學校受欺負也不說，說了只是讓她擔心；他在名為「我的爸爸」的作文裡讚揚她的偉大，說：媽媽是條好漢，不管遇見什麼倒霉的事，從不見她哭。他作文拿了個「優」，老師親自上門誇她是忍辱負重，苦盡甘來了。的確，從孕育生命的九個月的艱辛；生產當天，羊水破了才往醫院走，半夜叫不到車，忍著子宮收縮的陣痛，爬到了醫院；養育孩子長大，她不靠任何人，也沒有任何人可以依靠，在那樣的生活處境下，她的確稱得上是勞苦功高。

×　　　×　　　×

日本作家村上春樹在《海邊的卡夫卡》裡有一段經典的話：「有時候所謂命運這東西，就像不斷改變前進方向的區域沙風暴一樣。你想要避開他而改變腳步。結果，風暴也好像在配合你似的改變腳步。你再一次改變腳步。於是風暴也同樣地再度改變腳步。好幾次又好幾次，簡直就像黎明前和死神所跳的不祥舞步一樣，不斷地重複又重複。你要問為什麼嗎？因為那風暴並不是從某個遠方吹來的與你無關的什麼。換句話說，那就是你自己。那就是你心中的什麼。所以要說你能夠做的，只有放棄掙扎，往那風暴中筆直踏步進去，把眼睛和耳朵緊緊遮住讓沙子進不去，一步一步穿過去就是了。那裡面可能既沒有太陽、沒有月亮、沒有方向、有時甚至連正常的時間都沒有。那裡只有粉碎的骨頭般細細白白的沙子在高空中飛舞著而已。要想像這樣的沙風暴。」

主角感覺沙風暴就要把他吞進去，叫烏鴉的少年對他說：「你今後將會成為世界上最強悍的十五歲少年。」（賴明珠譯，時報出版二〇〇三年，頁8、9。）

年輕的時候，我們常常會以為面臨很多走不過去的關卡，以為自己的能力絕對承受不了那麼大的負擔——升學的壓力、愛情的傷害、友情的背叛、工作的競爭、同事間的爾虞我詐——可是只要你願意，你的意志夠堅強，你一定可以走過來，而且當你走了過去後，你的心靈又更壯大了，每過一關，你會更覺人生的美好。

有個學生從小學就到田裡插秧種稻養活自己，一直到考上國立大學前一直持續打工負擔家裡的開銷。有一次，下課後，幾個同學和我一起等電梯，他也在其中，我聽同學和他聊起助學貸款的事，進了電梯，我對他說：「要不要老師認養你？」直性子的我，脫口而出這句話，才驚覺不知會不會傷了他的自尊？沒想到他笑盈盈地給我這樣的答案：「老師，不用了，謝謝。我還過得去，而且我覺得我這樣很好。比如說那些企業家的第二代、第三代，也許他們能力很好，可是無論他們怎麼努力，總多少會有多數的聲音，說他們是因為得到上一代的庇蔭；可是我不一樣，只要我努力，所有的成就就都是我的。」

這段話深深撼動著我，我想，我不能預料他以後有多大的成就，但可以肯定的是，困頓的環境，成就了他積極樂觀的人格特質，不管未來人生路上是一帆風順，還是狂風暴雨，他一定有勇氣去化險為夷。

危機也是轉機

加斯克爾的《彩票福》是一個相當有意思的故事：一間小酒館的老闆，是怕老婆出名的。有一次，他圖吉利，花了一百美元，買了整整一套同一號碼的彩票。回家後，遭到妻子的斥責，要他把彩票賣掉，只能留一張。後來，開獎後，這些彩票全部中獎，總值一百萬美元，而他只得到一萬美元。朋友去看望他，想安慰他幾句，卻不見他感傷，他反而滿意地說，他用九十九萬美金，得到了多數男人所買不到的東西，那就是一個安靜賢淑的妻子。

每個人心目中對於任何事物都有不同的價值標準，九十九萬在朋友看來價值非凡，但酒館老闆覺得沒有什麼比得上得到老婆的尊重，更為重要，這樣意外的轉機，他才覺得是價值非凡。

曾在電視上看了一齣影片：一個男人從上飛機前到搭上飛機後，不停地對著錄音機交代公事給他的秘書。不久，飛機確定機械故障，必須迫降，在性命攸關的同時，男人開始思索日夜忙碌於工作的代價；於是他又按下錄音機，對他的妻子抱歉說：這麼多年來，我一直忙於事業，而忽略了對妳的關心，以及對家庭的付出......。

飛機安全降落，男人的人生觀起了重大的轉折，人往往在擁有時並不懂得珍惜，只有到失去時，才瞭解擁有時的可貴。他抱著妻子，決心以下半輩子的時間來彌補，金錢如浮雲，權勢如曇花一現，只有踏實地活著，和所愛的人一起活著，才是在工作崗位上奮鬥的價值所在。

經濟蕭條後，在報上不乏見到，許多女性的心情故事，雖然經濟不景氣，但是卻找回了丈夫，從前丈夫為事業打拼，交際應酬，不見人影，如今丈夫回到了身邊，不再只是買昂貴的玩具給孩子玩，而是陪著孩子玩玩具，對妻子而言，這比他賺進上百上千萬，還有意義。

南僑化工的董事長陳飛龍，也在上海經營一家餐廳，深受觀光客好評。在去年底大陸已出現SARS威脅時，他判斷屆時上海的觀光客一定會銳減，於是馬上採取應變措施，調整策略，推出養生餐去吸引當地的客源，果然穩住了基本盤，所以應驗了陳董事長曾說過的：「巨變，是危機，也是最大的轉機。」

在危機中，可以檢試所謂的「適者生存」，存活下來的未必是最強大的，但卻是適應力最好的；在危機中，可以見識到人的真性情；在危機中，可以考驗人與人之間的生命能量。

誰把舞台變大了！

卡夫卡《審判》裡的K是個生活規律的公務員，也追求愛情、娛樂。突然，一個無預警的逮補令降臨，一日清晨被兩名男子告知他被逮補了，將受到審訊，卻不說明罪名，然後將他釋放，因為他仍被允許自由工作、生活。

對他而言，此衝擊已經讓他的生活起了大風浪。K遭受一連串的被傳訊、被釋放，他無法再像從前一樣靜下心來工作，他在審判中堅稱自己沒罪，同時也驚覺自己對法律所知甚少，並不斷為脫罪而努力。

K是不安的、焦慮的，是力求反抗的，包括對法律、社會產生質疑，他的性格出現了反抗、爭取的一面。

但後來時間久了，他卻陷入幻滅的邏輯思考，精神失去原有平衡，他的性格呈現萎縮現象，思維也產生麻痺，那尋求真理的反抗細胞，像是根蠟燭燃燒殆盡，對於工作的熱誠，愛情的渴望已索然無味，一連串的審判、辯護交錯的環境下，他看不到目標了，甚至放棄抵抗一無所知的敵人。在尋不著任何意義的打擊下，終究，黯然接受莫須有罪名所安排的死亡。

還有沙特的〈牆〉全篇由一個死刑犯來敘述他的內心世界，把死刑犯的內心轉變表達無遺。最後結局，主角雖未如期施行死刑，但他的內心卻已經被掏空了一大半，主旨在傳達外在環境對人的影響及探索死亡與自由的意義。

人活著，最怕的就是沒有目標，尤其喪失意志最是可悲的。

我還是要說說一些正面的例子。

一九九六年五月十日登上聖母峰頂的高銘和，在下撤途中受困於暴風雪中，當時他的處境非常凶險，沒有食物，沒有帳蓬、睡袋，氧氣也已經用完，眼前是一片黑暗，他告訴自己不能睡覺，因為只要一睡著，一定會失溫而死，但是無孔不入的冰雪，漸漸讓他萬念俱灰，他想寫遺書，可是沒有紙筆，想起自己有一個小小的答錄機，可以錄下幾句遺言，可是答錄機放在內層衣服的口袋裡，第一層的羽毛夾克的拉鍊已經結了冰，答錄機根本拿不出來，就算拿出來了，溫度那麼低，大概也錄不了音。

他靜靜等待死神降臨，突然又想起家中等待的兒子，還有等著欣賞照片的隊友們。他冷靜地歸納兩個死因：缺氧而死和受凍而亡，於是他憑著一股求生意志，不停地做著深呼吸、滾動身體、拍打大腿，期待太陽昇起，也許就能保住性命。

高銘和幸運獲救後，因嚴重凍傷，手指、腳趾、足腫和鼻子全遭切除。經過十五次手術和一年復建後，他重回群山的擁抱，決心要完成中國百岳的攝影計劃，預計於二〇〇八年完成。

他在《九死一生》中說：「人們喜歡把登頂成功比喻為『征服』一座山，但我從來沒有過『征服』一座山的想法，其實，山又豈是人所可以『征服』的，我排除萬難登頂，為的只有一件事情——征服自己的局限性、征服自己的狹隘和怯懦。」（秀威出版社，二〇〇三年，頁179。）

每個人都希望自己能夠成功，但成功的定義是什麼呢？我覺得成功不是在財富的多寡或聲名的遠播，而是每個人都可以在屬於自己的舞台上盡情的演出。

我想起，普朗茲尼與馬爾博格合著的《報應》——

在紐約一場冠亞軍的籃球比賽中，威德凱茨隊的主力中鋒受了傷，輪到一位替補球員上場，他在隊員們體力不濟的情況下，展現了超乎水準的演出，十分鐘獨得十八分，後來，又在延長賽中，奪得十四分，拿下了冠軍的寶座。翌日，當紐約各大報準備爭相報導這位名不見經傳的新球員時，大家卻採訪不到他，他就像泡沫似地消失在世上。

一位記者一直在找尋他的下落，終於在二十一年後，在一間小酒館裡找到了他，軟硬兼施地讓他說出了當年的真相。

當年一個從事球賽賭博的賭徒，要他保證自己的球隊輸球，否則會將他的右腿打斷。誰知道，他一上場後，禁不住觀眾的掌聲，他找到了自己的舞台，愈打愈順手，根本不想去管比賽前的約定。比賽揭曉後，他果然失去了右腿，從此，不再與外界聯絡，過著隱居的生活。

這位替補球員因為找到自己可以演出的舞台，所以他可以衝鋒陷陣，可以視「死」如歸。

你呢？你是否也一直在尋尋覓覓更有價值、有意義的工作與生活？

誰可以把舞台變大？只有你自己。

當驪歌響起

正好有機會對一班畢業班的學生上一堂專題講座的課。

站在講台上，面對他們一張張即將步出校園的徬徨，我思索著什麼才是他們迫在眉睫最受用的東西。我不同於其他老師傳授他們求職或升學的注意事項，我只送給他們幾個字：

虛心求教、不恥下問；多讚美、少抱怨

我告訴他們「嘴巴甜」只有百益而無一害。

我舉當年才三歲多的雙胞胎兒子為例。

弟弟從小嘴巴就很甜。有一次，我從微波爐裡拿出熱好的一盤菜。弟弟見狀，馬上說：「媽咪，妳怎麼沒有套手套呢？如果你燙到了，我會很傷心。」

我誇他：「你真的好窩心。」

我從站在一旁的哥哥的眼神中，看出他覺得弟弟很狗腿，似乎有些不以為然。

×　　×　　×

又有一次，午睡起來，哥哥要上大號，我抱他上馬桶，然後習慣性地蹲下身，緊握他的小手，陪著他。

他突然看著我說：「媽咪，我的ㄅㄅ很臭，妳先出去，等我好了，我再叫妳，妳再進來幫我擦屁屁。」

我摸摸他的臉說：「沒關係，媽咪陪你。你真的長大了，這麼懂事。」

我想起原來之前有一次他拉肚子，我幫他擦屁股後，他見到衛生紙上的糞便，露出噁心狀，問我：「媽咪，妳不怕大便嗎？」

我也學他露出噁心狀，回答他：「媽咪當然怕啊！可是因為我愛你，所以就算很臭很臭，媽咪還是要幫你啊！」

當時，我還趁機對他描述起當他還是小嬰孩時，處理尿布裡的糞便的更加麻煩的情狀。

在床上的弟弟馬上對我說：「媽咪，請妳——幫我尿尿——」他總學我用「請」字，因為太特意，所以老是上下文不接。

我帶著弟弟到另一間洗手間。當他把褲子脫下，準備對準馬桶時，他深情地看著我說：「媽咪，我的尿尿很臭，妳先出去，等我好了，妳再幫我穿褲子...」這話實在教我哭笑不得，並且讓我不得不懷疑他是不是真的要尿尿？

×　　×　　×

同學們打破沉默，放聲大笑。

「果然很狗腿對不對？」我又強調：「我並不是要你們去奉承拍馬屁，但是，人都愛聽好聽的話，嘴巴甜一點，放下身段，虛心求教，可以省卻你在職場上，像無頭蒼蠅摸索又一無所獲的很多時間。」

我又對他們舉了個例子，有一次開車往淡水的方向去，因為是假日有不少建設公司，派人出來發傳單。這些人利用紅燈穿梭在車陣中，每一個都是遠遠地就對著車內的人鞠躬打招呼，笑著要把傳單遞出去。我觀察到幾乎每一輛車都是主動乖乖地按下了車窗。「為什麼呢？因為笑容、因為禮貌。你們一定也遇過在路上發傳單的，但是如果他板著一張臉，就算是很不禮貌地要把傳單硬塞給你，我想，你們也一定不會願意伸出手去。」

我曾在報上看過一篇文章，有三個條件旗鼓相當的女大學生一起面試一個職務，口試結束後，三位面試主官不約而同地在名單上寫下第三位應徵者的名字，原因只在於她起身離開前，微笑點頭，道了聲謝謝，還輕輕地將椅子歸位。

李赫在《社會行走100訣》中也提到——放下身段，路越走越寬——他說，「放下身段」比放不下身段的人在競爭上多了兩個優勢：

一、 能放下身段的人，他的思考富有高度的彈性，不會有刻板的觀念，而能吸收各種資訊，形成一個龐大而多樣的資訊庫，這將是他的本錢。

二、 能放下身段的人能比別人早一步抓到好機會，也能比別人抓到更多的機會；因為他沒有身段的考慮。

×　　　×　　　×

我對同學說，你們現在的新新人類，自我意識很強，相對地就變得對人冷漠而疏離，我發現很多同學最大的缺點在「目中無人」，你們自問當你們在與人交談時，是否眼睛注視著對方？我姑且把你們解釋為「害羞，不好意思」，但——如果——

我故意把頭偏向一邊，不看著他們講話。

如果我對你們講課是這樣的態度，你們可以接受嗎？

你們覺得受尊重嗎？

我見到很多同學了然於心地直點頭。

我又說，我也曾年輕，因為年輕，所以也任性過，曾不知天高地厚，為所欲為，雖說是不經一事，不長一智，但傷的還是自己！

下課後走出教室，有幾位同學攔住我，說是謝謝我的一番話，他們覺得受益良多；我想，他們確實是用心聽進去了。

問題討論與活動設計

Q 何謂「勵志文學」？請舉篇章說明其與人生的聯繫關係。

Q 請說明勵志文學的價值。

Q 請從〈困頓是潛力的好友〉一文，說明你曾否陷溺在挫折中，又如何自我激勵？

Q 請說明我們如何在現實生活中透過勵志文學得到砥礪？談談你的實際經歷。

第三章

情愛文學與人生

學習目標

研讀本章內容之後，學習者應可達成下列目標：

1.認識「情愛文學」的涵義。

2.瞭解情愛文學的價值意義。

3.藉由作品欣賞情愛文學的寫作美學。

4.清楚情愛文學在人生中的地位。

何物最關情？

在整理舊資料時，翻到剪貼簿，裡面有一篇在八十四年發表於《中華日報》的文章——

至專科教書一學期不到，我覺得幾乎快被學生掏空了，因為他們是那麼的純真、可愛，讓我不由得毫不保留的把自己給掏空了。

在發下每一班的作文之前，我對學生說了一個小故事：

朱自清先生向來教學認真，尤其批閱學生的作文，更是仔細的連一個標點符號也不放過。有一次，他和俞平伯談論起作文是否應該仔細批閱。

俞平伯先生認為：大多數的學生只會注意作文分數，而不會去在意老師所批改的字句和評語；然而，朱自清先生卻不以為然的說：他有一個十多年不見的學生，突然來訪，現今的他已是一位中學的教師，他從皮包裡，拿出厚厚的一本作文，那是他還在念中學時，朱自清所為他批改的作文，他一直保存至今，且視為珍寶。

俞平伯先生認為朱自清所說的，不過是極少數學生中的特例而已，為了證實他的看法，他立刻差人到巷口買了一包花生米，誰知用來包花生米的廢紙，竟是一篇由紅筆批閱的密密麻麻的作文。

「我現在把作文發下去，希望不要哪天我去買早餐，竟發現包著燒餅、油條的是我所批改過的作文。」

學生笑了。

我也笑了。

我終究和朱自清先生一樣堅信，俞平伯先生所講的也只是極少數學生的特例而已。因為，我也是那樣珍藏著老師所為我批改的作文，那樣用心咀嚼著老師筆下所評的字字句句。

讓學生自己訂作文題目，為的是要解放他們禁錮已久的思維，他們可依其所思所想盡其表達。

希望能和你們進行一場心靈溝通，我誠摯的說。

寫什麼都可以嗎？他們興奮的問。

我點點頭。

他們開始振筆疾書。

經過兩節課，把「心靈邀約」的文章收齊後，我成了最正大光明的「偷窺者」，我進入了每位學生心靈的最深處。

——有同學說她愛情的滄桑，第一次付出真心，卻愛上一個不該愛的人，一個雙性戀者。

——有同學道他對親情的迷惘，他不明白兩個賜予他生命的人，為什麼要離異？而母親又為何要對繼父的拳打腳踢，忍氣吞聲？

——有同學傷春悲秋，表達對在軍中服役的男友「悠哉悠哉，輾轉反側」的思念。

——有同學悼念死於「論情」大火的女友。

——有陶醉在戀愛中的同學，說那令她畢生難忘的情人節，是在怎樣的意外中收到甜入心坎的巧克力和一大束玫瑰花。

——有身陷悔恨中的同學，說他離開損友後，終於鼓起勇氣，到益友的家門口，等他回家，然後再在無意中，和他擦肩而過，看他的反應，看他是否還願意接受他這個回頭的浪子。

——也有即將踏出校門，而「隨班附讀」的同學，檢視自我的成長，懊悔昔日光陰的虛度。

我的心情隨之起伏。多希望能藉著手中的這枝紅色禿筆所寫下的寥寥數語，撫平他們飽受創傷的心靈；鼓舞他們欲振乏力的精神；分享他們屬於青春的喜悅。

於是，我費盡思量，小心翼翼的在文章後面寫著：

——「不經一事，不長一智」，妳必須從跌倒處爬起來，並以之作為警惕，那麼妳才算是修畢妳的「愛情學分」，那麼未來妳終將得到真正屬於妳的幸福。

——我們無法選擇父母，也不可能去控制他們的婚姻；但我們卻可以選擇自己未來該走的路，也必定有辦法去控制自己的生活。走出陰霾，為自己而活，生命才有意義。

——禁得起考驗與等待的愛，才是彌足珍貴的。相思雖苦，然卻是價值非凡，想想有多少人也想輕嚐「苦相思」的滋味，卻不及妳幸運呢！

——無情的是大火，有情的是天地，你該「真實」的活著，把你豐富的愛，去愛你的家人、朋友，甚至於將來去愛你的妻子，我想，這絕對是在天之靈的「她」所樂於見到的。

——能夠愛人與被愛，方為最幸福之人。願妳愛所選擇，知福、惜福。

——林良先生說：「好朋友就像是一本本的好書。」很高興你又找回了你的好書。好書難得，失而復得後，則你能更仔細閱讀，相信不久的將來，你也會是別人心中的一本好書。

——「棄我去者，昨日之日不可留；亂我心者，今日之日多煩憂」往者已矣，來者可追，只要抱持「今日之我，已非昨日之我」的決心，從現在做起，就永不算太遲。

把作文一一發完後，我請得到八十六分以上的同學，上台誦讀自己的文章。

輪到第三位同學時，她帶著滿面的愁容走到我面前，央求我：老師，我可不可以不要唸？

我看了一下她的文章，答應了她。

妳怕又引起傷痛？我輕聲問她，深怕刺痛她易碎的心。

她點點頭，道了聲謝，回座去了。

那是一篇悼念她外婆的感人作品，寫她外婆自小對她的疼愛；寫她外婆從病發住院到病逝，她的憂心忡忡，她的束手無策；寫她對她外婆永遠的懷念。

我對這篇作文的印象非常深刻，因為關讀她的心事時，我也心有戚戚焉，我想起最疼愛我的外公，也是那樣在醫院裡撒手人寰的。

當第四位同學站在台上，大聲的唸著他的文章時，我突然發現前面那位同學已在她的位子上，哽咽起來。

這樣感情豐富的孩子，如一株明淨的百合，難怪她文章裡的外婆會那般疼惜她。

我走下講台，走到她身邊，她趴在桌上，我摟著她。

「堅強些，我想妳外婆在天上，也希望看見臉上掛著笑容的妳。」我拍拍她的肩。

她抬起頭來，滿臉溼潤，對我點點頭，但有一顆淚珠還在眼眶打轉。

接下來誦讀也是位女同學，她在左右同學的慫恿催促下，走上講台，她的臉是脹紅的。

站上講台後，她嬌羞的看著我。

把妳的喜悅和幸福與同學分享嘛！我接著對全班同學解

釋說：因為她這篇作文裡有一段故事。

她還是唸了，拗不過同學們的鼓動，空氣裡煥發著愛情的香氣——

「能考上二專全靠他的鼓勵。認識他時，他是個大學三年級的學生，他並不嫌棄我只是個高職的學生，他總是在一旁默默的為我打氣，讓我的人生從『自卑黯淡』轉為充滿『光明希望』。到補習班補習升二專後，他無論陰晴風雨，總是按時來接我下課，直到現在我已經是個二專新鮮人了，他還是不曾缺席。再過不久，他即將入伍，成為捍衛國家的阿兵哥，於此之際，我想大聲的對他說：謝謝你為我所付出的一切，我愛你，我一定會耐心的等你順利退伍的。」

隨著她誦讀聲的抑揚頓挫，我彷彿掉進了時空隧道，看見了還在五專就讀的自己。那時的專科生，能有一位念大學的男朋友，總是教人羨慕，而當時的自己也不免為著念國立大學的他感到虛榮。我也是在他的鼓勵下準備插班大學考試的。他幾乎陪著我「南征北討」在每一所招收插班生的大學裡，留下點點足跡。後來，我也甘願無悔的等他退伍。

我喜歡批閱學生的作文，我喜歡認真且嚴肅的批閱學生的作文，因為在他們的文章裡，我可以那麼輕易的就感受到他們對我的信任，對我的坦承，為此，我怎能不真誠以報。

在教師節來臨前就已收到不少卡片和鮮花，然而，最教我感動的是夜間部二專一年級的同學在教師節前一晚的最後一堂課上所帶給我的驚喜。

上課鐘聲響起，才準備進教室，班上引起一陣騷動，班長把我擋在門外，藉故拖延，我心中早有數，不過等進了教室，看見黑板上同學們滿滿的謝辭，還有他們才上了一個月的課的感想。

我的心底溢滿了微笑，感動得說不出話來。

老師：

在所有的課程中，我們最愛上您的課。上您的課不但受益良多，而且還是一種享受。

我損他們是不是從第一節開始黑板就沒擦掉，一直留到第四節；他們一臉委屈直喊冤枉。

我們能有這個榮幸被老師教到，真是上輩子修來的福。

我誇他們真會學以致用，把「誇飾法」運用得這麼好。

他們得意忘形的笑了。

可惜我沒帶相機，否則應該拍一張留念的，這是我到學校教書的第一年最教我感動的教師節賀禮啊！我對他們說。

我的心燎燒著，祈求上蒼能讓我在十年、二十年，甚或三十年後，依舊能有像今年一樣的教學熱忱，也依然能盡其所能的影響學生，我積極的相信花會長妍，月會長圓，教育也一樣，它的果實，一定會結得又大又好的。

×　　　×　　　×

今年，我已經在教育的舞台上演出滿八年了，八年來雖不敢說場場演出成功，但總是兢兢業業，力求無愧於心。

在與學生的互動上，我其實學習到更多。

我熱愛我的工作，唯有當工作和興趣結合，才能朝自我實現的方向去。

馬斯洛的人格心理理論指出，需要（Needs）計有五個階層：第一層屬於生理的需要（physiological needs），第二層是安全的需要（safety needs），第三層是歸屬和愛的需要（belonging and love needs），第四層是尊重的需要（esteem needs），第五層是自我實現的需要（self actualization needs）。馬斯洛的研究指出，需要的滿足與性格的形成，兩者之間有密切的關係。比如說歸屬、愛、尊重和自尊的需要的滿足，引發了諸如深情、自尊、自信、可靠等個性。

我想，我很幸運的是，我很早就把從事教職當作終身的職志，所以從大學時代起的打工經驗，不是兼家教、就是在補習班上課累積教學經驗。我把我的親身經歷，告訴我的學生，希望他們也能盡早確立目標，在朝向自我實現的路上，自在的飛翔。

（部分原載於〈吾愛吾「生」〉，《中華日報》，一九九五年十二月六日，第十四版。）

昊天罔極

有個母親老到無法行走，兒子不願奉養她，把她背到深山裡，準備給狼當食物。母親在兒子背後，拿起手裡事先準備好的小石塊，沿路扔。兒子回頭問母親扔石塊做什麼？母親說：「擔心你迷路，回不了家。」

黃春明〈兒子的大玩偶〉裡的坤樹從事廣告人的工作，必須在臉上著上鮮豔的油彩，活像個特技團的小丑，但為了養家糊口，不得不為了現實低頭。稚齡的兒子因為總是習慣父親小丑般的裝束。後來，坤樹換了工作，不必再扮小丑，可是兒子卻因為不認識卸下濃妝的爸爸而嚎啕大哭，不願意讓他抱。

張曼娟〈永恆的羽翼〉故事中的父親年輕時，是個積極奮鬥的人。他非常努力工作養活一雙子女，盡力給他們最好的生活環境。當時經濟狀況不佳，朋友都勸他送走一個孩子比較好，但他就是捨不得。他一心一意的撫養子女，渴望他們能快樂成長。

他供應子女完成學業，更花盡一生積蓄，送兒子出國定居。本以為自己也可以跟著兒子到美國享清福，結果兒子卻用各種不是理由的藉口將撫養父親的責任推到已婚的姐姐身上。

他在六十大壽的晚上，知道了這個消息——他被遺棄了，整個人瞬間崩潰了。原本生氣勃勃的他，頓時成了奄奄一息的老人了。雖然女兒、女婿算是孝順的了，但他總覺得寄居在女兒家讓他抬不起頭來。他越來越消沉，不再像以前那樣認真積極了，他不再多話，整天關在自己的房間裡，身體一落千丈。

老人安養的問題，帶給上班族的女兒、女婿相當大的問題，於是夫妻倆有了爭執，女婿在女兒「選擇」父親的情況下離開了家，後來女兒發現懷孕了，女婿趕到醫院，一條小生命，讓女婿悟到親情的重要。

× × ×

世上沒有任何一種愛，像父母對子女的付出，是那樣的無私、不求回報的，儘管每一對父母所付出的愛的方式不同，但出發點都是一樣的。

有一個學生說，他覺得從小父母用打罵的方式教育他，把他打得越來越遠，他選擇離家最遠的大學念，每個月回家兩次，每次回家和父母擠不出幾句話講，他找藉口不回家，他很想逃離那個沒有愛的地方。

「你父母的教育方式可能有錯，但也許你今天可以上大學還得感謝他們；你覺得他們的方式不對，那麼就試著和他們溝通，並且學習修正，然後用你的方式去教育你的下一代。」

我跟他說，我也在母親的權威的打罵下長大，我也叛逆、不懂事，年輕的時候也想離家，想過得自由自在、無拘無束；但隨著年齡的增長，你會發現，父母和你都在改變。

× × ×

在古代，拿到功名的人，父母是有資格受封誥的，而我所能帶給父母的封誥，只是偶而在飯局中，人家提及子女的學歷，那「博士」的頭銜所能帶給他們的一點點虛榮罷了。

雙親認為子女的教育是最重要的，那是他們一生中別人永遠帶不走的資產，那比你留下一大筆財產給他們，還來得實際。因此，雙親從小就格外重視我們的教育問題。

大概是因為從事教育工作的關係，每年見到不同的學生，我常會不經意地想起，從求學以來，雙親在我身上所付出的心血。

母親並沒有因為父親那公務人員的微薄收入，而節省我們在教育上的開銷，省吃儉用的她，寧可自己在家作加工、勾毛線衣，貼補家用，也要讓我們五個小孩和其他小朋友一樣，可以課後到老師家補習，可以學畫畫，可以參加合唱團。

我在畢業典禮上拿到校長獎，結束了快樂的小學生活。

不過，國中時期卻是我最苦澀的歲月。

一年級成績還可以，二年級下學期就有點走下坡，我一直無法適應在實驗班中沈重的課業壓力。

母親為了挽救我和雙胞胎姐姐的成績，找了一個頗具權威的家教老師到家裡上課。幾個月後，昂貴的鐘點費，讓我和姐姐答應母親要自己努力。後來，成績也確實好轉了些。

三年級，開始模擬考，二下理化的問題又出現了。

母親找來了一個從南部北上海洋大學唸書的學生，要弟弟挪出房間讓他住，母親用吃、住和他交換，解答我們理化的問題。不知道是因為他長得不夠帥，還是因為我們的問題多到無從發問，我們請母親辭退了他。

記得那時候，姐姐和我的裡層的頭髮一下子全變白了，就只有覆蓋在最外面那一層是黑的。每每母親撥開外層的黑髮，見到裡層的白髮，總是感慨地說，書也沒念得多好，反而頭髮都白了。

我的每一次對外考試，父親幾乎是從來沒有缺席過的，一直到我考碩士班，都是父親親自接送的。然而教我最最難忘的卻是國中畢業，考師專的那一次。

父親起了個大早載姐姐和我到師大附中的考場，在路上他就頻頻叮嚀：仔細作答，不用緊張。其實我們一點也不緊張，因為根本就上不了。當初是因為母親堅持要報名的。

父親陪我們找到試場，然後又幫我們檢查桌椅是否平穩？他利用手上的補習班傳單，先折疊好，然後蹲下身把桌子墊平；發現桌面凹凸不平，我們又沒有帶墊板，便急忙跑到門口，去幫我們買透明墊板。

就是因為不看好這次的考試，所以根本就無心準備好該帶的東西。見到父親離去的身影，我想起朱自清筆下的〈背影〉，雖然我那健步如飛的父親，不同於朱自清父親的蹣跚，但他們的用心卻是一樣的。

我很想對父親說：如果讓時光倒回，我一定會好好用功，而不會以「陪考」的心情來面對這次的考試。

姐姐和我雖然考上了基隆女中的第二班，但是為了逃避升學壓力，我們選擇了致理商專。

雙親尊重我們的選擇。

姐姐和我裡層的頭髮一下子全都變黑了。

進了五專才發現課業並不是想像中的輕鬆。

住校的生活，樣樣都要自己來，讓我更能體念母親的辛苦。

母親是個性情中人，記得姐姐和我第一年在宿舍過生日，我們根本忘了這個日子。下課不久，聽到樓下廣播，學校門口的蛋糕店老闆送來了一個大蛋糕。原來是母親為了給我們一個驚喜，特別坐車到板橋，在學校門口為我們訂了生日蛋糕，然後又坐車回基隆。

有一次假日回家，聽見父親向母親聊起警局裡某某某的女兒考上了大學。家裡沒出一個大學生似乎是他們的遺憾，為此，姐姐和我在專四升專五的暑假，下定決心準備插大考試；那一年父親也在為著繼續進修，考警官學校而努力。父親在寒夜的孤燈下苦讀。皇天不負苦心人，父親錄取了，他努力的精神對我造成相當大的影響。

五專畢業時，姐姐和我在畢業典禮的台上領了四、五個不同的績優獎項。

考插大時，只要是北部的學校，父親都是親自接送。

當時台大的英文考五十題選擇題，姐姐和我在車上討論著答案，父親對於我們兩人相同的答案很滿意，還在替我們規劃著如果兩個都上台大，屆時的通車路線。

考東吳那天，補習班發著那天台大英文的答案，我們才發現雙胞胎果然是「心有靈犀」，我們都選錯同樣的答案。

後來姐姐選擇念輔大英文系；我念東吳中文系。

姐姐畢業後，考上政大教育學分班，現在在國中任教；我則在中國文化大學拿到碩士學位，在職業學校任教一學期後，進崇右企專教書兩年後，報考博士班進修，四年後拿到博士學位。

如果說現在的我或將來的我，對這個社會有任何一絲一毫的貢獻的話，我的雙親功不可沒，那絕對是無庸置疑的。

（部分原載於〈「得之於人者太多」的博士候選人〉，
《明道文藝》，二〇〇〇年三月，第二八八期。）

山高海深

學生時代念到〈蓼莪〉，只覺得有些字詰屈聱牙不好背誦；現在給學生講授〈蓼莪〉，感受卻特別深刻，因為自己當了母親。

以前印象很深刻，有一次在火車上見到一個婦人在替她的嬰孩換尿布，一陣臭味滿布了整個車廂，婦人細心地用衛生紙替嬰孩擦屁股，身邊的人面露難色，她卻面不改色；等到自己當了母親後，沒想到每天還要仔細觀察嬰孩糞便的顏色是否正常，父母對孩子的用心真是無話可說。

我對學生說起了這樣的經驗，他們覺得匪夷所思，有一個女生順口說：「好噁心喔！」

我接著對他們談起我的親身感受——

我的母親說她以前懷雙胞胎姐姐和我時，害怕營養不夠，一天吃五餐，東西一吃下去，還可以感覺到肚子裡有兩雙手在搶呢！懷孕時期的我終於也感受到了，同時也體會到母親當初懷我們的辛苦。以前醫學不發達，沒有所謂的「超音波」和「剖腹產」，母親在足月時，足足痛了三天，才以自然的方式產下各三千多公克的雙胞胎姐妹，我還更是搗蛋，在姐姐出來後一小時又四分鐘才肯放母親自由，讓當時接生的助產士捏了一把冷汗。

我們家族的雙胞胎都是很有規律的隔代遺傳，不知是不是上天要我親身體驗母親懷孕時的辛苦，也讓我懷了雙胞胎。

此時的我，一面教書，一面進修。在學校上課時，學生總愛摸我的肚子，正巧遇到胎動時，總教他們興奮不已；上博士班的課，到三十週時肚子已經大到坐下來會頂到桌子，椅子也差一點坐不下去，教授特別通融讓我第一個口頭報告，期末報告也先繳。

剖腹產當天一早，護士小姐便開始為我準備事前的工作，她們似乎也和我一樣期待著雙胞胎的誕生。被推進開刀房後，緊張的心情並未隨著開刀房內音樂的流洩而有所稍減。

醫生進入開刀房，麻醉師開始打麻醉針，她要我把身體蜷曲成像蝦米一樣。但因為我的肚子太大，儘管我已經盡力，仍然無法達到麻醉師的標準。麻醉師一針又一針的試，一次又一次地囑咐我儘量蜷曲，隨著麻醉師接連失敗的嘆息聲，我開始緊張起來。

如果一直麻醉不成怎麼辦？我想。

後來，一位護士在我的大腿中間放進了一個枕頭，要我夾緊；接著一位護士緊緊壓住我的腿，另一位護士則是盡力將我的頭往裡彎。大概是第四針還是第五針，我痛得大叫起來，緊緊抓住那位壓著我的頭的護士。

護士小姐看著我，並對著我說：「沒關係，妳會痛就抓著我。」話才一完，就拉著我的手，勾住她的手。當時我那顆無助的心，滿是感激，但卻連向她開口說一聲謝謝的力氣也沒有。

終於我的下半身開始感到沒有知覺，為爭取時效，醫生和護士忙成一團。

我在心裡對著肚子裡的兩個小傢伙喊著：寶寶，加油！

九點五十一分，經由天花板的反射，我看見第一個寶寶被拿出來，聽見他宏亮的哭聲，我才暫時定下心來。

兩分鐘後，我聽見醫生說：「快快快，把他拉出來！」於是，我又聽見第二個寶寶的哭聲。

當護士小姐先後把哥哥、弟弟抱給我看時，我幾乎感動地落下了眼淚，當時心中想的卻是在開刀房外守候的母親——我該如何描述當時心中對母親百感交集的感恩呢！

當醫生把傷口縫合，處理完畢離開時，已經是十點十分了，當時的我，不但嘔吐，又全身發抖，血壓也過低，麻醉師把我留下來繼續觀察。

我一直喊冷，護士們為我蓋上毛毯，又拿熱水袋暖和我。

麻醉師捏我，我也不覺得痛，幾乎是整個上半身都失去了知覺，只剩下腦子還能思考。

快十二點血壓才漸漸回穩，我被推出了開刀房，推進了觀察室，見到心急如焚的家人，我忙問雙胞胎的狀況——哥哥2710公克；弟弟2830公克——知道他倆一切平安，我才完全寬心。

學生們聽得目瞪口呆，我們是被鐘聲打回現實的。我花了將近一節課的時間說了自己的經驗，我覺得相當值得，這比起空泛地把書本中的大道理傳授給他們來得重要。

蘇格拉底說：「不孝順父母，而盡情於他人，無益也。」這句話頗值得現代的新新人類深思。我把這句話留給他們去思考。

隔天，一個女學生跑來辦公室找我，說她昨天回家後，向她母親說起我的生產經驗，並問母親懷孕和生產時的狀況。學生說：「老師，我媽媽說她生完我之後大血崩，我差點變成沒媽的孩子，好恐怖喔！我媽媽不說，我還永遠不知道呢！」

這個女學生剛開學時，才說為了男朋友和母親鬧得不愉快，想來因為這件事，她們的關係應該有所改善了吧！

（原載於《明道文藝》，二〇〇一年八月，第三〇五期。）

娃娃不要哭

早上急忙送著紅著雙眼的雙胞胎去幼稚園後，便趕到學校。還未坐定，見到辦公桌上成堆的作業，順手拿起一篇批閱，這是我要求學生做的課外讀物心得報告。

這個學生選了一本在談現代人忙碌的書，他舉自己的親身經驗說：在他的印象中有一個長長的階梯，是他一輩子也忘不了的。念幼稚園時，放學後他就是坐在那階梯上，等待爸爸或媽媽來接他的。有一天，小朋友一個個都被接走了，娃娃車也送完小朋友回來了。園長關了門，交代一位老師坐在階梯上陪他等家長來接。天色越來越暗，他心裡焦急地想哭，後來終於見到媽媽匆忙地趕來，連聲抱歉，解釋說是開會開到忘了時間。他在文章中寫著：「雖然當時我沒有怨怪母親，但在心中我對自己說：『以後我絕對不會這樣對待我的孩子。』」

我立刻擱下筆，起身撥了一通電話到幼稚園，詢問雙胞胎的狀況，老師有點一頭霧水。

在歷經保姆不適任、菲傭不適應和印尼傭的偷竊後，不忍再煩勞辛苦的母親，在兩害相權取其輕的情況下，在雙胞胎兩歲兩個月時，忍痛送往隔壁的幼稚園上娃娃班。

我對他們說：「你們要勇敢，爸爸媽媽真的很忙。」他們哭紅著眼說：「我要勇敢。」兩人手牽手，先是聽話地向我揮別，後來見我要走，又哭著要跟出來；放學後，我去接他們。哥哥遠遠看見我，淚水在眼眶打轉。我問他有沒有哭，他噙著淚水，用力地吸了一下鼻，對我說：「我沒有哭，我要勇敢。」那聲音還哽咽著，可是，弟弟已經放聲大哭了。

在撰寫博士論文期間，壓力很大，職業婦女的辛苦，豈是筆墨所能道盡，我的指導教授唐翼明老師，深知我為無法多陪伴小孩而苦，開導我說：妳自己努力，就是給小孩最大的學習榜樣，小孩看到妳努力，將來也會跟著求上進，在這種環境中長大的小孩，相信每天耳濡目染，哪有不好的道理，雖然妳現在沒有很多時間陪他們，可是等以後妳有了一番成就，妳的孩子就會對別人說我的媽媽是教授！我的媽媽出了幾本書！

我為學生的報告寫完評語後，又加了幾句話：相信你的父母一定也想參與你的成長，一定不想在你的任何生命階段中缺席，只是現代人在工作職場上賣力演出，總有很多無奈，待你年紀增長，定更能體會。適時地和雙親溝通，讓彼此傾聽對方的心聲。

（原載於《聯合晚報》，二〇〇一年三月二十五日，第十三版。）

公園裡的巴掌事件

假日帶雙胞胎兒子到公園的溜滑梯玩。

遠遠地哥哥就說：「媽咪，好多人哦！」我們家住在公園區，平常散步至此，溜滑梯都是形單影隻，所以常常只有他們兄弟倆獨享，今天見到那麼多人，他們感到有些驚訝。我趁勢機會教育：「這裡的溜滑梯、盪鞦韆不是你們的，是大家的，要和別的小朋友輪流玩。」

雙胞胎爬上溜滑梯，哥哥在玩溜滑梯的方向盤，弟弟則站在旁邊喊著：「求救！求救！」原來兩人演起電影「鐵巨人」的情節。後來，來了一個小女生，有意玩方向盤，兄弟倆聽從我的話，先跑去溜滑梯，才又回來等著玩方向盤。

我放心於他們的受教，便坐到長凳上隨意翻著書，才一不小心抬起頭便看見哥哥和一名比他大的男孩似乎起了爭執，我才起身趕過去，便聽見「啪！」一聲，哥哥的左邊耳光被打紅了。

我馬上抱起還不滿三歲的兒子，並對打人的男孩說：「弟弟，你不可以隨便打人喔！這樣是不對的。」男孩看著我，面不改色。我的聲音應該夠大，為的是要引出他的父母，好適時導正小孩的偏差行為，但卻不見其蹤影。

我把雙胞胎帶到長凳坐下，我問哥哥是不是他先動手？哥哥說：「媽咪，我沒有。是他先搶我的方向盤，很兇，也沒有問我可不可以。」

我把他擁入懷裡，撫著他泛紅的臉頰，雖然我也體罰小孩，但從不曾打過耳光，那會傷害他的自尊心。我的心中還在不捨，一不注意，弟弟衝了回去，對著還在玩方向盤的那個男孩大聲斥責說：「你怎麼可以打我的哥哥，他是我的哥哥耶！」我馬上又去把他拉回來，他滿臉不甘心。

我想，此時他們的價值觀必定起了矛盾，過去用心建構在他們心中的秩序觀會不會有所瓦解？——為什麼可以亂打人？為什麼沒有受到處罰？

我突然擔憂起那個男孩，是什麼樣的成長背景，讓他出手就打人耳光，他看起來不過才幼稚園中班啊！

從事教育工作，看了太多問題孩子。

家庭教育是基礎教育，其實遠比學校教育重要很多。需要再教育的家長總是等到孩子出了事，才責怪老師沒有盡責。其實如果家長能在孩子小時就做好身教、言教，那麼少年弒親、恐嚇威脅的事件，又怎麼會層出不窮呢！

我想起一位未婚的同學說過，她們決定婚後也不生小孩了，因為不僅生到不乖的孩子要擔心，若生到乖的孩子更要擔心，因為會被壞孩子欺負。雖然這是消極的說法，但積極的作法還是要靠所有的家長對小孩負起監督、規範與溝通的責任。

我又帶他們走向溜滑梯，此時，一輛警車從眼前駛過，哥哥高興地說：「媽咪，妳看，警察伯伯來捉那個打人的哥哥了。」

（原載於《聯合晚報》，二〇〇一年九月九日，第十三版。）

把握機會教育

雙胞胎兒子滿四歲了，開始對各種事物產生好奇，比如到停車場停車，兩人會爭著要從機器按鈕取票，興奮地見著柵欄升起，車子才能通行。我自己也是一個充滿好奇心的人，所以我喜歡讓他們參與生活，我讓他們知道停車要付錢——插入票卡，投入零錢，取出票卡；投販賣機的機器，讓他們眼見自己所選擇的物品掉進取物口。

我隨著他們的興奮而興奮。

他們開始對各行各業的人感到興趣，我也樂於讓他們去瞭解各個不同階層的人。

有一天，從台北回基隆，兄弟倆急著要我「評分」看誰今天表現比較好，因為他們知道會經過收費站，他們對於可以把回數票交給收費站的小姐，並且向她們說一聲謝謝，感到非常榮耀。

「媽咪，今天誰是小乖？。」弟弟急著問。

這是我和他們從小的約定。所以兩人總是很能帶出門。

「覺得是小乖的舉手？」我從後照鏡看著問他們。

弟弟舉手舉得堅決；哥哥有點猶豫。弟弟馬上拉票說：「媽咪，妳要哥哥在車上睡一下，可是哥哥沒有聽妳的話；妳不買雷龍給他，他還在吵。」

哥哥被說得心服口服，只能把手放下。

快到汐止收費站時，兩個都睡著了。我試著輕聲喊弟弟，他一下子就醒了，滿心期待地從我手上接過回數票。我按下後座的車窗，還不忘提醒他要記得和收費的阿姨說謝謝。

我正好把車停在收費小姐可以輕易取票的位置，可是她沒有馬上從弟弟手上把票拿走，反而訓了我一頓：「喂！幹嘛大人不拿票，讓小孩子拿。」

我被說得有點莫名其妙，一時之間還反應不過來，又怕停車解釋會影響車流量，於是我就把車開走了。但我發現弟弟有點嚇到了，他二話不說，躺了下來，按他的個性是會問問題的。我想，他一定以為他和哥哥吵著要付收費票，所以害媽媽被罵。

回到家後，我打電話到汐止收費站去反映這件事情，並且弄清楚是否一定是要司機繳費；副站長頻頻表示抱歉。

我說我們以前遇到的收費小姐都很客氣，對於小孩很可愛地對她們說謝謝，有的還不忘誇獎一下。副站長說他會處理，並要我留下連絡方式。

掛斷電話後，弟弟問我打電話給誰，我先問他剛剛是不是嚇到了，他點點頭。我說：「媽咪打電話給剛才那個阿姨的老闆，那個阿姨那樣是不對的，老闆說會處罰她。」

晚上，我帶他們去等垃圾車，弟弟突然冒出一句：「媽咪，我記得小時候妳抱我把垃圾拿給垃圾車伯伯，妳叫我跟他說：『垃圾車伯伯你好辛苦』，垃圾車伯伯還說我很乖。」

這大概是一年多前的事了吧！憶及當時他們嫌垃圾好臭，我刻意帶他們去倒垃圾，讓他們瞭解不同階層人物工作的辛勞；至今他們還記憶深刻。

你能說機會教育不重要嗎?

（原載於《中央日報》副刊，二〇〇二年十一月六日。）

擁有・施予・讚美

我的雙胞胎兒子，在一歲八個月時，有一次，帶他們倆到診所看病，候診室有一個木馬和小型的溜滑梯，哥哥騎上木馬，弟弟則去溜滑梯，後來有一個年紀比他們大的男孩，等在哥哥的後面準備騎木馬，哥哥一邊騎，一邊慌張地喊著他弟弟：「弟弟，快來，有別人啦！」我第一次聽到他用「別人」這兩個字。

在外面他們兩個有一種生命共同體的使命，可是在家裡兩個人又是壁壘分明，他們自己有屬於自己的玩具和零食，誰也別想侵犯對方的「自我疆界」。

兩歲半時，哥哥喜歡用紙盒子或積木，搭一座城堡，圍成一個圈，有阿兵哥站崗，坦克車保護著，連恐龍都躲在裡面，覺得很安全，他宣稱那是他的家。

弟弟從小就是個美食主義者，喝牛奶要從櫥櫃裡挑他愛的杯盤，然後佔為己有，說是哥哥不能用；吃不完的糖果，藏到屬於他自己的藏寶盒裡，一直等到糖果軟掉了，被螞蟻瓜分了，才依依難捨地丟掉。

四足歲時，有一天睡午覺，兩個為了爭東西鬧得不愉快，哥哥讓步後，搶著爬到我身上，讓我抱著睡，弟弟也爭著過來，他推開他弟弟說：「這是我的媽咪啦！你要叫她阿姨。」我被他的說法嚇了一跳。

滿五歲後，已經懂事到可以心甘情願地輪流分享——原本兩人習慣搶著使用車庫的遙控器，享受停車場的鐵門被自己打開的快意，可是弟弟有一次說：「媽咪，我今天要讓哥哥開，因為哥哥剛才分我吃他的黃箭口香糖。」

後來，我在《與領導有約》這本書裡驗證到：原來，小孩需要的是在「給予」之前，先有「擁有」的經驗，除非我們真正擁有某樣東西，否則無法給予他人。小孩真正的擁有後，就自然願意與人分享。想想大人的世界不也是如此。

談起這樣的「擁有」經驗，我不免感慨太多的父母還是把自己的孩子當成私有的財產。我有一個學生面對畢業即失業的窘境時，怨怪他的父母說：「我喜歡文學，我想到文教界作編輯的工作，可是當初我爸媽說念文的沒用，念電腦才有出路，他們就是沒有學電腦，現在很多工作都不能作，可是我對電腦毫無興趣，成績念得又不好，根本找不到工作。」又有一個學生說他爸爸在他們很小的時候就常常三天兩頭到大陸出差，他知道媽媽很委屈，他也並不反對他們離婚，可是他們自己礙於面子問題不去處理，卻又常常對他施壓說，要不是為了他，他們早分道揚鑣了。他說：「我寧願他們離婚，過得快樂一點，我也可以解脫。」

敘利亞詩人作家紀伯倫（Kahlil Gibran）有一節談育兒的詩，足以給天下的父母，特別是視兒女為私人財產的父母念茲在茲——

> 你的兒女不是你的兒女。
> 他們是生命對自身渴望所產生的兒女。
> 他們經由你出生，但不是從你而來，
> 雖然在你身旁，卻不屬於你。
> 你可以給他們你的愛，而不是你的思想，
> 因為他們有自己的思想。
> 蔽護他們的身體，而不是他們的靈魂，

因為他們的靈魂住在你夢中也無法企及的明天。
你要向他們學習，而不是使他們像你。
因為生命不會後退，也不在昨日留連。
你是弓，兒女是從你發射而出活生生的箭。

× × ×

為人父母的責任只是給予孩子充份的愛，還有培養他們獨立成家後所應該具備的能力，在《與幸福有約》裡，史蒂芬．柯維整理出十種至為重要的能力：工作、學習、溝通、解決問題、悔悟、原諒、服務、敬拜、玩耍享樂以及在荒野中求生存的能力。（天下遠見出版社，二○○三年，頁93。）

我覺得，這十種能力的確重要，但在談到培養這些能力之前，父母的身教是最不容忽視的，兒時經驗會影響孩子的成長，家中的長者是孩子的角色模範；不管好壞，孩子都會認同他們。

有一次，開車在高速公路上，遇到超車不打方向燈的計程車，我心一驚，脫口一句：「死司機，真是沒水準。」後來，只要遇上超車的車輛，雙胞胎也會自動補上：「死司機，真是沒水準。」

我糾正他們，也開始注意自己的言行。

一天下午，臨時起意帶雙胞胎到兒童育樂中心，在入園口買票時已是四點半了，我問售票小姐幾點關門？她說五點。

「五點就清場了嗎？」我再次確定，猶豫著要不要進去。

「五點就不能入園，六點才清場。」

五歲兩個月的小兒子在一旁用力踮著腳尖追問著：「可以晚一點出來嗎？」

晚上，到大賣場購物，在入口處量額溫時，弟弟問量額溫者：「請問我幾度？」

我看著他，會心一笑，在他身上見到我的影子。

我領悟到，不可能有常常把過錯歸罪給別人的父母，會栽培出懂得原諒或悔悟的孩子；不可能有常常插隊的父母，會栽培出懂得守秩序的孩子；不可能有把別人的東西據為己有的父母，會栽培出路不拾遺的誠實的孩子。

×　　×　　×

多數傳統的中國父母都一樣，不像外國人常把愛掛在嘴裡。更嚴重的是，當別人誇獎你的小孩時，為了要表現自己謙虛的「美德」，還會數落出小孩一大堆的缺點。

我的父母也一樣含蓄，但我並不苟同這樣的作法，我覺得愛就要大聲說出來。

我們從小就極為依賴、脆弱，需要歸屬感，長大後，一樣需要被接納、被關愛、被期盼、被肯定。我常常抱著我的兒子說：「我愛你。」也許因為自己也需要很多的愛，也許因為心虛，擔心愛他們不夠多，所以，一直要在言語上強調。

沒有人喜歡被否定，唯有讚美會讓自己得到肯定，小孩子尤其需要，因為讚美，小孩子的想像力才不會被抹煞。

我的大兒子喜歡畫畫，在他的想像空間裡，他把他喜歡的各種車子，結合了「神奇寶貝」裡面的怪獸，描繪成他自己命名的「吊車獸」——上半身是吊車，下半身是怪獸；還有「坦克獸」——上半身是怪獸的頭，下面用坦克車的履帶支撐著。

在我的讚嘆聲中，他愈畫愈好，於是在我為他準備的畫冊裡，留下了他的成長足跡。

我的小兒子很認真地把他寫好的二十六個英文字母大小寫送到我面前，等著被誇獎。

我實在訝異，我是到要進國中的暑假才學會字母的。「你才幼稚園中班就會寫字母了，媽咪以前是到很大很大了才會的。你真的好棒！」我在他的臉頰上用力地親了一下。

「可是妳是博士耶！」他有些懷疑我的讚美。

「哇！那你還這麼小就比我厲害，以後不就是宇宙超級無敵大博士。」他被我誇得心花怒放，直問：「真的嗎？」

其實我並不會要他將來能成為如何頂天立地的了不得人物，只希望他能順著自己的意志，快樂的學習與成長。

我把這樣的經驗告訴我的學生，希望他們學習在評論別人的報告或提供意見看法時，利用所謂的「三明治哲學」——先褒後貶再鼓勵——會較易於被接受，同樣地也會得到他人中肯的意見。

劉墉在《迎向開闊的人生》談到自主時，他說他發現：愈獲得尊重，愈懂得自重。我想，懂得自重的人，才能激發內在的力量，學習施予、不自私、體諒與寬恕。

他永遠在那裡

每個人都有被關懷、被認同與被理解的需要，我們除了可以在親情和愛情中去得到這樣的心理需求外，還可以透過友情去豐厚你的生命。

海明威《老人與海》的故事是描述一位名叫聖地亞哥的古巴老漁夫，在八十四天毫無漁獲的情況下，孤身一人駕著小船出海，而捕獲一條大馬林魚，但這條魚實在太大了，牠拖著聖地亞哥的小船在海上跑了三天才筋疲力竭。

聖地亞哥把這條大馬林魚殺死後，因船太小裝不下這條大魚，便將之綁在船的一側，但在歸程中，鯊魚嗅到死魚的血腥味，一次又一次的向死魚襲擊，老漁夫用盡一切方法來反擊，但結果是他只帶回了魚頭、魚尾和一條脊骨回到港灣。

故事中最令我動容的是：一位名叫馬諾林的孩子，聖地亞哥教他釣魚的知識，他們是一對忘年之交，但自從聖地亞哥在四十天都沒捕到魚後，馬諾林的父親就叫他去別人的船上工作，可是馬諾林仍舊每天都裝做不在意的來探望老人的船，並幫他的忙：

> 「你應該還記得吧！有一次一連八十七天都沒釣到一條魚；可是緊接下來的那三個禮拜，我們每天都捕到大魚。」
> 馬諾林回憶似的說著。
> 「我當然還記得。」老人似乎也陷入了回憶，「我知道你對我是有信心的，你不是因為怕我釣不到魚才離開我的。」（書華出版事業有限公司，一九八六年，頁12。）

白先勇〈金大班的最後一夜〉裡的朱鳳是金大班一手提拔的舞女，好不容易等到她小有成就，能留住不少客人，朱鳳卻在金大班舞場生涯的最後一夜告訴她，她為了一個年輕大學生懷孕的事。金大班生氣的要求朱鳳墮胎。這時朱鳳死命的用雙手把她那微微隆起的肚子護住，眼睛凶光閃閃，竟充滿了怨毒。

這樣的朱鳳讓金大班想起過去的自己，她也曾經愛過那麼一個男人，刻骨銘心到使她願意為他生，為他死。她二話不說把手上金光閃閃的大鑽戒脫下來交給朱鳳。這兩個歡場女子的情誼，是藏在她們世故老練外表下的另一種真情。

今年大學入學考試放榜後，考上國防管理學院法律系的雷家佳，覺得備取的張穎華因為家境清苦，比她更強烈需要進入軍校，所以她在百般掙扎後，決定大義讓賢，一圓張穎華的夢想；張穎華充滿感激地在電話中感謝雷家佳的成全，兩人成為好朋友，互相鼓勵。這樣的情感，贏得社會大眾的讚賞和掌聲。

我曾在報上讀到一篇黃冠城醫生所寫的文章：一個小學三年級的女孩患了血癌，北上就醫做化療後，女孩一頭烏黑及腰的長髮掉得精光，她開始落淚，食欲不佳，整整一個禮拜都不說話。假日在兒癌病房湧進了二十幾個男男女女的小光頭，原來他們怕女孩因為掉光頭髮而傷心，所以全班決定一起理光頭，來為女孩打氣。這篇名為〈我們全班都光頭〉的文章講的正是最真摯的友情啊！

一段難得的友情的建立並不容易，那需要累積許多的時間、瞭解和信任，才能達到所謂的「知己」的境界。知己間一個眼神交換的默契是最寶貴的，毋須虛與委蛇的多餘言語，彼此了然於心——晉國大夫叔向獲罪入獄，他的好朋友祁奚去找另一位勇於納諫的大夫范鞅，力挺叔向無罪。後來，叔向被釋放了。事後，祁奚沒有告訴叔向這段經過；叔向也不曾去感謝祁奚的救命之恩。

真正的朋友在你需要幫忙時，不需你開口，他就已經把肩膀朝你靠過來，而且還會不露痕跡地感謝你讓他有機會聲援你。有個故事說有四個好朋友，其中一個女孩在打工湊足學費，準備出國留學之際，父親突然過世，辦完喪事後，兩個好友知道她手頭有問題，主動拿錢資助，但被她婉拒。在機場送機時，從頭到尾沒有任何表示的好友拿了一千塊美金給女孩，說是請求她幫忙定期寄書單給她，她要買原文書，一千塊是暫放在她那裡的書錢。女孩寄了書單，遲遲不見好友要買書，好友去信說是沒見到中意的書，請她繼續寄書單。三年過去了，女孩拿到學位歸國，三個好友來接機，女孩歸還了好友的一千塊，並玩笑數落說，書單白寄的，一本書也沒買，同時又感激地說：那一千塊陪她度過最艱苦的時間。三個接機的好友會心一笑，後來一起分了那一千塊。

在念研究所時，我深刻體會到孔子說的：「獨學而無友，則孤陋而寡聞。」當時所結緣的幾個好同學，大家互相勉勵，那種真誠如沙漠中的綠洲；寫論文找資料時，發現了是你可用的參考資料，幫你影印好郵寄給你，信封袋裡就只有資料，彷彿什麼話都是多餘。現今大家在各自的教育崗位上努力，我們偶而通電話，一年見面的次數屈指可數，可彼此都知道，從不停止關心對方。不管是面對風雲際會的相聚或雲淡風輕的分離，我們總明白當你需要他時：他永遠在那裡。

當我的生命徬徨不定時，有好友送來祝福，說不管是什麼決定，都永遠支持。當我陷落在生命中的低潮時，有好友握著我的手陪我同哭；有好友說他二十四小時開機，隨時等我倒垃圾；有好友透過電子郵件傳送一些勵志性的文章給我打氣。當我的生命遇上缺口時，有好友勸說人生有憾事，才是真實活著，願意陪我一起慢慢咀嚼遺憾。

朋友是人生最無價的寶藏，提供我們生活的養分，是一本益智進德的好書。

此情可待成追憶

愛上李商隱，就像愛上咖啡，成了癮。

愛李商隱筆下的情愛迷離，愛李商隱對愛的固執專一。

「錦瑟無端五十弦，一弦一柱思華年。莊生曉夢迷蝴蝶，望帝春心托杜鵑。滄海月明珠有淚，藍田日暖玉生煙。此情可待成追憶，只是當時已惘然。」（＜錦瑟＞）戀人的心靈不堪忍受生離死別的重壓，令人迴腸蕩氣；近在咫尺的是歸夢的杳邈難期，悠悠相別經年，魂魄不曾入夢。兩人各在天一涯，清冷獨居，無言的愁緒不斷繚繞。

我像是在月已轉廊的夜晚，遇上了為愛癡狂的李商隱；見到了寂寥淒寒的李商隱。無情似有情，在清風明月中，苦苦相思——「相見時難別亦難，東風無力百花殘。春蠶到死絲方盡，蠟炬成灰淚始乾。」（＜無題＞）在朦朧的燭光照映下，更籠罩上一層如夢似幻的色彩。因為，聚少離多，所以顯得情感綿密；因為，別易會難，所以道一句珍重愈顯沉重。

遙想酒暖燈紅，戀人對坐，脈脈含情。「昨夜星辰昨夜風，畫樓西畔桂堂東。身無彩鳳雙飛翼，心有靈犀一點通。」（＜無題＞）有著旖旎的溫馨情事，翩翩起舞的是，空氣中所飄散的愛情香氣。

因著愛情間隔的距離美感，我有了迷戀李商隱的理由。因為，千迴百轉愛得辛苦，所以，倍感珍惜；因為，望眼欲穿等得艱辛，所以，更生執著。

我想，繽紛的落紅，也會對清冷的李商隱同病相憐。

尋找屬於你的北極光

大陸作家張抗抗〈北極光〉裡的陸岑岑的愛情生命中出現了三個男人——

傅雲祥和陸岑岑是經由他人介紹認識的，傅家的條件令陸岑岑的媽媽相當滿意——傅雲祥的父親是處長，他則是個三級木匠，人長得高大英俊。但是，對於這個功利主義的未婚夫，每天忙著交際應酬，到處拉關係，陸岑岑總嫌他市儈無大志，她尤其受不了他與那群朋友庸俗的聊天和烏煙瘴氣的麻將聲。

費淵和陸岑岑是同一所大學的同學，一次，他們不期而遇，閒聊起來。在暢談中，陸岑岑被他的談吐所吸引，同時也發現費淵是個悲觀主義者，他覺得人性是自私的，現實是黑暗的，理想是虛偽的，年輕人的唯一出路只能是自救。

曾儲和陸岑岑在費淵的宿舍相識，他是學校裡的水暖工，老師為他說了一些好話，才得以進入業餘大學日語系插班進修。他有著不幸的身世。從小是個孤兒，和陸岑岑一樣當過知青，後來進廠當管理員，因為揭露廠領導的不法行為，遭到報復，同時又因為與天安門事件有牽連，被捕入獄，女朋友也因此離開了他。然而，雖然如此，他對人生的看法，卻和費淵正好極端，是個樂觀主義者，他認為個人想要得到幸福，必須先以實現社會的共同幸福為前提。他對生活的熱情，使陸岑岑對他產生了很大的興趣。

作者利用陸岑岑對「北極光」的嚮往——小時舅舅告訴過她，北極光的神奇美麗，誰要是能見到它，誰就會得到幸福——陸岑岑先後對三位男主人公提起北極光，而他們的不同看法，呈現了不同的人生觀，決定了陸岑岑的選擇。

傅雲祥——

「那全是胡謅八咧，什麼北極光，如何如何美，有啥用？要是菩薩的靈光，說不定還給它磕幾個頭，讓它保佑我早點返城找個好工作......」（中國作家協會創研室編：《公開的"內參"》，長春：時代文藝出版社，一九八九年三月，頁20。）

費淵——

「出現過？也許吧，就算是出現過，那只是極其偶然的現象。」
「可你為什麼要對它感興趣？北極光，也許很美，很動人，但是我們誰能見到它呢？就算它是環繞在我們頭頂，煙囪照樣噴吐黑煙，農民照樣面對黃土......不要再去相信地球上會有什麼理想的聖光，我就什麼都不相信......」（頁52）

曾儲——

「十年前，我也曾經對這神奇而美麗的北極光入迷過......我是喜歡天文的，記得我剛到農場的第一天，就一個人偷偷跑到原野上去觀測這宏偉的天空奇觀，結果當然是什麼也沒有看到......我問了許多當地人，他們也都說沒見過，不知道......我曾經很失望，甚至很沮喪......但是無論我們多麼失望，科學證明北極光確實是出現過的，我看過圖片資料，簡直比我們所見到過的任何天空現象都要美......無論你見

沒見過它，承認不承認它，它總是存在的。在我們的一生中，也許能見到，也許見不到，但它總是會出現的……」（頁120）

隨著婚期的逼近，陸岑岑內心的困惑更加強烈，終於就在傅雲祥強拉著她去拍結婚照，在即將穿上婚紗的剎那，她逃出了照相館，決心去找尋她理想中的愛情，她「寧可死在回來了的愛情的懷抱中，而不是活在那種正在死去的生活裡」（頁89）

陸岑岑還是做出了改變她一生的選擇，勇敢地面對父母的責罵，鄰居、朋友的斜眼和奚落，她拋棄了名聲、尊嚴和榮譽，忠心地面對自己的決定——選擇曾儲。

所謂的「志同道合」指的是：人生目標、價值觀一致，志趣相同，或者所從事的事業相同。男女雙方唯有在生活信念、價值觀、人生觀等方面基本相同，才能使心理相容，才有幸福可言。

在台灣八○年代的小說中——蕭颯〈死了一個國中女生之後〉從藍惠的眼中見其父母，她知道她那會彈琴、愛看書的母親，相當後悔憑媒妁之言嫁給了只會做生意，沒有一點藝術修養的父親；施叔青〈困〉裡的葉洽，婚後承認她與丈夫沒有任何共通點；廖輝英《藍色第五季》裡一結婚就發現錯了的季玫，坦承從未與丈夫享受過相濡以沫的滋味——我們相信，有著共同語言的終身伴侶，才能在生活與事業上創造出絕對融洽的情感，相互扶持，同甘共苦地走完一生。

（部分原載於〈大陸女作家張抗抗及其〈北極光〉〉，《中國文化月刊》，二○○○年七月，第二二四期。）

遇見《紅樓夢》

曹雪芹的《紅樓夢》是中國文學的經典，其中的人物刻劃倍受讚譽。

在現實生活中我們不難見到寶玉、黛玉和寶釵的三角戀情，還有因為家世背景而被犧牲的愛情。

其實寶玉眼中有黛玉，黛玉眼中也只有寶玉，可是為什麼黛玉每回和寶玉見面，十之八九不是生氣流淚、就是大哭、大吐，這主要的原因就是寶玉和黛玉的這段兒女私情，並不見容於當時的封建禮法社會，因此他們誰也不敢將心底的那份真愛向對方表白，只能不斷藉著文字抒情試探，或透過鬟兒從中傳遞情意，因為門第的觀念與「金玉姻緣」的重擔，使得黛玉對這份感情有很深的不安全感與不確定性。

當然除了門第的差異外，還有黛玉本身的問題，她的體弱多病，她的不通人情世故，心細如髮，都太小家子氣；在長輩的眼裡，唯一能與寶玉匹配的，也只有通達事理，知常守分的寶釵。

在第二十回中，寶玉和寶釵聽說史湘雲來了，兩人便連忙至賈母處見史湘雲，黛玉正好在一旁，便問寶玉，「打哪裡來？」寶玉回答：「打寶姐姐那裡來。」

黛玉冷笑道：「我說呢，虧了絆住，不然。早就飛了來了。」後來黛玉又賭氣回了房，最後，還是在寶玉再三保證他對她的「心」，黛玉才釋懷。

其實，寶玉也感到黛玉的任性，所以才會對她說：「就是我說錯了，你到底也還坐坐兒，合別人說笑一會子啊。」寶玉也希望黛玉能懂事明理些，以贏得長輩們的心。

而寶玉和寶釵之間的言語又不同於黛玉，寶玉對林妹妹是一種惺惺相惜的知己之情，而他對寶釵則是一份手足的尊重之情，自然說話也不涉及愛情；然寶釵的家教也不容許她說出越矩的話來。

例如在第三十回中，寶玉問寶釵怎麼不聽戲，寶釵推說怕熱。寶玉笑說怪不得大家都拿她比成楊貴妃，寶釵聽了，紅了臉，想了想，臉上越下不來，便冷笑了兩聲，說道：「我倒像楊妃，只是沒個好哥哥好兄弟可以做得楊國忠的。」

寶釵之所以能夠得到上自家中長輩，下自丫環奴僕的愛戴，在於她善解人意，能識時務，所以很得人心；試想上面的這種狀況如果是發生在黛玉身上，她定不是拂袖而去，必又是冷嘲熱諷一番了。

寶釵很善於「見人說人話」，比如在第三十二回中金釧兒投井自殺，王夫人正自責著不知金釧兒是否因前日弄壞了東西，她攆她下去，一時想不開投井的？

且看寶釵是怎麼寬慰王夫人的——

> 寶釵笑道，「姨娘是慈善人，固然是這麼想。據我看來，他並不是賭氣投井，多半他下去住著，或是在井旁邊兒玩，失了腳掉下去的。他在上頭拘束慣了，這一出去，自然要到各處去玩玩逛逛兒，豈有這麼大氣的理？縱然有這樣大氣，也不過是個糊塗人，也不為可惜。」

後來，寶釵為了加強王夫人對她的好感，立刻把自己所做的兩套衣服，送出來做裝裹——

> 寶釵忙道：「姨娘這會子何用叫裁縫趕去？我前日倒做了兩套，拿來給他，豈不省事？況且他活的時候兒也穿過我的舊衣裳，身量也相對。」王夫人道：「雖然這樣，難道您不忌諱？」寶釵笑道：「姨娘放心，我從來不計較這些。」

在第五十六回「敏探春興利除宿弊 賢寶釵小惠全大體」中，寶釵識小也顧大，幾乎是收買了眾婆子的心。

相較於寶釵待人接物的圓融，黛玉就遜色很多。

例如在第二十九回，黛玉為「金」、「玉」之事諷刺寶釵；在第三十回中諷刺湘雲，所以她被湘雲批評為：「專挑別人的不是」；在第三十一回諷刺襲人，故而招致襲人對她產生反感與戒心，終在長輩為寶玉安排婚事時，報了一箭之仇——黛玉被犧牲了。

也許是因為黛玉身世飄零，長久以來就缺乏安全感，使她在言談中總是和人格格不入，防備之心使她一直不容易跟旁人打成一片，就連她身邊最親的奶媽，還有從小跟在身邊長大的丫環，也未必能對她們掏心掏肺，熱絡相待，以致常感到孤單無助，鬱積成疾。

曹雪芹為了加強讀者對賈寶玉、薛寶釵和林黛玉這三個主要人物的印象，於是特別同時創造了甄寶玉、花襲人和晴雯三個次要人物來作陪襯。所以，我們可以把襲人看成是薛寶釵的影子；把晴雯當作是林黛玉的化身。

襲人的識大體，晴雯的任性，我們應該也可以在週遭友人找到影子。

性情溫婉的襲人，服伺寶玉無微不至，她心思細密，照料寶玉衣食冷暖，絲毫未有懈怠。

襲人在怡紅院中的地位是相當微妙的，因為她是第一個把最寶貴的處女貞操，獻給寶玉的人。所以寶玉對襲人總有一份難以言喻的情愫；而襲人也自然而然地將自己的前途與命運繫在寶玉的身上，所以，相對地，襲人就對寶玉的前途格外關心。

在第十九回中，襲人故意騙寶玉說她家裡人準備要來贖她回去，寶玉急慌了，襲人趁機出三件事要寶玉切實做到。

> 寶玉忙笑道：「你說，那幾件？我都依你。好姐姐，好親姐姐！別說兩三件，就是三兩百件我也依的。只求你們看守著我，等我有一日化成了飛灰，……」急的襲人忙握他的嘴，道：「好爺！我正為勸你這些個。更說的狠了！」寶玉忙說道：「再不說這話了。」襲人道：「這是頭一件要改的。」……
> 「第二件，你真愛唸書也罷，假愛也罷，只在老爺跟前，或在別人跟前，你別只管嘴裡混批，只做出個愛念書的樣兒來，也叫老爺少生點兒氣，在人跟前也好說嘴。……」

透過襲人和寶玉的這段對話，我們可以見到寶玉對襲人的依賴就像小孩對母親一樣；以及襲人對寶玉的愛護——就像姐姐對弟弟一般。

襲人是一個敢愛不敢恨的女人，她對於寶玉的喜、怒、哀、樂完全照單全收。

在三十回中，齡官畫薔，寶玉淋雨返家，一肚子沒好氣，滿心裡要把開門的踢幾腳，沒料到一記窩心腿踢在襲人肋上。襲人從來不曾受過一句大話兒，今寶玉生氣，當著許多人面踢了她，她又羞、又氣、又疼，一時置身無地。不過當她又面對寶玉時，她還是有忍了痛，說了些讓寶玉寬慰的話：「我是個起頭兒的人，也不論事大事小，是好是歹，自然也該從我起。但只是別說打了我，明日順了手，只管打起別人來。」

襲人平日多有小善，而她做最多的善行是代人受過，她會把大事化小，小事化無，下面的人感謝她，上面的人稱讚她。

又如在第八回中，奶娘拿了原本寶玉要留給晴雯吃的包子；後來奶娘又喝了寶玉的楓露茶，寶玉一氣之下遷怒丫環茜雪，順手將茜雪遞給他的茶杯往地下一摔，引來賈母派人來問——

> 襲人忙道：「我纔倒茶，叫雪滑倒了，失手砸了鍾子了。」一面又勸寶玉道：「你誠心要攆他，也好。我們都隨意出去，不如就勢兒連我們一起攆了。你也不愁沒有好的來服侍你。」

襲人如此深明大義，不僅茜雪感激她，連寶玉也不但自覺理虧，且佩服襲人識大體的機智掩護。

襲人之所以在大觀園中占有如此特殊的地位，在於王夫人曾對她有過承諾。在第三十四回中，襲人大膽向王夫人提議要寶玉搬出園外住：

> 「如今二爺也大了，裡頭姑娘也大了，況且林姑娘寶姑娘是兩姨姑表姊妹——雖說是姊妹們，到底是男女之分，日夜一處，起坐不方便，由不得叫人懸心。既蒙老太太和太太恩典把我派在二爺屋裡，如今跟在園中住，都是我的干係。」

王夫人誇襲人想得周全，並說：「我索性就把他交給你了。老歹留點心兒，別叫他糟蹋了身子纔好。自然不辜負你。」

襲人有了王夫人這樣的允諾，當然對寶玉的感情與關懷，就又更近一層了。

襲人像薛寶釵一樣善於在她的「能力所及」的「勢力範圍」之下做人情，因此人緣極佳，上下交相譽。正因為襲人平常是一個細心謹慎、忠心護主的人，所以，她在最重要的關鍵時刻，所說的話就顯得相當的重要；儘管襲人所言超越了一個丫頭的身份，不過還是十分有份量的。

寶玉患了瘋癲症後，算命的說：要娶了金命的人幫扶她，必要沖沖喜才好；不然，只怕保不住。這金命的人指當然是薛寶釵。

襲人心知寶玉中意的是林黛玉，若寶玉知道家中要為他安排對象是薛寶釵，只怕沖不了喜，竟是會催命了，於是對王夫人說：

> 「這話奴才是不該說的，這會子，因為沒有法兒了！」
> 「寶玉的親事，老太太、太太已定了寶姑娘了，自然是極好的一件事。只是奴才想著，太太看去，寶玉和寶姑娘好，還是和林姑娘好呢？」
> 「奴才說是說了，還得太太告訴老太太，想個萬全的主意纔好。」

於是鳳姐設下妙計——安排黛玉的丫環雪雁扶新人，成就了寶玉和寶釵的好事，當然也同時圓了襲人的夢想——倘若寶玉娶的是黛玉，以黛玉「愛情裡容不下一顆沙子」的性格，襲人是永遠也不可能有機會坐上姨奶奶的座椅的。

襲人和晴雯性格上的差異，正如同寶釵之於黛玉，前者代表了「傳統保守」，後者代表了「叛逆先進」。

就賈政命寶玉讀書一事，襲人和晴雯兩人的態度就大不相同——

襲人勸寶玉把心暫且放在書本上，等過了這一關，再去張羅別的事，也不會耽誤什麼。這是襲人的看法，而晴雯就不同了。

晴雯見寶玉讀書苦惱，便替寶玉想了個主意，要他趁這個機會快裝病，說是嚇著了。這話正中寶玉心懷。就叫起上夜的人，打著燈籠，各處搜尋，並無蹤跡，他們以為應該是：小姑娘們想是睡花了眼出去，風搖的樹枝兒，錯認了人？晴雯賭他們的嘴說：「別放屁！你們自己查的不嚴，還拿這種話來支吾！剛才並不是一個人看見的，寶玉和我們出去，大家都親眼見到的。如今寶玉嚇得顏色都變了，滿身發熱，她這會子還要上房裡取安魂丸藥去呢！

晴雯是一個敢愛又敢恨的女人。她可以為寶玉「病補孔雀裘」；因寶玉「為麝月篦頭」而吃醋；因寶玉無心的一句責罵，不但反唇相譏一番後，還要寶玉低頭，給她台階下，她才化哭為笑。

晴雯的小心眼，可以說和黛玉是有得比的。有一次晴雯不防把扇子失了手，掉在地上，將骨子跌斷，寶玉罵了她一句「蠢才」；而晴雯的答話竟超出了一般丫頭的身份——

> 晴雯冷笑道：「二爺近來氣大得很，行動就給臉色瞧。前兒連襲人都打了，今兒又來尋我的不是。要踢要打憑爺去。就是跌了扇子，也算不了什麼大事。先時候兒，什麼

玻璃缸、瑪瑙碗，不知弄壞了多少，也沒見個大氣兒；這會子，一把扇子就這麼著。何苦來呢？嫌我們就打發了我們，再挑好的使，好離好散的，倒不好？」

寶玉氣得渾身亂戰；襲人忙趕過來打圓場。

晴雯冷笑道：「姐姐既會說，就該早來呀，省了我們惹得生氣。自古以來，就只是你一個人會服侍，我們原不會服侍。因為你服侍得好，為什麼昨兒才挨窩心腳啊！我們不會服侍的，明日還不知犯什麼罪呢？」

襲人聽了這話，又惱又愧對晴雯說：「好妹妹，你出去逛逛兒，原是我們的不是。」晴雯聽襲人說「我們」兩字，不覺又添了醋意——

冷笑幾聲，道：「我倒不知道你們是誰，別教我替你們害臊了！你們鬼鬼祟祟幹的那些事，也瞞不過我去！不是我說正經，明公正道的，連個姑娘還沒掙上去呢，也不過和我似的，那裡就稱起『我們』來了？」

晴雯那不肯屈就的高傲性格，在其言語中展現了。最後還是寶玉投降撕扇，求得晴雯千金一笑。

晴雯雖是個丫頭，但常常說起話來就無形中流露出自恃甚高的心態，她不以丫頭自居，覺得就算是丫頭，也有丫頭的尊嚴。例如有一次二奶奶在太太面前誇寶玉孝順，太太覺得臉上增了光，當下便賞給了秋紋兩件衣裳，這事給晴雯知道了，她的看法就和秋紋不同。

晴雯笑著說秋紋是個沒見過世面的小蹄子！她覺得是把好的給了人，挑剩下的才給她，她還充有臉！秋紋卻不這樣認為，她說，管太太是給誰剩下的，到底是太太的恩典。晴雯則辯解說，要是她，她就不要。若是給別人剩的給她也就罷了，一樣這屋裡的人，難道誰又比誰高貴些？把好的給別人，剩的才給她，她寧可不要，沖撞了太太，她也不受這口氣！

晴雯就是這樣一個「寧為玉碎，不為瓦全」的真性情的人，毫不矯揉造作，講話行事，我行我素，口角鋒芒，不用心機，所以暗地裡也得罪了不少人。

如果你生命中來來去去的人出現了寶玉、黛玉、寶釵、襲人或晴雯的身影，請稍稍駐足停留，懷想一下「紅樓」吧！

（部分原載於《明道文藝》，一九九八年二月、三月，第二六三、二六四期。）

不要你為我而改變

在＜雪地裡的情人＞中，深情而含蓄的男主角對熱情奔放的茱麗葉畢諾許說：「不管妳是怎麼樣的人，我都愛妳。我不會要妳改變。」

可是，有時候，我們可以為自己而改變，而且變得更好。

×　　　　×　　　　×

在台科大「文學與人生」的這門課上，我們由一篇散文談到感情問題，這一群未來科技界的精英，紛紛提出自己的看法，我很現實地對他們說：「我們來自不同的家庭環境，成長背景造就了每一個人不同的性格與價值觀，千萬不要以為愛情的力量可以強大到改變一個人的性格。」

「老師，您真的認為人的個性是不可能改變的嗎？」一個男學生在下課後，走到我的身邊問我。我在他稚嫩的面孔底下，見到自己年輕時的徬徨。

我笑著回答他：「也不盡然，除非他自覺了，心甘情願為對方、也為自己而改變，但——這需要時間。」

男學生說，他的女朋友常常委屈自己，甚至被別人誤會，也把苦往肚裡吞。女友有一個朋友掉了件昂貴的外套在她家，朋友沒有來拿回去，希望她能把外套送回去給她，但她一忙就忘了，幾天後，朋友的母親來電數落她，以為她是有意要將那件外套據為己有；她很難過被誤會，可是也沒有找她朋友說清楚，因為她擔心會引起朋友和她母親之間的戰爭。男學生說，諸如這一類的事情，發生過很多次了，女友都聽不進他的意見，就連他要為她出面說明，她也不願意。他為這樣的事情相當困惑，覺得已經嚴重影響到他們的感情了。

我給了他一些中肯的意見，請他轉告她的女友，讓她女友知道，他很重視他們的感情，所以會求教於老師。

隔了一個禮拜，男學生喜孜孜地拿了一張卡片和一袋包裝精美的糖果給我，說是他的女友送的，卡片上寫著：「老師，感謝您請忠民轉達您給我的意見，願有機會能與您結識，再向您請教問題；近來SARS特別嚴重，請好好照顧自己。今天是我的生日，請您吃糖，沾沾喜氣。」

男學生喜悅的神色像是宣告他的愛情又跨進了一大步，他對我說，女友主動出擊對她的朋友提出解釋了，也讓她的朋友知道她的外套應該是由她自己來取回去的。

改變，最大的收穫是學習。

聽說有一個朋友可以隨著男友的希望，改變自己。於是在經歷過三任男友，她開始享受閱讀的心靈提升，也學會了烹飪和開車，有人覺得她活得太不自我；可是從另一個角度看，如果她可以從這些學習中找到樂趣，開發潛能，也未嘗不是件好事。現在，她訂婚了，是未婚夫眼中的優質情人。

柏拉圖曾經問他的老師：要怎麼樣找到理想中的伴侶？老師要他到麥田裡，從第一株麥穗到最後一株麥穗中去找出認為是最高大的一株，但唯一的條件是一旦走過了就不能再回頭。亞里斯多德照老師的話去做，可是沒多久卻空手而歸。老師問他為何無功而返？他說，因為每當他覺得眼前的應該算是最高大的麥穗時，心裡總又有個聲音告訴他，後面可能還有更高大的一株，就是因為這樣，他一直走到最後一株麥穗才發現自己手上什麼也沒有。

這種「撿石頭」的心理大家一定都有過，我們怎麼知道我手上的這顆石頭是好的呢？學生曾經問過我這個問題。我說，我也不知道答案，但我想我可以肯定的是，愛情裡的磨合是會讓人成長的，為當下的感情去努力才是最真實的；但如果努力了，仍然拿不到那個愛情學分，也千萬不要勉強。

有一個男子曾對我說：「妳倔強、任性、驕傲又自以為是……」我聽得氣得牙癢癢的，卻沒想到他句句正中我。他又接著說：「可是，我就是愛這樣的妳啊！我們都在尋找屬於自己的『最大公因數』，我也不完美，可是我們的方向一致，應該要去努力。」

一個在上海工作的朋友，前一陣子休假回台灣，卻卡著SARS回不去，這段時間正好讓他思索他和女友分分合合的感情。後來他告訴我，他和女友平和地分手了。他深知距離可能是問題之一，但兩人性格的差異太大才是最大的殺手——他們常常在每天兩個小時的國際電話中，可以為了他沒有準時主動打電話給她，而吵得不可開交。他說，有一次，他回台灣，騎著摩托車，她正好來電，他說他在騎車往回家的路上，回到家再回她電話，掛斷後她馬上又來電，扯東扯西不相信，一直到警察把他攔下來，他氣得準備把電話拿給警察作證，她才道歉。

我這個朋友喜歡閱讀，特別是歷史故事，他從歷史事件的教訓和古代君王良臣的互動，找到一套他管理下屬的經驗法則。每次聽他侃侃而談，總是獲益良多。但他說女友是個務實的人，聽他說這些大道理總是打哈欠。

他慨然地說：「其實，她也有對我很好的一面。」我說：「當然，我瞭解，我現在聽到的是你的抱怨，也許聽她講，她也是滿腹苦水。」他了然於心地說：「是啊！所以啦！女人的青春有限，如果我們兩人的愛情真的走到盡頭了，就淡化為朋友吧！讓她趕快接受別人的追求。」

前幾天，問起一個在感情上超級理性的友人和他交往了兩個月的女友的進展。「分手啦！」他說得船過水無痕似的。他說：「她不喜歡我應酬喝酒，可是有時工作上的需要，實在真的沒辦法，我已經儘量能推就推了，甚至，帶她去參加應酬的場合，讓她瞭解我的工作，我以為我們都在金融界，她應該能夠瞭解。」

我很佩服他的誠實面對自己，畢竟，多數人戀愛時會儘量迎合對方，婚前承諾會改掉對方所不喜歡的一切，而婚後卻一件件原形畢露。

在史蒂芬·柯維的《與領導有約》一書中提到：「領導者的角色是推動改變。但改變令人煩躁不悅，激起恐懼、不確定性和不安全感。真正關心造成阻力的原因，讓他人自由表達，協助他人參與規劃新的、可接受的解決方案，可使改變更為順暢。缺少這種領導才能只會使阻力增強，在家庭中造成僵化的官僚制度，在婚姻中形成冷淡的對立。」（天下文化，頁141。）

近來有兩起令人矚目的殺夫案件，一個是慢性殺夫，每天在丈夫的食物中下毒；另一個是在這麼不景氣時還花三十萬買兇殺夫。在她們被繩之以法的同時，我們該思索的是，是什麼樣的丈夫、什麼樣低品質的婚姻，讓她們有那麼「強大」的意志力去對抗法律與良心。

曾在一本探討婚姻的書見到這樣的句子：在步入禮堂前，要先自問，如果你的另一半沒有辦法改掉他的缺點，你是不是有辦法接受？如果答案是肯定的，你才有資格步向紅毯的那一端。

愛情和婚姻都像一只箱子，必須先往裡面放東西，才有東西可以往外拿。可惜的是，年輕時，一方面耽溺在愛情中，一方面覺得青春無限，總是無法理解，等到年紀漸長，受了傷、吃了苦，才驚覺這個道理。

我曾見過一則很有哲理的廁所文學：如果事情要改變，第一個是自己必須要改變。改變，是為了更好。成功不是追求得來的，而是被改變後的自己，自動吸引而來的。

我想，成功的愛情或婚姻也是的。

（原載於《聯合報》，二〇〇三年七月十六日，繽紛版。）

愛情有什麼道理

究竟什麼是愛呢？也許我們花一輩子的時間也無法理清。

一位男性友人面臨離婚不成的窘境，他的母親好言勸不甘心的媳婦放手：「放手後，也許會是好朋友，見面不會那麼尷尬。」她計劃著只要媳婦願意，她可以把她的房子給她，她說媳婦永遠就像她的女兒，離婚後的生活依然如故。

她說她不反對離婚，看多了在婚姻裡吵鬧不休，生死決鬥的怨偶，有的在走到絕境棄械投降後，反而找到各自的幸福，所以她樂於幫人家當離婚見證人，她已經先後兩次替人家蓋章了。

友人面對母親超乎傳統的豁達，問她是否父親也曾這樣傷害她。

他母親說：「不會耶！其實我並不愛他。」她說得雲淡風輕，我卻聽得心驚——跟一個不愛的人相處了近四十年，待會兒還要趕回家做飯。

母親接著對他說：「我當初是有一個男朋友的，那人是你父親的朋友，當我們發現互相喜歡對方時，已經太晚了。」我想，她是個性情中人，只是當初被傳統大環境所束縛，無法跳脫那樣的桎梏，否則她一定是個衝破藩籬，勇敢去追求幸福的女子，她的臉上有著含蓄的無可奈何。「這種事情很難解釋，記得你還很小的時候，只要看見那個男人，就告訴我那個人不好，少和他接觸。」她笑著說，像是再度接受那樣的宿命安排。

曾在一個電視節目，聽到這樣一個真實故事：一個喪夫的新寡，打電話給她的友人，哭著說：「我快要聞不到他的味道了。」原來她在丈夫過世後，只要思念丈夫，便打開衣櫥，把頭埋進衣櫥裡，想像他還在身邊的感覺。

就某些層面來看，這位新寡是幸運的，擁有這樣可以永遠放在心上的愛，比起那些彼此在對方身邊，卻形同陌路來得幸福多了。

同事對我說，他有個死黨意外身亡，死黨的前女友當初愛他至深，分手後還常常向好友們問起他的近況。同事並沒有把死黨的死訊讓她知道，還特別交代其他的朋友，若她問起死黨，就說最近比較少聯絡，可能很忙吧！同事意味深長地說：「我想，讓她知道他的死訊，只是殘酷，沒有任何好處，那麼，就讓他一直活在她的生命中吧！」

究竟愛到什麼樣的程度，才算是愛？究竟用什麼方法去愛，才算是愛？我想，心細如髮的同事如此的善意隱瞞，是很難得的道義之愛，比起愛得死去活來，還具有能量。

一個男學生說，六年前女友在他車上談分手，他氣不過，拿起車上的點煙器，往自己的手臂烙下一個印；後來，情傷的烙印結了痂，他也走過愛情的傷痛，並承認當初那種威脅的愛，只會讓對方離得更遠。

五月份我將參加一個很重要的國際學術研討會。一天，從電子郵件中收到發信人署名是nobody，從國家圖書館寄來的幾封主旨是「論文」的信件，那些都是我可以參考的資料，除了附加檔外，發信人沒有留下其他隻字片語。我想，是他——一個隨時注意我的近況，希望將來如果我身邊沒有人陪伴，可以給他一個機會的男子。他答應不再打擾我，只想待在默默的角落可以給予關懷，不求回報。

我感動，卻也感到沉重。因為他說過只要可以付出，就是幸福。但我該如何告訴他，他的等待，只會是失望。

這是一種什麼樣的愛？

愛，也有陰晴圓缺，完滿時，珍視她；缺憾時，迎接她。道家說：「外物不可必。」也許就是這樣的道理。

（原載於《聯合報》，二〇〇三年三月十四日，繽紛版。）

平行線，無法交集

一位愁容滿面的女學生來找我談心，說她母親嫌棄她男朋友家裡窮，極力反對他們在一起，弄得她男朋友常常講一些酸溜溜的話：「是啊！我配不上妳，只能請得起妳吃路邊攤。」她說，只要和他在一起，吃路邊攤都覺得很快樂，可是她一直戰戰兢兢深怕說錯什麼話，做錯什麼事，比如男友生日的前兩天，他們經過一間金飾店，她見到一個長型圖騰墜子，配上一條黑皮繩，造型很特別，便問他喜不喜歡，她想買下來送給他當生日禮物，沒想到他卻說：「我們窮人家的小孩，打工籌學費都不夠了，那戴得起這種東西，況且妳生日我可買不起這麼貴重的東西送妳。」

女學生掛著兩行清淚，委屈地說：「老師，明明是他不對，把我的愛放在地上踐踏，可是，您知道嗎？事後，居然還是我低聲下氣去安慰他，我很氣自己，可是又離不開他。」

我抽了兩張面紙遞給她：「妳有沒有想過？這也許就是妳媽媽反對的原因之一。」

我問她記不記得曾在課堂上談起張曼娟的一篇小說——〈終站〉。

×　　　×　　　×

〈終站〉——外文系的系花潤卿是個有錢人家的嬌驕女，她愛上了家世背景和她截然不同的電機研究所高材生薛家齊，她幾乎是把自尊完全扔掉，毫無理智地對他傾盡情愛，但他始終不肯給她一個承諾，因為他曾明白告訴她，他們不適合。他表示等他母親見過她後再談，他說他母親比他更了解他，並要她放心，他相信他母親會喜歡她的。

好友見到潤卿為情所苦時，分析說，她只是不服氣薛家齊不同於她過去的男朋友把她捧在手上，所以才去招惹他，等他拜倒在她石榴裙下，她又會把他一腳踢掉。潤卿心裡覺得好友錯看她了，她確實是愛他的。

潤卿在薛家齊的畢業典禮當天將和他母親見面，所以一大早她捧著傭人買的花，不搭轎車，改搭公車，她要讓薛家齊看見她從擁擠的公車下來，讓他的那位刻苦耐勞、勤儉持家的母親，讚許她雖是富家出身卻沒有半點驕縱氣。

潤卿搭上公車，她的人和花引起矚目，碰到幾個同學，大家都訝異於她會在公車上出現。車上的人越來越多，她一直擔心手上的花岌岌可危。正好有人下車，她急著去搶那個空位，她推開一個婦人，婦人差點跌倒，還好被人家扶住。她覺得全車的人彷彿都在盯著她，等她讓座給婦人，她實在恨那婦人為什麼站在她身邊。

> 「早知道我就坐計程車！」潤卿向著美倫說，故意提高聲音：
> 「這花重得要死！」
> 只是要叫婦人死心，讓座是不可能的。
> 「薛哥和薛伯母一定會很喜歡的。」美倫說。
> 「誰知道！」潤卿嗅了嗅玫瑰，她有些意態闌珊：
> 「他媽也許很難纏呢！」
> 「不會的，他媽媽一定喜歡妳！」
> 「不喜歡就算了！」她突然意識到自己不該在這女孩面前示弱的：「她喜歡我，我還不一定喜歡她呢！」（《笑拈梅花》，皇冠出版社，一九八七年，頁125）

後來另一個同學說她這一回可真是委曲求全，曲意承歡；潤卿意氣用事地說：「我當然要先讓他拜倒在我的石榴裙下，才能把他一腳踹開呀！」

終點站到了，潤卿怕花受到擠壓，坐在位子上等人下車，她望向窗外，見到站牌下的薛家齊，才正在猜想他怎麼知道她搭這班公車，知道來接她，卻見到他大步走向車門，然後與一個女人擁抱，那個女人竟是剛才被她推開的婦人。

那果然是潤卿愛情的「終站」。

×　　　×　　　×

打腫臉充胖子的愛，壽命如曇花一現。誰都沒有錯，錯只錯在兩人的出身背景不同，而產生的性格、生活習慣與方式的差異。所以有人說，兩個人結婚，就等於是兩個家庭的結合，這話是一點也沒錯。

其實，如果可能，我想奉勸這位女同學的母親：防堵不如去疏導。可以分析利害關係給女兒聽，最重要的是讓她知道，不論如何妳都是愛她、支持她的。

要知道妳的目的只是要女兒幸福，如果妳愈是去阻止，她遇到問題，就愈不敢回家尋求幫助，意氣用事，只是會造成反效果。

如果真是為她好的事，不用妳去阻止，很多問題也會因為兩人的相處而一一浮現；若否，那更是美事一樁，表示他們成熟到願意去為對方做調整，而可以繼續往下走。

愛情就像是流行性感冒，感染過某一種病毒後，就會產生抗體，下次病毒再入侵時，早已有免疫力對抗了。所以何妨讓她去走一遭，就算受了傷又如何，每一種生物都會為自己找出路，每個人也都有自己的生命能量可以去承擔。

回首已枉然

一個男學生退伍後回學校看我，看來憔悴，他說他的女朋友在前天用簡訊和他提分手。他說退伍前五個月，他就有警覺了，後來聽同學說介入的那個男的，和女友他們家是世交，他是自家公司的小老闆。

我還記得那個女孩，有一次教他們寫新詩，她寫了一首動人的情詩，我請她到台上朗誦，全班還對著班上這第一對班對，熱情起鬨著，當時幸福的香氣在教室裡飄蕩著。

「老師，我覺得好受傷，我再也不相信愛情了…」他沉重地說著。

我從我的電腦裡印下了一篇剛完成的小說，是一個同事的真實故事送給他——

自從他的警察朋友幫他查到她的消息後，他不只一次開車到她的住處去繞，他沒有什麼企圖，只是想要感覺離她近一點。

他一直以為隨著時間流逝，應該已經走出那段情感的陰霾，可是就在回國後的一次意外車禍，生死交關的當頭，他的腦子裡首先浮現的是他的父母、接著出現的竟是她，最後才是他新婚的妻。

那天一早，他到淡水探訪歸國任教的同學，當他把車開離學校大門時，他竟猶豫應該往左邊走回家的路，還是走右邊往她家的方向去。

他往右邊開去，把車停在離她家斜對角三十公尺處，在車上利用精緻的微調望遠鏡似乎想一眼看透她的心事。他見到她出門，朝他的方向走來，他從容不迫地點了一根菸，走出車門，和她不期而遇。

「這麼巧，妳住在這兒。」他故作鎮定，其實這一幕已經出現在他夢中很多次了。他眼中的她依然如昔，當時年少青杉袖，她長髮底下的溫柔依舊，水汪汪的眼睛訴說著詫異。

「一個人在家啊！」他問她：「先生、小孩呢？」

她看了他一眼，低著頭回答說：「小孩上學去了，先生也出門了。」

「妳還是像以前一樣喜歡低頭。」感傷之餘，他的情緒有些沸騰。

她終於擠出一句，問他：「你現在怎樣？」

「這段故事說起來很長，妳如果有時間的話，我們找個地方聊一聊？」

他們在附近找了間咖啡廳。

「一杯黑咖啡，一杯卡布奇諾。」把Menu交給侍者後，他轉頭見到她的靜默，突然意會到：「對不起，自作主張，我想妳還是喜歡卡布奇諾吧！」

她輕聲地說：「真沒想到你還記得！」他見到她眼裡的感動。

他嘆了一口氣說：「很多事情，不是想忘就忘得掉的。」

過去的青春走得太快，重逢也是太急，一時間，所有該說與不知該如何言說的話，像是都停格了。

咖啡廳裡流洩著水晶音樂，一種像是甜美，卻又摻著一絲悲哀的旋律，縈繞在他們之間的空氣中。

他覺得歲月待她不薄，並沒有在她臉上劃下滄桑，只為她添增了幾分成熟。

他一直和她的好友保持聯絡，所以，清楚知道她的狀況，因此，也不急著問。

她很優雅地端起杯子，啜了一口，終於又開口：「這些年，你過得好嗎？」

他見到她抬頭卻又低了下去，眼光直盯著咖啡杯裡深褐色滾著白邊旋轉的液體，似乎企圖想要掩飾什麼。

他把名片遞給她，他見到她看著名片上大學助理教授的博士頭銜，不發一語，簌簌地流下了兩行清淚，此時，他理不清自己複雜的情緒。

他在心裡揚起了聲音，對她說：「十年前，毫不起眼的小毛頭，並不表示十年後，也沒出息。」

當年，他被她的父母拒於門外，他騎著機車離開，迎面而來的風打在臉上，清醒地要他知道三年的感情，也將隨風而逝。

她噏了鼻，說：「這幾年來，你寄給我的生日卡片，我都收得好好的。」

面對她的眼淚，他突然感到超然。

夠了，十年來的努力等的就是這一天，是示威嗎？還是要讓她後悔？他想，原來什麼都不是，他只是想要把這段感情做一個結束。

有個聲音告訴他：「這十年來原來我對她那麼好，我自己都不知道。現在一切都不重要了，重要的是，見到她好好的，就覺得放心了。」

他知道當年她父母所中意的從商的女婿，近幾年因為景氣不佳，生意大受影響。遞上名片，是要讓她知道，如果她受了委屈，隨時可以找到他，他會是她永遠的好朋友。

他一直盯著她看，想一次把她看著夠，因為他很清楚，也許這是最後一次見她了。他很深刻、很深刻地凝視著她雙眼皮的大眼睛，眼眶裡有淚水在打轉，關於她，他的回憶又將更添一樁。

離開咖啡廳時，正好響起Yesterday Once More，他知道很多感覺都回不去了，但天涯地角有窮時，只有相思無盡處，他會把這份相思，放在心底的最深處。

我對他說：「往往愛情裡的傷害都是因為被選擇，因為家世背景、社會地位、學歷、外貌等條件而被選擇，你所以覺得很受傷，是因為你被選擇，你沒被選上，只能說你目前的條件不如對方，但並不表示你永遠如此，反而你應該因為這樣的經驗，更加砥礪自己往前。如果她的心已經不再了，你強留她也沒用，把自己做好了，一定有一個更適合你的女孩在等你。」

我陪他走到門口，他勉強擠出笑容：「老師，謝謝您，您剛剛說的話對我意義重大，我的心情好多了，我會好好規劃未來要走的路。」

我看著他騎上機車，對我揮手再見；我希望，他的傷口會早日結痂。

（原載於《大成報》，二〇〇三年九月八日，男歡女愛版）

路的盡頭

珍澳斯汀的《理性與感性》寫的是十九世紀英國一對姐妹花愛情故事，姐姐愛蓮娜性格內斂，理性重於感性，經常壓抑自己對愛情的感覺；妹妹瑪麗安個性衝動而多情，感性重於理性。當她們心儀的男子出現時，兩人對愛情的處理方式，表現了兩極化的個性。

我們究竟應該以理性還是感性的態度來面對愛情呢？柏拉圖曾表示：戀愛是一種極其嚴重的精神病，既是如此，那當然不會是理性可以控制的。

愛在酣暢淋漓時，是感性致極的，但激情萬丈過後，卻要以理性的態度來處理感情。

食物有保鮮期，所以，過期的東西，我們毫不考慮地丟進垃圾桶；那麼承諾呢？過期的誓言，就在愛到窮途末路時，也就丟了吧！

在《詩經》〈蒹葭〉——蒹葭蒼蒼，白露為霜。所謂伊人，在水一方。遡洄從之，道阻且長；遡游從之，宛在水中央——作者的心情是溫柔蘊藉的，並沒有因為追不到「伊人」，而有所埋怨。但現代司空見慣的新聞是——丟掉感情時，很少是心甘情願的，輕者惡言相向，重者毀容、潑硫酸、分屍，得不到對方，便玉石俱焚、灰飛湮滅。

很少人能夠有把感情說清楚的勇氣，而且其實也沒有必要，因為愛一個人，沒有原因，就是很純粹的愛；不愛一個人，又豈會有理由，倘使真要把分手的理由說清楚、講明白，其實只會讓傷口剝裂得更深——妳沒有她漂亮，沒有她優秀，沒有她獨立，沒有像她一樣可以和我談天說地，經過比較我較欣賞她，和她在一起很快樂——這些理由何其殘忍。

大家都希望在自己愛情的舞台上，盡情地演出，但如果當美好已經到盡頭，感情已找不到可以安放的位置；當你主動或被動地必須離開原本的舞台，請不要怨恨，何妨記取曾有過的美好——當然在一開始，你必須要有這樣的認知：不期望回報的愛，在付出的過程即是享受。

每個人千萬不要期待要將幸福交在另一個人的手上，如果連你自己都無法掌握自己的幸福，豈有幸福可言。

愛情也有陰晴圓缺，此事也是古難全，當愛情經歷了生老病死，要勇敢地放手，別再戀戀難捨，給自己一條活路，也給對方一條活路。

（部分原載於〈分手　不需要理由〉，《聯合報》，二〇〇二年六月二十九日，家庭與婦女版。）

失望也是美好的

旅行幾天回家後，「秘密花園」裡的薰衣草像似揮手在和我道別，我感到神傷之時，快滿六歲的小兒子說：「媽咪！以後我們都買仙人掌好了，仙人掌最不會讓人家『失望』。」纖細而敏感的他，把一株他負責照顧的仙人掌送到我面前，安慰我。

小兒子的「失望」兩個字讓我感觸良多，我們常常因為害怕失望而不敢行動，而裹足不前，而猶豫不決。

有個學生說，去年剛成為大學新鮮人時，向班上一位女同學表白，被拒絕後，感覺滿身是傷。但是，他仍把她放在心上，因為害怕再度受傷，不敢再踏出一步。

我跟他說：可以靜靜地、遠遠地待在一個人的身旁，默默地關心她，那樣也很好啊！有的人連單戀的對象都沒有，這樣看來，你不也是很幸福的！

有個女學生黯然地問我：「老師，為什麼我對他付出那麼多，卻得不到等同的回報？」我殘忍地告訴她，妳絕對得不到等同的回報，為什麼呢？因為每個人對於愛的付出程度有異，對方的感受強度也不一樣，所謂「相愛」並非一定要相等的愛。

何必去怪怨你愛他比較深，他付出的沒有你多？那是你自己願意的，有什麼權利要別人也和你一樣等同付出呢？相反地，你應該感謝，感謝對方給你愛的機會，讓你有機會去感受戀愛的期待、相思與落空，甚至是失戀的痛苦，這都是生命的體驗啊！

有一次在課堂上，一個學生談起被女友兵變，而遍體鱗傷的痛楚；我轉而詢問另一個期待愛情來敲門的男同學：「你會選擇和他一樣談戀愛談到傷痕累累，還是完全沒有戀愛的經驗？」他的答案是前者。

情侶談戀愛，即使後來因為種種原因而分手，但是過程總有美好的感覺留下來——買好早餐，等在她家門口，送她去上學；意外的雨天，為她送來一把傘；生病時，發簡訊提醒她要記得吃藥；考試前，送來各家高手的影印好的筆記；定期幫她的電腦硬碟重組，或者在電腦的螢幕保護程式放入兩人的合照——這些美好的印記並不會因為你們的分手而消失。

我和小兒子一起為香冠柏、迷迭香、嫣紅蔓和粗勒草施肥、澆水，我拿起薰衣草試圖搶救她的生命，並對小兒子說：「雖然，仙人掌不會讓我們失望，可是我們照顧薰衣草，看到她開花是不是很高興？」他慎重而專注地點著頭，我又說：「所以，我還是想要薰衣草，就算失望那也沒關係啊！因為我們在照顧她的時候就很開心了，不是嗎？」

（《中國時報》，二〇〇四年八月十一日，浮世繪）

散場的藝術

一位女性友人離婚後，容光煥發，這惹得前夫十分憤怒，他原以為她離開他後，應該悲慘萬分，痛不欲生才是，可她考上了研究所，準備進修，日子過得多采多姿。

女友說，前夫對自己沒有自信，干涉她交友，以他傳統迂腐的既得利益來要求她。她成長了，他卻停留在原地。兩人成了不同頻道，好比一個是購物台，一個是新聞台。她沒有辦法繼續走下去。

離婚後，最讓她難過的是，前夫家不願讓她見女兒，並且對女兒灌輸母親的錯誤形象。前夫母親哀求她完全離開他們家，說是她兒子還年輕，還要再婚，她不希望因為小孩糾纏不清。

這讓我想起一個夜二專的學生。

有一次我請同學做課外讀物心得報告，他介紹劉墉《迎向開闊的人生》書中談到親情的篇章。當他講到「感想」的部分時，提及他的家庭。我問起他的母親。他說他祖母說，母親在他父親當兵的時候「偷人」，他從來沒有見過他的母親。說這話時，他的眼中還帶著恨意，可見把他一手帶大的祖母荼毒他至深。

我對他提出疑問：那些是你祖母告訴你的，你應該去思考，在當時的時空背景下，為什麼你的母親會做出那樣的事來？事出必有因，不是嗎？

他震撼於我的想法。

下意識裡女友前夫家裡企圖以小孩達到報復她的目的，這種舉動何其不智，對小孩更是相當不公平，小孩是獨立的個體，絕非私有財產，父母絕對沒有權利為他決定什麼；而且一樁婚姻的失敗，當事兩人，甚至兩個家庭，都應該自我檢討。

我懷疑如果他還不能從失敗的婚姻中，記取教訓，他根本沒有資格再去談下一段感情。

在離婚率逐年攀升的日本，有所謂的「離婚典禮」制度。決定結束婚姻的夫妻，和結婚典禮一樣，請來賓客，告知親友，他們所遇到的婚姻瓶頸、努力的過程以及最後的遺憾的決定，希望能得到大家的祝福，重新各自展開新的旅途。我想，這是向來以面子掛帥的台灣人所必須與時俱進的。

人生苦短，當緣盡情了，留點風度，放下愛怨恩仇吧！放了對方，等於放了自己。

（原載於〈你知道如何說再見嗎？〉，《中國時報》，二〇〇二年七月十日，家庭版。）

愛情不分年齡

韓劇「風」從幾年前的《火花》、《愛上女主播》、《情定大飯店》到最近還在重播的《冬季戀歌》，吹得是春風吹又生，也吹醒了許多沉睡已久的愛情心靈；還有一些網路文學作品，也是以愛情故事最暢銷。

「好想再談一場戀愛喔！」我聽見一群患了愛情飢渴症的中年已婚女子，發出了這樣的企望。

我的一個好同事隨著《冬季戀歌》的戀愛而戀愛，竟為了結局哭得死去活來。她找出年輕時和她先生戀愛時往返的書信，一封封打開塵封已久的記憶。

當晚，她寫了一封文情並茂的信，給她到韓國出差的先生。

信中細數戀愛種種——當兵時為了和他見面，坐著長途車南下，在溫蒂漢堡裡批改作業，等著他的出現，相聚兩、三個小時，再搭夜車回去。一點也不覺得辛苦，倒感甜蜜；他把軍中發的薪餉如數交給她，他們一起存錢，建築心中理想的家；接著她檢討婚後從浪漫愛情，步入現實生活的種種困頓——小孩、工作、家務，一路吵吵鬧鬧，漸入佳境地走了過來。她說下輩子還要當他的妻。

在信的末段，她寫著：「不要不相信愛情故事，能不能哪一天你也翻一翻那些信，試著尋回曾經年輕的我們，那些被遺忘的海誓山盟。」

她在她先生出差回來的隔天早上，把信交給他。還好她先生是一個孺子可教的人，當天中午，便從辦公室打電話約她吃飯；之後，也特地去翻閱了以前的年輕記憶。

人到中年還能有戀愛的心情，其實是很幸福且明智的。

作家劉黎兒說：「愛情幾乎是在惰性的日常中唯一可以重新發現自己的，人生經驗豐富的中年是有意無意都清楚的。」

不管我們是在愛情的課程裡重修或繼續深造，都能一直不斷發現新的自己，重新建構人生，只要你不要讓你的愛情睡著了。

愛情是不分年齡的，理性而認真地對待自己的感覺，透過愛情可以自我認同，也可以試圖改變自己。當你會驚恐青春不再，表示「愛情」也不會離你太遠。

聰明的人會在熱衷建造滿足麵包的安樂窩的同時，也不忘用心營造心中愛情的那座城堡。

（原載於《聯合報》，二〇〇二年七月六日，家庭與婦女版。）

抓住春天的尾巴——黃昏之戀

「愛情」是中外文學中歷久彌新的主題，不管是情竇初開的初戀，成熟的中年戀情，還是彌足珍貴的黃昏之戀，都是可歌可泣的。

以大陸文學來說，十年動亂中，林彪、「四人幫」控制文壇，愛情題材成為文學的「禁區」，那時的文學被稱為「無情文學」。然而，愛情描寫，一直是文學中人性表現的一個重要內容，所以，當「四人幫」被粉碎後，無情文學很快地被有情文學所取代，反映愛情生活的作品日漸增多，「也隨既湧起了一股以愛情為題來探索人的自然本性的熱潮。」（黃政樞：《新時期小說的美學特徵》，南京大學出版社，一九九一年，頁193。）

愛情，是人類的基本需求之一，它是具有自然本性的。

韋君宜的〈飛灰〉寫的兩位已婚的科學家陳植和嚴芬，中年相知相惜，陳植為了雙方的家庭、事業和聲譽，提出結束愛情的要求；嚴芬默認了陳植的決定，忍痛埋葬愛情，即使在雙方的配偶相繼過世，他們仍然因為一些個人與社會因素無法結合，嚴芬終於還是葬身在這場黃昏之戀中。

就在嚴芬斷氣後，大媳婦氣喘吁吁地跑回醫院，說婆婆留了一封遺書要給陳植。陳植接過信。我們且看嚴芬的大兒子的反應，他原本臉上還滿是淚，此時卻板了臉，嚴正地說：「陳叔叔！您是怎麼了？我們不能敗壞媽媽生前的名譽啊！」

在韋君宜的〈飛灰〉裡，我們見到嚴芬的兒子為了母親的名節，不惜犧牲她尋求第二春的幸福，而在問彬的〈心祭〉中反對的聲浪更大了。

小說的女主人公——母親，十五歲時便被作為傳宗接代的工具賣入王家當二房。然而，天不從人願，她連生了八個女兒，其中三個，不是被塞到水盆裡溺死，就是被提著腿扔到荒郊野外去了。作妾的本就低人三等，再加上她專生女孩子，天地間更沒有她立足之地了，長年累月低頭進低頭出。

丈夫不到四十歲就暴病身亡了，她送走了這段沒有愛情的婚姻的男主角。就在此時，一個抽大麻的遠房本家，在她們孤兒寡母的身上打主意，想把她們一起賣掉，母親抵死捍衛著她的女兒們。

母親含辛茹苦地獨立撫養五個女兒，替人磨麵、做女紅，日以繼夜只為了換得溫飽，而她的青春年華就在那樣艱困的生活中流逝了，她從來也不敢奢望真正的愛情會降臨在她身上，但它確實發生了。

就在她們鬧著飢荒的農曆年，善良忠厚的表舅舅出現了，這個穩實的莊家漢，是母親娘家村裡的人，不但帶來了家鄉的土產，也為她們家帶來了生氣，他們一起度過了一個快樂的新年。

表舅舅晚上借住在別人家，一大早就過來分擔所有的家務，給毛驢治病、修房補牆、扛糧椿子。後來他決定暫住下來，找個工作，幫她們度過春荒難關。

不久，那個抽大麻的遠房本家衝到她們家指著母親罵她辱門喪德，守寡沒有守寡的樣子，竟然找了個野男人。鄰居都來圍觀，母親氣得臉色發白。表舅舅回來後，他又揪住表舅舅的衣領罵了一頓，表舅舅怒火衝天，但看在母親的份上，才沒有對他動粗。當晚表舅舅便被借住的鄰居給攆了出去，還有人對他砸了一塊石頭。母親為保表舅舅的命，含淚送走了他。

解放後，五個姊妹才得以和母親重聚。新時代使得向來閉塞、憂愁的母親開闊了心胸——她參加街道居民的會議，學習文化——她的氣色隨著充實的生活而有了光澤，喚起了年輕時的信心和熱情。

有一天，妹妹提及在火車站遇到表舅舅，他還是單身，妹妹向他要地址以便日後聯絡。他說媽媽知道他的地址，並要媽媽多保重。

這件事讓母親塵封已久的心泛起了漣漪，強烈的感情在她心裡湧動。

新生活造就了她勇於追求真愛，她對女兒暗示說：為免成為她們的累贅，想找個伴共度餘生時，這群由母親咬著牙、含著淚所帶大的女兒們的反應居然是：

> 「到底要幹什麼！這麼好的生活條件，偏要找個不知底細的人來插在大家中間，咱們還得像侍奉老人那樣侍奉他。你們想，那夠多彆扭呀！」
> 「唉！我也想，有這個必要嗎？都好幾十歲的人啦！」
> 「這麼一大群女兒圍在身邊，還能說沒人疼愛，我看是身在福中不知福。」
> 「唉！我看窮有窮的難處；生活好了也有好了的麻煩，太舒服了人就容易——」
> 「我把話說在前頭，如果媽媽要找個老頭兒給咱們來當老子，我是絕不進這個門的。」
> 「唉，真為難！好端端的憑空來了這件『天要下雨，娘要嫁人』的事兒。我思量，這件事讓咱們那地方的鄉下人知

道了，還不知怎麼笑話哩！」（馬漢茂編：《掙不斷的紅絲線——中國大陸的婚姻・愛情與性》，敦理出版社，一九八七年，頁75~~76。）

母親無意中聽到了她們的「裁決」，見女兒向她走來，她趕緊找事做，以遮掩內心的煩亂。對於她們的「裁決」，她不僅沒有提出異議，反而感到很羞慚，像作了一件不光彩的對不起子女的事情似的。

在這裡我們見到「封建禮教和封建倫理道德觀念不僅猖獗於舊中國，也遺毒於新社會；不僅盤踞在不少老一輩人的頭腦中，也侵蝕到新一代人的腦髓裡；不僅主宰著舊時代婦女的命運，也影響新時代婦女的命運。」（滕云主編：《新時期小說百篇評析》，天津：南開大學出版社，一九八五年，頁310。）

每個人都有追求個人幸福的權利，然而，當有苦難言的母親提出這個合情合理的要求時，卻活生生地被剝奪了；那珍貴而難得的愛情火花，立刻被輕率地熄滅了，而剝奪母親的愛的權利的，竟是她那群享受著幸福的愛情和自主的婚姻，自認為比無知的母親，有知識文化、有見地的共產黨員女兒們。她們並不關心母親的感情問題，關心的只是她們的感受、生活的改變和所謂的「面子」問題，這實在教人不寒而慄。

愛情是具有其自然本性的，在馬克思看來，人類的男女之間的愛情關係應該是人與人之間的最自然的關係。這種關係既不是純「生物性」的關係，也不是純「階級性」的關係，而是「真正意義上的人」的關係。（《新時期小說的美學特徵》，頁195。）

舊社會的寡婦愛情悲劇的造成，往往子女態度的影響和制約、親人的反對，比起外界的歧視更加成為她們追求第二春的難以逾越的障礙。

航鷹的〈楓林晚〉則是一個有結局的黃昏之戀。

杜芒種和郭奶奶的初遇，是在一個大雪紛飛的冬天，一個年近四旬的婦女在哀哀低泣，同時撥弄一堆點燃的紙錢，嘴裡還念念有詞，原來今天是她的亡夫的忌日，他生前愛花，她便到老花匠杜芒種所管理的花房來祭奠他。杜芒種引她進花房和她聊了起來，聽說她出身於養花世家，分外覺得親熱。

她二十四歲守寡，獨自拉拔著四個小孩長大，為了多賺一點錢，先後共幫人家帶過五個小孩。現在兒女成婚了，她還沒辦法享清福，要帶一個接一個出世的孫子。

後來，早上她都會推著孫子到花房和大家話家常。

當杜芒種托人跟她說親時，她的答覆是怕人笑話；隔年，她似乎有些動心了，說等孫子大些，能離開人了再說，這話給了不怕等待的杜芒種打了一劑強心劑，他的生活燃起了希望。

就在杜芒種五十八歲那年，他終於等到不再推嬰兒車到花房的郭奶奶了。但是這次她竟堅決拒絕，只說了一句：「都六十歲的人了……」

人們發現郭奶奶越來越瘦，臉色很差，杜芒種看在眼裡，心裡擔憂，卻不好過問。後來，便不見她的蹤影了。一直到一位護士長到花園散步，才有了郭奶奶的消息。

郭奶奶因為心率過速暈倒，她的心功能不好，是長期缺乏營養、疲勞過度造成的，只要經過調養就能恢復健康。可是她的一幫兒孫，為了輪流值班照顧的「派班不公平」吵起架來，便作鳥獸散不見探望的人影；後來，又怕負擔過多的醫藥費，便急著要她出院；出院後，大家又推托敷衍著，誰也不願她住到他家去。醫護人員聯名給報社寫信，批評她的子孫。當郭奶奶再度病重住院，她放棄了求生的意志，拒絕進食、拒絕打針。

杜芒種急忙趕到醫院。他喊著她的名字，以丈夫指揮妻子般的權威，命令把她牛奶喝下去；她竟溫順地喝了下去。

他再度向她求婚；她感傷地說：「我已經不行了……從前沒有伺候你，老了，不中用了，怎麼能讓你伺候我？白白累贅你幾年，走在你前頭……」他聽了喜淚縱橫，緊握著她的手，說：「原來你是為了這個才回絕我！快別這麼想，大夫說你的病不重。我等了你二十年，你得跟我過二十年日子！」（航鷹：《東方女性》，新未來出版社，一九九一年，頁228。）

在人們的祝福聲中，他們終於結成了夫妻。

在愛情中，人們出流露自然的本性，同時也證明了那和純粹的動物性是不同的，他們的愛悅，已超越了外貌和形體上的相互吸引的因素，這無疑地呈現了人類所獨有的高尚而美好的感情。

「永恆的人性」是優秀的愛情作品所闡揚重點。透過愛情的描寫，我們可以透視一個人的靈魂，可以瞭解他的性格和思想；再者，經由人物面對愛情的態度，還可以揭示他的內心世界。

×　　×　　×

報紙上有一則引人注意的尋人啟事：「二十年前，

我認識一位男士，其實我一直放在心中。最近我們見過面，但我思念你已經到無法自拔的地步了，我希望在我最後不多的日子裡，你能出現，否則，也許我會因思念你而死去。」這則廣告是一位七十四歲的老太太的兒子登的。母親在父親過世後，患了憂鬱症，才說起二十年前和一個男子邂逅的一段情，因當時已婚的身分，所以中止了這段感情；幾個月前，她居然和這名男子不期而遇，再次拒絕後，便患了相思病。

有人說這是台灣版的《麥迪遜之橋》，其實這比小說更具戲劇張力。

羅伯・J・華勒的《麥迪遜之橋》裡的芬西絲卡遠從義大利嫁到愛荷華，愛荷華的生活平淡，而芬西絲卡的生活更是無止盡的奉獻與壓抑，芬西絲卡有時連聽自己喜歡的音樂都被剝奪了。有一天，芬西絲卡的丈夫帶著孩子趕牛群到市集，芬西絲卡一人獨自在家，國家地理雜誌旅遊攝影師若伯琴凱，為了尋找木造橋而迷路，他向芬西絲卡問路後，於是兩人有了交集。

丈夫和孩子不在的這幾天給了他們相處的機會，他們相談甚歡，進而迸出愛的火花。若伯琴凱不願芬西絲卡的才情被壓抑在保守的小鎮，乃力邀芬西絲卡一起離開。幾經掙扎，芬西絲卡仍舊無法拋下屬於她的責任與道義，她選擇將這段感情永遠的深埋內心，終生回味。直到芬西絲卡也過世後，要求兒女將她的骨灰和若伯琴凱一樣灑向麥迪遜之橋。芬西絲卡的兒女原本很不諒解母親，後來透過母親的日記書寫，進而釋懷，且各自影響自己面對婚戀十字路上的決定。

如果就這樣看來，我們台灣版的「麥迪遜之橋」裡的母親和兒子，都實在值得贏得眾人的賞聲。母親在盡其本分之後，還能在這樣的年紀勇敢地去追求她的所愛，了卻年輕時的一樁遺憾，即使只是見上一面；當然，母親一定會有所顧忌的，她還是會擔心她的大膽示愛，會引來一些取笑或責難，這時兒子的支持就是重要的關鍵了；兒子對擔心如果真的見面，場面會很尷尬的母親說：「人老要有『三老』，一是老本，二是老伴，三是老朋友，就當是老朋友不就結了？」

於是受到寬慰的母親才安心靜候兒女的安排。

×　　×　　×

我有一個學生，小時父母就離異，後來父親再婚，他也有了同父異母的弟弟，他努力考上北部的國立大學，為的是要離開家，倒不是繼母不好，只是一直覺得他和那個家格格不入。

我勸他：「你應該很慶幸你的父親有人結伴同行，那對你、對他都是好事。」

他點頭說：「我知道。經濟不景氣，爸爸要負擔那個家很辛苦，所以，我都利用課餘的時間打工，自己賺生活費。其實，爸爸可以找到感情的寄託，我也很高興。」

對於他的懂事，我再次給予肯定。

（部分原載於〈從大陸新時期女性小說——〈飛灰〉、〈心祭〉和〈楓林晚〉看寡婦的黃昏之戀〉），《崇右學報》，二〇〇三年，第九期）

▶ 問題討論與活動設計

Q 何謂「情愛文學」？請說明其價值。

Q 請舉「親情」篇章，說明其與人生的聯繫關係與你的感想？

Q 請舉「友情」篇章，說明其與人生的聯繫關係與你的感想？

Q 請舉「愛情」篇章，說明其與人生的聯繫關係與你的感想？

Q 請從〈優質道別〉一文，說明你所認為的分手的藝術為何？又你曾否有「理性」或「非理性」的處理分手的經驗？

Q 請說明我們如何在現實生活中透過情愛文學得到心靈的滋潤？談談你的實際經歷。

第四章

兩性文學與人生

學習目標

研讀本章內容之後，學習者應可達成下列目標：

1.認識「兩性文學」的涵義。

2.瞭解兩性關係的價值意義。

3.藉由作品欣賞探索兩性關係。

4.清楚兩性文學在生活中的重要地位。

妳的名字叫幸福

我對幾個上課愛說話的女同學說：「如果妳們生在古代，早就結婚了，可能都還當娘了；但是大概也早被休了。」

我在黑板上寫下七出之條，並解釋著。

「七出之條」，意即妻子若犯了其中一條，夫家便可藉以休妻，這七條就是《大戴禮記・本命》所云：「婦有七去：不順父母去、無子去、淫去、妒去、有惡疾去、多言去、竊盜去。」

她們聽了，忿忿不平地抗議著——

「不能生小孩也有可能是男人的問題啊！真是沒常識。」

「天啊！不能八卦，那怎麼活？」

「生病已經夠可憐了，還要被休掉，真是過分！」

我對她們介紹幾篇相關的小說——

琦君〈橘子紅了〉說的是這樣一個故事：老爺在外當官娶了個交際花當二房，誰知她也像大太太一樣，久婚不孕。大太太遵從老爺的指示，為他尋覓了一個鄉下女孩，這個買來的女孩的重責大任就是要為他們家傳宗接代，這事讓家裡接受新式教育的六叔和姪女十分不苟同。在等待老爺回鄉圓房期間，六叔和三太太之間產生了一段若有似無的情愫。老爺回到城裡不久，三太太懷孕的喜訊也隨著傳到。二太太親自下鄉，要將三太太帶回城裡，表面上是要照顧她，實際上是想監控她。三太太嚇壞了，流產了，她對大太太感到愧疚，最後抑鬱而終。

自古小說以來，不難見到女性被「物化」的買賣婚姻，但是琦君卻在這個傳統女性的悲情主題上，同時還呈現了女性受教育的必要性，還有婚姻必須建立在愛情的基礎上，以及兩性平等的重要。

林海音的〈殉〉裡的女主人公是一位出身於書香門第的女性，雖然，當時正值五四改革時期，但她還是守信地履行「沖喜」的婚約，才新婚不久，便成了寡婦。她利用精緻費時的刺繡，打發時間，但她只是個凡人，也有七情六慾，她不自主地暗戀著英姿勃發的小叔。

作者宛如舉著反封建、反傳統的大旗，對迷信、對包辦婚姻提出了強烈的質疑。

還有〈燭〉裡的大戶人家的太太，為了成全自己賢慧的美名，她不敢對丈夫要納妾有任何的異議，但她只能藉由假裝癱瘓，讓丈夫感到內疚，每當丈夫與得寵的侍妾在享受魚水之歡，她就裝作不舒服，引起注意，藉以打斷他們。可是久而久之，沒有人再理會她，而她也因為假戲真做，後半輩子都癱在小小的床褥上，陪伴她的只是一截暗沉的蠟燭。

女同學們聽得瞠目結舌。

我鼓勵她們說：我們有幸身為現代的女性，可以受教育、可以發表意見、可以選擇自己所愛、可以在工作職場上實現自我，所以，我們都很幸福，要懂得惜福。

打開女性潘朵拉的盒子

在一次「現代小說選讀」的課堂上，我們討論林海音〈金鯉魚的百襇裙〉。小說裡的女主角「金鯉魚」六歲被賣到許家，因為被太太視為是她的自己人，百依百順，逃不過她的手掌心，所以，在她十六歲時，便收房給老爺做姨太太。年頭收到房，年底便給許家添了個唯一的男孩。大家都說金鯉魚有福氣，她自己也這樣認為，但是她以為自己的幸運並不是遇上了太太，而是她肚皮爭氣，生了兒子。可是她卻沒有作母親的權利，兒子一出世便被抱到太太房中撫養，接受人們祝賀的也只有太太。

兒子十八歲那年，準備成親。她長久等待的一天終於來了，她可以在兒子的婚禮上，穿上只有正室才可以穿的百襇裙。她自認為是她的兒子要結婚，理當可以穿上百襇裙，於是去做了一件大紅的百襇裙。那是一條象徵身分地位的裙子，可以讓她暫時擺脫姨太太次等地位的象徵。

太太看出金鯉魚的心思，特別在婚禮前夕，發布了一個命令，說是娶親那天，家裡的女人一律穿旗袍，一是因為現在是民國了，大家都穿旗袍了；二是因為兩位新人都是念洋學堂的，大家都穿旗袍，才顯得一番新氣象。

金鯉魚的夢想破滅了——旗袍人人都可以穿，但百襇裙可是有身分的區別啊！

金鯉魚到死都擺脫不了她的次等地位，因為不是正室，所以棺材不能從正門出去。兒子情緒激動地為母親發出不平：「我可以走大門，那麼就讓我媽連著我走一回大門吧！就這麼一回！」當他扶著金鯉魚的棺柩走過大門後，他才感到如釋重負。作者安排金鯉魚的兒子如此悲戚的伏棺吶喊，喊的是傳統女性桎梏已久的悲哀。

金鯉魚處於父權經濟體系中，其利用價值只在於家族運作的傳承延續，她因為無法擺脫階級地位的迷思，將自我價值的判斷建立在「母以子貴」之上，因此其悲劇命運可想而知。

同學們分組上台發表自己的看法——

一位女同學說她母親連生了幾個女兒，都是自己坐月子，一直到終於生了她弟弟，重男輕女的祖母才燉雞湯給她母親補身體；另一個女同學說她曾祖母是童養媳，媳婦熬成婆後，把過去的傳統包袱，再丟給她祖母，祖母常常訴說過去被「虐待」的歲月，可是陋習循環，祖母並不減損對她母親的無理要求，女同學在台上講到激動處，竟不可遏止地哭了起來，但她還是堅持要把心中的不平宣洩出來，她說她曾質問祖母：「同樣是女人，為什麼要這樣苛刻我媽媽。」。

又有同學說就算時代進步了，可是重男輕女的觀念還是不見有多大的改變。她說她身懷六甲的表姊，到婦產科產檢，當醫生照超音波檢查出是男嬰時，醫生竟對她說：「你等一下走出去可以抬頭挺胸了。」她忿忿不平地說透過麥克風說：「難道女生就不是人嗎？」另一個女同學附議說，她在K書中心打工，結識了一位在銀行工作，身上已經有好幾張證照的女行員，她很好奇女行員還準備繼續多考幾張證照！女行員對她說，上次他們銀行招考雇員有三千多人報名，但初審就被刷掉了二千四百多人，通過初審的六百個人中，女性屈指可數，因為職場上，女性因為請假（產假）、情緒（生理期）、家庭（小孩生病）等諸多問題都被雇主列入考量，所以，為求穩定，她覺得手上多幾張證照還是比較有保障。

我對女同學說：金鯉魚將改變其地位的希望寄託在百襉裙上，我們似乎見到「五四」女作家凌叔華筆下〈繡枕〉裡的那個被「物化」的大小姐——一位名門望族的大小姐為了繡好一對靠枕煞費苦心，因為繡枕是要送給豪門巨族的白總長，白總長有個二少爺還沒找到合適的親事，而算命的說大小姐今年正遇到紅鑾星照命主。大小姐認為她把用心繡好的靠枕送給白總長後，也許二少爺會因物及人而愛上繡枕的主人，成就一門好姻緣；若二少爺不成，大小姐還考慮到繡枕被擺在終日高朋滿座的白家客廳，定會有人欣賞這對繡枕，一傳十，十傳百，那麼上門來求親的人必是門庭若市——大小姐和金鯉魚有著一樣的悲情。

但這樣的悲情已經可以離她們很遠了，因為她們可以接受教育、可以工作、可以開發自我的潛能、可以閱讀、可以旅行，她們可以完全選擇不要重複母親的悲情，但先決的條件是要努力充實自己，唯有經濟獨立自主了，才有後續的幸福可言。

我趁機教育男同學，去「成就」你的另一半吧！當她們可以自在地打開屬於自己的潘朵拉的盒子時，相信你們也會反射到自己而得到幸福。

（原載於〈拋開束縛姐姐妹妹站起來〉，《中國時報》，二〇〇三年三月五日，家庭親子版。）

女生向前走

在一次「文藝選讀」的課堂上，我們討論李昂的〈殺夫〉，女同學們關注的焦點幾乎都集中在兩性不平等的問題上。

「我們家小孩洗澡都是哥哥和弟弟先洗，媽媽說，因為我是女生。」

「我們家都是媽媽和我做家事。媽媽下了班趕回家煮飯，吃飽飯我負責洗碗，爸爸和弟弟則在客廳一邊看電視，一邊吃著媽媽端上的水果。」

她們忿忿不平地，妳一句我一句。

我談起大陸一篇尋根文學的作品——〈五個女子和一根繩子〉，小說裡的五位女主角有著共同的背景——賠錢貨。桂娟的姊姊難產，婆家明白表示只要小孩，不要大人，孩子的生日成了母親的忌日；愛月的奶奶過八十歲大壽，兒孫滿堂，但女孩子就是沒有資格坐席。

「男尊女卑的傳統觀念根植女性太深，一直到現在二十一世紀了，還是有不少女性認為自己是第二性。」我試著平撫女同學們的激動。

我第一次感受到男女有別，是在念幼稚園時，祖父過世，我們幾個堂、表姊妹努力想要在墓碑上找到自己的名字，卻發現上面只有男孫的名字；後來，祖母每年到我們家過年，弟弟的紅包一定是比我們幾個姊姊多。

大陸影片〈我的父親母親〉裡有一個地方教我印象深刻：男人蓋新房子或打井，女人是不能上前的，女人中午送飯，只能在遠處看，怕會沾上邪氣。此外，民間還有一種說法，女生在經期間，不能到廟裡拜拜，因為是污穢的。

女生們又開始此起彼落地數落起男生的不是。

班上少數民族的男同學有苦難言。我為他們站台說：「時代在進步，女性受教育了，經濟也獨立了，現代男性也漸漸接受兩性平權的新觀念。」

這些寥寥可數的男同學，一副委屈地附和著我。

一位男同學舉手說：「我爸爸不做家事，但我媽媽訓練我做家事，她說這樣以後我才能幫忙老婆做家事。」這是一個不反對「男主內，女主外」的男生所說的。

「咦！這是一個不錯的男生哦！女同學將來可以考慮看看！」我對著女同學建議著。

同學們都笑了。在他們的笑容中，我見到現代女性的「自己的房間」又擴大了許多。

（原載於《聯合報》，二〇〇二年十一月二十三日，家庭與婦女版。）

從《搖啊搖到外婆橋》看女性的悲情

由張藝謀所導演的《搖啊搖到外婆橋》是取材於李曉的小說〈門規〉。

水生從鄉下到上海投靠在唐家工作的六叔，六叔要水生惜福，因為他姓唐，所以，老爺才答應讓他做歌舞皇后小金寶的跟班。

小金寶是老爺捧了十年的女人，老爺為了她，把自己的太太送到鄉下去，還特地為她開了間舞場。

水生因為被小金寶嫌棄笨手笨腳的，所以，向六叔表示他不想待了，但卻換得了六叔的一巴掌。

宋二爺說是老爺的生死之交，可是卻和小金寶有了姦情。

後來水生目睹了在唐家的一場廝殺，六叔替老爺檔了一刀而喪生。水生見到死不瞑目的六叔，決心要留在上海，替他報仇。

上海灘的人都在覬覦老爺這個老大的位置。受了傷的老爺帶著小金寶和水生到小島上療傷。

小金寶原先是滿口抱怨，後來心性漸變，和負責送飯的當地寡婦翠花和其女阿嬌成了好朋友。

一天夜裡，小金寶發現翠花房裡有個男人，阿嬌說這個阿叔常在夜裡划船過來。後來，滿溢著幸福的翠花對小金寶說，他們準備要成親了；但小金寶只是連聲抱歉，說她不該來找她聊天的，她無法親口告訴她，她的男人已經被老爺殺死了，因為老爺曾立下規矩，任何人都不准上島或下島。

小金寶還和水生交心，說起小時候她家以前有棵桑樹，有人說家門前有桑樹，會有貴人，她笑話自己說，其實她也是「鄉巴佬小金寶」。她給了水生一些銅板，勸他掙夠了錢就回鄉下去。

原來老爺以到小島療傷為藉口，暗中調查宋二爺和仇家勾結的舉動。後來，就在宋二爺到小島後，當著眾人的面揭穿了小金寶和他的暗通款曲，最後以他們家的「規矩」活埋了他們兩人。

影片中的三個女性都是悲情人物。

小金寶耽溺在物質虛榮中，但是精神層面是虛空的。她原想在老爺身上得到麵包，又可以在宋二爺身上寄託愛情，可是終究宋二爺還是辜負了她，在他眼裡她不過是個玩物。所以，當翠花勸她說：「只要真心，會碰上好人的。」小金寶卻感嘆地說：「這幾年，不知真心幾回了。」

而這個以真心待人的純樸婦人，她的幸福卻斷送在權勢之下，小人物的無力扭轉命運的可悲，豈不教人鼻酸。

至於阿嬌，因為長得酷似年輕時的小金寶，便被老爺帶往上海，在船上她還問著老爺，到時是不是可以穿戴和小金寶一樣的衣飾。我們似乎不難想見阿嬌未來的命運。

現今一些被物慾所迷惑的女子，是否可以從中得到些許的啟示。

她不是「第二性」

我開著車，在開滿木棉的仁愛路上等綠燈，見到一個男人牽著女人的手，走向停在路邊的摩托車，男人先戴好安全帽，再拿起另一頂安全帽，溫柔地為女人平整地戴上，然後再細心地扣好環扣。

這一幕讓人見了，好是感動。

人們總是在胼手胝足時，情感篤厚，但是若當摩托車變成賓士車時，男人還會如此溫柔以待嗎？還是趾高氣揚地對待曾經與他同甘共苦的女人。我有一個朋友就曾陷溺在那樣的困境中。

近來樂透盛行，說是有一男子中了巨額獎金，竟瞞著他的妻子，且訴請離婚。陳世美的故事，不停地在現代社會上演著。友人新婚不久的姐姐血癌過世，姐夫在喪禮過後，急著和娘家言明妻子的存款應該屬於他。

最近一本新書《多情總被無情惱》，作者江盈字字血淚地述說當她突然遭逢「腦動靜脈畸形」，手術前後，丈夫對她的輕蔑、離棄與背叛。身體漸漸康復的她開始檢視二十幾年婚姻生活沒有自我的日子。

以往尋求長期飯票的傳統女性——「一心一意地追隨，他的方向就是我的方向。」而現在經濟獨立，追求心靈伴侶的現代女性——「如果他的方向也是我的方向，我才願意考慮和他同行。」我想，這一點從另一個層面來看，對於男性也是一種公平、一種保障。

韓劇《愛上女主播》和《冬季戀歌》之所以造成轟動，我想，男主角角色的「溫柔體貼」的攻勢，功不可沒

——張東健在高朋滿座的餐廳裡，彎下身為女主角戴上腳鍊，說下輩子還要和她在一起；裴勇俊彎下腰，蹲下身為女主角穿好掉落的鞋子。

當女性已經可以自己買樓、買車、買保險、作投資、旅行和女性朋友定期在有氣氛的餐廳聚會談女權，那麼男人可以給的東西還剩下什麼——是溫柔對話吧！是熱情體貼吧！是全心真意吧！是懂得生活吧！

這不是「剩下」的，這是最「重要」的。

（原載於〈女人，當自己的主人吧！〉，《中國時報》，二〇〇二年九月三十日，家庭親子版。）

別再讓「孔雀東南飛」

在一次「現代小說選讀」的課堂上，我們討論凌叔華的〈中秋晚〉——小說開始於夫妻共度婚後的第一個中秋節，正準備吃象徵團圓的「團鴨」時，丈夫突然接到乾姐垂危的電話，他急著要趕去前，妻子堅持要他先吃一口「團鴨」應景，結果竟誤了時間，未能見到乾姐最後一面。丈夫責怪妻子，口角之時，打碎了供過神的花瓶，妻子把這一切視為凶兆，於是回娘家；丈夫則終日和酒肉朋友聽戲、逛窯子。隔年，家道漸漸中落，妻子流產。婆婆把責任都歸給媳婦，極力埋怨她的不是。媳婦再度流產，這次是個六個月大的男胎，醫生檢查發現染有梅毒。這個家已經敗破到要賣房產，妻子在準備搬家時，向她娘哭訴：「都是命中注定受罪。」

其實這篇小說的主題寫的是舊式未覺悟的愚昧女子，被迷信所害的故事。但沒想到同學們除了點到這個重心外，還把焦點集中在「婆媳問題」。女同學們爭相指責小說裡婆婆的自私，然後還舉了一些她們自身的見聞。

在這些七年級生中，有一位女同學說她的祖母不贊成房子裝修，覺得浪費，說不動她父親，便在她父親背後把矛頭指向她母親，她說，她母親娘家家境不好，所以一直是被祖母壓迫著，她覺得逆來順受的母親很可憐，但母親告誡她：「要好好唸書，以後才有條件找一個好人家。」也有一位說，她以後結婚後一定要搬出來住，她見到母親伺候著早年便守寡的祖母，祖母還挑三揀四的找麻煩，她覺得母親很委屈，父親很無能。另一位女同學則附議著補了一句：「最好是找一個沒有父母的先生。」

我對於她們的討論，一時不知該下怎樣的評論。

我一個友人說，她婆婆雖然幫她坐月子，但她那一個月簡直苦不堪言，因為婆婆每天在她耳邊嘮叨——妳已經吃了幾隻雞、幾副腰子了。沒想到時代已經進步到人們都可以上太空了，但「孔雀東南飛」的相關問題竟還持續荼毒著現代的e世代新人類。

我對同學們說起大陸作家池莉的一篇小說〈太陽出世〉，小說裡有這樣的一段情節——女主角沒有達成婆婆的期望，生了個女孩。按習俗，婆婆應該為她坐月子，但婆婆找藉口推掉了。當她在坐月子時，婆婆為彌補其虧欠送錢來，女主角很有骨氣地說：「別弄髒了我的女兒。我們不需要錢。」後來，婆婆住院無人看護，女主角主動要丈夫送飯去。女主角說：「她畢竟是你的媽媽，她不懂事，我們不能不懂事。將來我們也會有老的一天。」丈夫十分意外，逗著她說：「我以為你巴不得她死呢。」她很認真地說：「過去曾經有這種願望，後來沒有了。看開了，其實她如果幫我們帶孩子，我也不會讓她累著，我同樣要請保姆。只是讓她看著點。那朝氣蓬勃的小生命對老人的風燭殘年是很好的補充。可惜她不懂。只知道搓麻將，盲目地重男輕女，她不是個有福氣的人。」

記得有一年到帛琉旅行，有機會和一家兩代六口同船。我誇老太太的身體硬朗，看不出年紀，她說那都要歸功於她的婆婆，她的婆婆為她坐了兩次月子都相當用心，她一直記得婆婆對她說：「妳的健康，就是我兒子的幸福。我兒子以後可能還要靠妳照顧。」她記取著這句話，也施行在她的媳婦身上。我見到那媳婦笑著牽著老太太的手，關切地要她小心下船。

我也「終於」在報上見到一位媳婦對婆婆的感恩，作者說她婆婆體會她當職業婦女的辛苦，不但負責煮三餐，連碗都捨不得讓她洗；幫她坐月子，帶孩子，孩子滿月後，知道她擔心身材變型，還要她利用時間，到健身中心運動。有這樣的婆婆，的確是教人欽羨的。

其實聰明的婆婆會把媳婦當自己的女兒看待，因為，妳找媳婦麻煩，媳婦會找妳兒子麻煩，受苦的是妳心愛的兒子。妳不去疼媳婦，弄得人家雞犬不寧，倒霉的也還是妳的兒子，事態嚴重者，孫兒的責任還可能會落到妳的身上，如此這般值得嗎？

懂得愛的人，是要在付出的過程中，就享受到甘美的果實，因為，可以付出，就是幸福。

我舉了正面的例子給同學，希望能夠或多或少洗滌他們受污染的心靈。

論情慾

有一部影片裡的男主角出獄後的第一天晚上，在街上受到阻街女郎的邀約，殺完價後，她隨他回到了公寓，正當她準備卸下她性感的黑色吊帶襪時，他阻止了她的動作，他要她先躺到床上，她問他喜歡什麼姿勢，他回答：「湯匙姿勢。」接著的一幕，是他倆側躺著，兩腳膝蓋彎曲，她在他身後環抱住衣著整齊的他，他滿足地緊握住她的手。

所以，性慾的發洩是短暫的，精神的慰藉遠遠大於肉慾的滿足，當人們的心靈可以空靈到認知心底層真正的需要，你才有機會找到自己。

王安憶和勞倫斯一樣都是從人性的角度開掘性愛的意義，她是把「性」作為人性的核心來探索和描寫的。

早在弗洛依德時便已注意到錯誤的性觀念對女性的傷害：「在女人方面，婚前嚴格的禁慾所導致的害處，更加明顯。無疑地，教育傾其所能地壓制未婚少女的性慾，無所不用其極。它不但禁止性交，盡力吹捧性的貞操，而且還使成長中的少女對她日後的職責一無所知。」（李仕芬：《愛情與婚姻：臺灣當代女作家小說研究》，文史哲出版社，一九九六年，頁77）在王安憶的〈小城之戀〉中便能見到作者對於這種性無知的關注。故事發生在動亂時代，小城劇團裡的一對正處於青春期性意識萌動時期的男女演員，他們蒙昧無知，不但發生了關係，把對方當作發洩的對象，而且日漸耽溺其中，一面在罪惡感中沈淪，一面又對於彼此需索無度。渾渾噩噩地聽憑自然衝動的主宰，無可自拔的宣洩，終於釀成一齣青春悲劇。

在這篇小說中作者提出了很多問題值得讀者深思，而最重要的就是對中國長久以來性壓抑以及性知識貧瘠的控訴。

單單從「性」就可看出中西文化的差異。西方有所謂的「性學」，成為一獨立、專門的學問在研究。「性」原本跟「愛」應該是息息相關的，但在中國社會長期以來卻被公認為一種禁忌，凡是要談論這個被劃入「禁區」範圍的——「性問題」，就必須牽扯到「道德」的議題，否則就會淪為「色情」，這是傳統意識制約的結果，我們幾乎很少見到把「性」與「愛」連接起來討論其關係的，即使到了風氣漸開的八〇年代，「性」還是不免和「道德」配對。當然，「性」本身具有許多複雜的層面，「道德」就是其中一項，可是如果僅僅關注在「道德」上面，而忽略了生理、心理、社會與權力關係的種種層面，那麼諸多問題將會由此衍生，比如：性教育的欠缺，造成不健康的性愛觀念，接受外在對於性愛不正常的暗示和刺激，愈是壓抑不准談論，愈是想去摸索，這在王安憶〈小城之戀〉裡可以見到這種對於性的反常的無理性的脫序現象。

外貌的吸引——直接訴諸感官美感的外在美，是兩性相吸的重要特質之一。但是，〈小城之戀〉裡男女主人公對彼此的愛悅，並不是因為外在形貌的相互吸引。她十二歲——腿粗、臀闊、膀大、腰圓、豐胸——為此她感到羞恥；他大她四歲，卻孱弱不堪，發育不良。因為練舞時肌膚的接觸，他們對彼此產生了性渴求。

青春期的少女隨著性的成熟，開始注意到異性，她們對於與異性間的接觸相當敏感，表面上看是排斥而厭惡，但這種打是情、罵是愛的矛盾，其實代表了想要進一步的探索的意念。

當他們開始意識到男女本質差異的存在後，他們在練舞時就越來越不自然，只好逃避，各練各的。然而性的衝動隨著不良的種子的發芽愈之發達。

在小說中男女主角肉體上的結合，並不是以雙方感情的相互吸引和愉悅作為前題，其情欲僅僅是內在本能的原始衝動，因此，可以想見其悲劇結局。

當他們練完功，他讓她先沖澡，他聽到洗澡房裡潑水的聲響，內心有了更多的想像。

她長成如早熟的果子，依然如小時那樣要他幫她開胯，他克服不了內心的騷亂，替她開胯時，決心要弄痛她，她痛得開罵；對於他的粗暴，他感到抱歉，便溫柔以待，因為他的安慰，她哭得更傷心，但心中充斥了一股溫暖，像是被人親愛地撫摸。從此他們成了仇人，不再說話。練功時極盡折磨自己的身體，像是有意要懲罰它似的。

隊友不明究理，其實連他們自己也不清楚。隊長要他們握手言和；

他們仍舊沒有說話，在原始情慾的折磨下，利用練功自我展示，為的是引起對方的注意，他們以自虐式的練功來排解慾火焚身的煎熬，肉體的疼痛帶給他們一種奇妙的快感。在一次練功時，他們協議要互相幫助，於是兩人又說話了，不過，昔日明澈的心情已不復存在，他們互相躲著對方，也不再互相幫著練功了。

這種處於青春期的青少年，是最容易受到動物式生理需求的支配，而爆發無法抑制的性衝動的；再加上小說裡的兩位主人公性知識的貧乏，產生了心理學上所謂的「性異常」。「性異常」（sexual disorders）可區分為二大類別，一是「性功能障礙」（sexual dysfunction），指那些因心理生理因素而引起的性慾抑制，及某種性生理功能的障礙；二是「性偏差」（sexual variant or sexual deviations），是指那些不屬於社會可接受的性行為方式。即有某些持續引起性興奮的儀式是一些不尋常的物體，或是某些特殊的性環境，運用特殊的性形式，而個人也必須有以上的特殊情境才能獲得性滿足。（黃天中・洪英正：《心理學》，桂冠圖書股份有限公司，一九九二年，頁365）顯而易見，小說裡的兩位主人公是屬於後者。

在青春期的發育期間，沒有人給予他們性教育，所以對於自己身體的結構和變化感到疑惑。她面對著自己豐碩的乳房，既詫異又發愁，她以為得了什麼病，不明白它究竟還會怎麼下去；而對他來說，心靈的成熟是他的累贅，他的心充滿了那麼多無恥的慾念，那慾念卑鄙得叫他膽戰心驚，他想不知道這些慾念來自身體的哪一部份，如果知道，定要將它毀滅，一天夜裡，他才發現那罪惡的來源，但要毀滅那部位卻是不可能的。

有一次，他和藹地請求她幫助他排練托舉的一段，在肌膚相觸中，慾望侵蝕了他們的每一條神經。在練習當中，突然有人扳動了電閘，燈滅了，音樂停止了，他正負在她的背上，足足有半分鐘，他從她背上落下來，兩人沒說一句話便逃開了。自此，兩人雖是不見面，但整顆心卻被對方全部佔據了。越是得不到的，越渴望得到，這是人之常情，所以，當他們越是禁忍著情慾，情慾就越是高漲。

正式演出時，他倆在後台照管服裝和道具，當那一夜排演時的音樂響起，他倆的目光相視，她退進一間營房，他隨即也追了進去，在漆黑中他感覺到她的閃躲；自此他們在人前相互躲避，在人後則如膠似漆。「他們並不懂得什麼叫愛情，只知道互相是無法克制的需要。」（《小城之戀》，林白出版社，一九八八年，頁134）

他們又開始練功，互相照顧對方的生活。可是因為愛得過於狂熱而拼命，消耗了過多的精力，也漸失神秘感，減了興趣，不過他們還是欲罷不能，只是不明白似乎再怎麼拼命也達不到最初的境界。

小說裡的男女主人公的交往程序，因為直接跳過「愛」，而進入「性」，因此一直沈浸在肉流慾海之中，他們憑著本能發洩著動物共通的慾求——性慾。然而，儘管性可以藉著短暫的放蕩得到官能上的滿足，但是因為他們並未經過相愛的階段，而是受到性的牽引才發生關聯的，因此，當他們在每一次結束性行為後，在精神上會更感到虛脫，尤其是對自己的自慚形穢與對對方的陌生冷落會更為強烈，如此循環不已，永遠也無法達到靈肉一致的狀態。由於這樣的苦惱，他們相互懷恨，相罵開打，在一次又是廝打又是親熱中，他們達到了久已未有的滿足，可是接踵而來的還是「罪惡」。

想要維持婚姻，男女間一定要有「戀愛」的感覺，而且要「深愛著」對方，「所謂「『戀愛』的感覺，指的是重新發掘對方種種想法和習性，這一來，無論你們共渡多少個年頭，兩人之間的關係仍能長保新鮮；『深愛著對方』表示另一個人在心理、生理、精神和情感各方面都能使你感到滿足。在一開始的時候，兩人一定要互相尊敬愛慕，才能融入對方的生活之中。」（雪兒．海蒂著　林淑貞譯：《海蒂報告》，張老師文化事業股份有限公司，一九九四年，頁754。）小說裡的男女主人公就是缺乏了這種戀愛的感覺，他們彼此並不相愛，加以暴力性的變態行為，簡直扭曲了男女之間的正常關係。要說他們有關係，則只是建立在「性慾」之上，所以，他們並不快樂，真正的愛情是令人感到興奮歡愉且自在閒適的，而不是像他們那樣充滿污穢、罪惡。因此，可以確定的是他們的性行為是屬於心理學上所說的「變態性行為」，其性的滿足是依賴某些物體，而非是因成熟的兩性彼此願意的性行為。（《心理學》，頁365。）這裡所說的「依賴某些物體」，在這篇小說中我們不妨把它看成是男女主人公不願正常地公開其關係，而寧願在眾人背後以閃躲的方式解決性飢渴的變態心理。

在外地演出時，他們緊緊抓住演員換裝的十分鐘暫時止住了飢渴；但是，由於匆忙緊張而不能盡興，卻更令他們神往了。他們期待下一個台口，能有一處清靜的地方供他們消磨灼人的慾念。可是希望愈大，失望就愈大。他們慾求不滿，將旺盛的精力轉為暴力，公開地將怒氣向彼此發洩，兩個身體交織在一起，劇烈地磨擦著，猶如狂熱的愛撫。簡直就是以公然的打鬥，代替私底下的性愛。

他們所以愛得如此痛苦，全在於他們是因性而愛，而不是因愛而性，那是一種由神秘與好奇所造成的誘惑；假如真愛一個人時，心裡會掛念著對方，會在乎對方的感覺，會尊重對方，重視對方的意見，快樂興奮時與之分享，悲傷難過時尋求其安慰，所以心裡想的絕對不僅僅只是性的感覺；如果僅僅只是性的感覺，那麼勢必他們的生活會隨著情緒化的性，而弄得起伏不定，無法平衡。

作者企圖通過靈肉讓他們去體認愛情，可以讓她們對於情的另一面——慾，加以體驗，而有不同的理解，因為「情慾」是最能表達人類深邃的情感的。所謂「情慾」，是指「對異性的強烈慾望和精神需求，它既是生理活動，也是心理活動；既獲得肉體上的滿足，也獲得精神上的滿足。因此人與人之間彼此相愛的情慾，是人類實現愛情的幸福之路。」（鄭明娳：《當代台灣女性文學論》，時報文化出版公司，一九九三年，頁215。）

劉再復在論及「情慾」時分析說：情慾是人類心靈世界和性格世界的重要組成部分。包括狹義與廣義兩種。所謂狹義情慾，就是指兩性之間的性愛。所謂廣義情慾，則是指從內心深處中迸射出來的各種慾求、慾望、情緒、情感的總和。他把「情慾」的結構分為三個層次——

情感的最低層次就是我們通常所說的「慾」，即感性慾望。這是人的生物生理本性的表現，它包括食慾性慾；情慾的中間層次則主要不是慾，而是情了。它已不是單純的生物生理需要，還包括著精神需要。這一層次的情感是「情中有慾」。真正的情感，包含著精神追求的情感，在追求中包含著對人的尊重，對人的愛，所以這種情感有時自然而然地會抑制某種生物性的粗鄙慾望；情慾的最高層次就是社會性情感，它在「情」中滲入了「理」。（《性格組合論（下）》，新地出版社，一九八八年，頁190、193、195、196。）

這篇小說中的男女主角便是處於最低層次。

在最低層次中，「情慾作為一種生命的內驅力，它的運動形式是極不確定和極不穩定的，它追求的是合自然目的，它往往顯得很粗鄙，但是它說不上善也說不上惡。」（《性格組合論（下）》，頁206。）

比如：在一個燠熱的深夜，他倆很有默契地偷溜下頂樓，進了一間房間。完事後，他們沒有絲毫的喜悅與解脫，接踵而來的是懊惱，直問是否得了不治之症？

在外三個月，終於回家了，他們熟門熟路，可以知道哪一處是僻靜的地方。他們幾乎是很有默契地夜夜外出，深夜才歸，可是快樂是越來越少，就只那麼短促的一瞬，有時連那一瞬都沒了。他們若有所失，急躁地要尋回，他們實在不明白：「人活著是為了什麼？難道就是為了這等下作的行事，又以痛苦與悔恨作為懲治。」（《小城之戀》，頁165。）

人的愛情在與某種理智結合起來之後，仍然帶著感性慾望的自然特性，即人在愛的時候，不僅僅有靈與靈的交流，還有肉與肉的交流。因此，一個真正的人，他的愛情過程，往往是一種靈與肉的矛盾統一過程，兩者互相補充、互相推進的過程。（《性格組合論（下）》，頁199。）的確，有慾不能無情，這才是人的生活，從這個意義上說〈小城之戀〉是以另一種方式在呼喚「愛」的歸來，並剖心托出了一種感情的慾求，特別是傳遞了兩性靈性結合的重要。

如果他們的關係是建立在愛情之上，是從感情試探開始的，他們便大可隨著劇團裡出現幾對情侶時，就讓戀情公開化，任其正常發展，他們就無須苦苦等待機會。

為了找尋合適的地點，以抒解沈睡已久的渴望。他們總找不到一個安全的地點——有一次在河岸，就在他們最如火如荼的時刻，被一輛駛過的手扶，大吼一聲，那沮喪與羞辱，使得他們再不敢到河岸，甚至連提到河岸都會自卑和難堪。所以他們只得在劇場裡硬捱著。

從馬斯洛的人格心理理論來看：男女主角僅停留在第一階層生理的需要，所以根本談不上有安全感、歸屬感或被尊重，甚至是自我實現了。因此，他們的關係注定是悲劇收場的。

一次，他們在野外尋歡，醒來時已是清晨，在路人的注視下，匆忙回到劇場，劇場裡的人按步就班地做著自己的事，像是向他們展示著幸福，就在這天晚上，她決定結束生命。

她整理舊衣；洗淨身體；和大家一起快活地吃飯、說笑，心中有了平等的感覺，才驚覺自己可以抑止渴望，她決定好好活下去。可是他呢？他認為她無情無義，他們本該一起受苦的，她怎麼能就這樣撇下他？

她一直努力克制著，但就在那一次他強行地撲向她時，她知道她又前功盡棄了。

我們必須承認，是性愛這個婚姻結合的原始力量，把男女聯結成最最緊密的關係，但是，男女結合如果缺乏情感，必然更加醜化赤裸裸的慾，而隨著不健全的性愛，不幸的人生也將伴之而來。

當一個人陷入愛情時，總想把自身完全融化，甚至與對方融為一體。而兩性愛情失敗的原因，往往是女性追求愛情，強調精神上的結合，達到靈肉一致的境界，而這正是男性所忽略的，這一點我們可以從小說中女主角先於男主角的覺悟得到證明。然而也正因為如此，女性往往所承受的精神上的困苦遠遠大於男性。

所幸，女主角後來懷孕了，她能在自身母性所散發的光輝中找到情感的依歸，而跳脫出來；但男主角卻在他的婚姻中，墜入尋找不到依歸的痛苦。

我們可以更加肯定的是：因性而愛的愛，並不是真愛；因愛而性的愛，才是真愛。唯有「性」與「愛」結合的愛情，才是健康而建全的。我們設想男女主角如果具有正常的性知識、性觀念，讓「性」伴隨著「愛」而成長，那麼小說結局可能就會改變了，因為，性愛的熱情會隨著時間的流逝而消逝；但是，如果善於經營愛情，那麼彼比間對於愛情的需要與熱情，卻是會與日俱增的。

隨著科學的發展，我們必須揭開性的神秘面紗，所有性抑制的心理都該破除。性關係乃是由男女兩方相互愛慕而發生的。唯有情與欲及靈與肉兩者達到和諧統一，才是自然且健康的性結合。此外，為使男女雙方的愛情能夠和諧發展，精神世界是必須不斷充實和拓展的。

（部分原載於〈論王安憶著《小城之戀》裡的性愛與母愛意識〉，《淡水牛津文藝》，二〇〇〇年四月，第七期。）

與學生的「春天」有約

為了訓練學生的語言表達能力，我規定一年級的新生閱讀課外讀物，並且上台做報告。

有一位女同學選擇的是探討網路愛情的蔡智恆的《第一次親密接觸》，有人把這本書定位為新世代的小說——

男女主角因為網路結緣，相約見面，長得閉月羞花的女主角重視的是男主角的才華，並不在意他的外表，他們相愛了，幾次約會後，女主角突然消失無息了。後來，男主角得知她病重，便趕往醫院為她加油打氣。雖然，女主角最後還是回天乏術，但她留下了一封信給男主角，感謝他曾經帶給她美好的愛情。

女同學說她為著這樣的愛情而感動，接著她從反面講述起她國中時期一個同學的愛情經驗：她主動追求心儀的男孩，每天為他送早餐，男孩感動了，他們宣稱是男女朋友。後來，她又愛上了另一個男同學，才半天的時間便和那個情場老手回到他的住處，她以為只是談心、接吻，但是，當強大的力量加諸在她身上時，她無力反抗。強暴的尺度在哪裡？是她給了他機會，他沒有戴保險套，只是幫她算好了安全期。事後他們就分手了。這事對她身心造成相當大的影響，她常常懷念起之前那一段純純的戀情。往後，她便肆意地放縱自己的身體……。

女同學說她讚揚在報告裡的愛情，反對她同學對愛情的輕佻隨便。

我教這群Y世代的新新人類給震撼住了，他們可以如此大膽地談性、談接吻、談保險套、談安全期。

但我很慶幸至少他們願意在我面前談。

我知道，現在對他們說：這個年齡發生性關係太早，不好。遠不及教他們要如何保護自己，做好防範措施。

我把我自己的親身見聞對他們說——

記得懷孕初期到婦產科的診所做產檢，因為是小診所，室內的裝潢用的是木板隔間，我們在外面候診的病人幾乎都可以聽到醫生和病人的對話。

有一次，我在外面候診，聽到裡面的狀況：醫生說如果真的決定要做人工流產，不能再猶豫，小孩已經太大了，會有危險；再者沒有人陪她來簽字，他是不可能幫她做手術的。她低著頭走出來，那張潔淨無暇的面龐告訴我，她應該不到二十歲。

當我做完超音波，護士小姐在幫我量血壓時，下一個病人坐到醫生對面的位置了。我清楚地聽到他們的對話。

「上次的檢查報告下來了。妳的子宮有問題。」醫生低頭看報告，沒有看她。

「我已經流產過一次了，我們家裡有傳宗接代的壓力——有沒有——有沒有什麼方法可以讓我最快受孕？」她支支吾吾地說著。

「妳以前有沒有拿過小孩？」專業的醫生單刀直入地問。「妳的病例上寫沒有？妳要老實回答，我們才清楚你的病史？」醫生催逼著。

「……拿過三次……」她不得不老實回答。

醫生訓了她一頓，並討論著幫助她受孕的方法。

我對學生說，子宮是孕育小生命的地方，她可以是很堅強的城堡；可是當這個城堡還沒有被蓋起來的，她的地基就遭到催殘，而且是三次的催殘——那樣的刮啊刮，受得了嗎？我感覺到女同學的毛骨悚然，「老師不是故意嚇你們，但是我覺得你們必須知道，尤其是妳們女生。」

我把目光轉向班上的少數男生：「男生也要記住喔！你們總不希望在你們還在就學階段，就要當起小丈夫、小爸爸，到時候你可能就沒有辦法和同學一起坐在教室裡傳紙條，一起在操場打球，一起八卦哪個女生的穿著有多勁ㄅㄧㄤˋ。你要開始養家活口，依現在高不成低不就的情況，賺的一定是微薄的收入，可能連你自己都養不起，更何況是養活一家人。貧賤夫妻百事哀，你和你的小妻子，一定會為了柴、米、油、鹽、醬、醋、茶而爭吵，然後，你那青春美好的生命可能就埋葬在你的一時衝動當中，萬劫不復了。」

男同學們個個聽得目瞪口呆，彷彿也陷入那個灰色的地帶中了。

× × ×

我對同學們舉了白先勇的一篇小說＜那晚的月光＞，加強說明。小說裡的李飛雲的學費是由姐姐供給，上家教課全是為了生活。進台大的那一天，一向不慣誇口的他，對好友說出他心中唯一的志向——畢業以後到美國留學，成為物理科學家。

但是所有的夢想都隨著一次月光下的意外出軌改變了，一位年年獲得一千元獎學金的高材生，照樣有著畢業即失業的危機，畢業考還沒考完，他就已毛遂自薦去求一位中學校長給他一份工作；而他眼前所面臨的困境是：未繳的房租和即將臨盆的同居人。這位準未婚爸爸，身兼數個家教，身心俱疲，根本沒有時間準備畢業考，就「倒在桌子上睡了過去。」

小說裡他和同居人有一段悲情的對話。即將臨盆的余燕翼，靠著她的大學生情人李飛雲身兼數個家教維持家計——

> 「陳錫麟替你找好家教沒有？」余燕翼道，她吃了一碗飯，四樣菜動過兩樣，她把其餘的都收到碗櫃裡。
> 「我明天就去試試，不曉得人家要不要，我只能教兩天，分不開時間了。」
> 「我們明天要付房租和報紙錢，房東太太早晨來過兩次。」
> 「我上星期才交給你四百塊呢！」
> 「我買了一套奶瓶和一條小洋氈。」余燕翼答道，她的聲音有些微顫抖，她勉強的彎著身子在揩桌子。
> 「房東太太說明天一定要付給她，我已經答應她了。」余燕翼說道。
> 「你為什麼不先付房租，去買那些沒要緊的東西呢？」
> 「可是生娃娃時，馬上就用得著啊。」
> 「還早得很呢，你整天就記得生娃娃！」李飛雲突然站起大聲說道，
> 他連自己也吃了一驚，對余燕翼說話會那麼粗暴。
> 「醫生說下個月就要生了。」余燕翼的聲音抖得變了音。（《寂寞的十七歲》，遠景出版社，一九八二年，頁217~~218）

「性是很美好的。不用急著做，早做晚做你總有一天等到，並不會因為晚一點做而有所損失；反而在正常的時機、正當的場所去做這件美好的事，會更覺得幸福。」我正經八百又略帶詼諧地對他們說。

我引用梁啟超在《飲冰室夜話》裡所說過的：「心智成熟、準備對人生負起責任之時，才是可以開始戀愛之時。」做為講評的結尾，並勸誡他們要瞭解對異性說出「我愛你」，並不等於如同寒喧的「你好嗎」那麼容易，有深度的愛情才是經得起考驗的。

（原載於《明道文藝》，二〇〇〇年四月，第二八九期。）

先肯定自己，愛情就傷不了你

女性接受教育，經濟獨立後，她們不像傳統「嫁雞隨雞」的女性，只求生活溫飽；相對地，她們更多地是索求婚姻或愛情的精神層面的提昇，對情感層次的要求也愈加厚重，她們開始尋找自己，並努力思索自我存在的價值意義，她們的視野擴大了，並用心打開其潘朵拉的盒子。於是也會「上網尋找理想情人」，甚或「虛擬戀愛的真諦」。

一位男性友人說：「我喜歡談戀愛，可是談到最後都變成了責任。」當純粹的愛情，被冠上責任的大帽子，其實是相當可悲的。我相信也有很多女人遇上這樣的情形，所以劉黎兒提示了「愛情也有賞味期限」。

人性的陰暗面和脆弱面其實應該是要被誠實揭露的，這樣大家比較不會以嚴苛的標準來看待婚姻或愛情的忠誠問題。

一個女性友人，她總是等著送丈夫、孩子出門後，上網和遠在加拿大的網友互訴情感，那成了她的精神寄託。

基本上，無愛的婚姻根本是不道德的。

與時俱進的聰明男人，會在事業與婚姻中努力取得平衡。大抵說來，男人的權力慾望高於女人，他們往往以「為家庭而奮鬥」為由，在婚姻生活中漸漸缺席，表面上看似辛苦，事實上是本末倒置，結果失掉了婚姻。男人給的，究竟是不是女人所要的？

劉黎兒毫不諱言地說「婚外情是為了讓婚姻維持下去」。

大陸作家航鷹有一篇小說＜東方女性＞，講到婚外情的問題。夫婦兩人都是醫生，妻子是一個性格內向，理性重於感性的人；而丈夫則是一個熱情奔放，感性重於理性的人。丈夫婚外情的事件曝光後，他乞求妻子的原諒，並希望在他被下放前，妻子能夠再看他一眼，因為這麼多年來，她都沒有好好望過他。妻子想要問出個丈夫背叛她的理由。孩子離家後，生活沒有了熱情，丈夫一直渴望生活中有更多的樂趣和享受。過去丈夫常向妻子抱怨：妳太冷了。丈夫對妻子說：「你是一塊恆溫的玉石，和你碰撞在一起沒有失火的危險。而我和她都是一塊燧石，稍一磨擦就會成火種。誰知道這麼一來就不可收拾了，我像被點燃的爆竹似地把蘊藏多年的熱力一股腦兒迸發出來，把自己炸了個粉碎……」妻子驚覺此話，並反省自己對婚姻的疏忽——在母親和醫生的角色扮演上是狂熱的，但對婚姻卻是麻木冷漠。

王安憶的＜錦繡谷之戀＞寫的則是女性外遇的故事。女主角受困於疲乏的婚姻生活，卻在一次工作機會的邂逅中，重新發現了男人，也重新意識到自己是女人。

在雪兒·海蒂所著的《海蒂報告》一書中有這樣的統計資料：「大多數有外遇的女人說，她們覺得夫妻之間很疏遠，在情感上被丈夫摒拒在外，或者受到騷擾：有60%的女人覺得外遇是享受生活、追尋自我的方式，雖然丈夫不重視自己的價值，但還有別人重視。」

儘管女主角在結束了短暫的邂逅後，又神不知、鬼不覺地回到了丈夫身邊，但是在兩性關係的發展中，如果女主角的丈夫無法用心去瞭解妻子內心的想法，去滿足她所需要的性愛和感情——一句關懷的問候、衷心的讚美，一個溫柔的眼神交換——那麼相信還會有更多的「錦繡谷」的愛情，發生在她身上。

每個人一生都在找尋一個在他生命中對她（他）意義非凡的人，誰不希望自己心中的理想情人，能夠穿越時空來愛上你。尤其這樣的情人最好是能集合A的溫柔多情、B的聰明才智、C的高䠷英俊（美麗大方）和D的財富權勢，然而，正因為不可能有這樣完滿的人，所以兩性更應該對彼此的差異性有所尊重，取對方的優點加以看待。黃韻玲有一首歌，歌名叫「訂做一個他」，不正是人們心中的想望。

現代女性要獲得全新的生活意義與生命意義，所付出的代價是越來越大的，因為女性越是覺醒，在尋求解放的過程，就越是艱辛。在兩性平等相互關係的新秩序中，女人最重要得學習的是，自我信心的隨時再建。以愛情來說，當女人意圖在愛情中自我實現時，一味地對男人奉獻，其實那是她最大的弱點，如果有那麼一天，女人有能力不去逃避自己、放棄自己，而是真實面對自我、肯定自我，那麼愛情再也無法對她造成傷害。

兩性社會的繁榮與和諧，應以男女的實質平等為基礎，為促成男女真平等的社會實現，男性應該在女性甦醒的過程中，更加清醒，唯有兩性同時獲得自省的冷靜，才能縮短性別代溝的距離。

（原載於《中國時報》，二〇〇二年九月九日，家庭親子版。）

享受當下的愛情

在《英雄》這部影片中，有一幕令我印象最為深刻——殘劍認為只有秦國統一天下，民不聊生的苦難才會結束，這個想法最後改變了無名刺殺秦始皇的決心。無名的刺秦計畫失敗後，一心要報仇的飛雪責怪殘劍，兩人有了對決的場面，飛雪逼著殘劍拔劍，就在飛雪的劍朝殘劍而去時，殘劍並沒有閃躲，而讓飛雪的劍刺進了他的身體，只是為了要讓飛雪相信他對她的愛始終不渝。

「女生總是要很多加再三的保證，才會覺得安心。」我的一個男學生說。

我想起自己十七歲時，那一場來得又快又急的愛情，熱戀時，陷溺在他的寵愛中，我把我刺蝟的利刺收起，沉浸在他的疼惜裡，擁抱取暖；但當任性來敲門，我又恢復本性，要把他刺得渾身是傷，來證明他的愛情的深度。

已經忘了有一天晚上在電話中是為什麼而嘔氣，唯一難忘的一幕是清晨被宿舍舍監的敲門聲吵醒，下了樓，推開宿舍大門，一陣寒風襲來，見他靠在紅磚牆邊，他拉緊了黑色外套，走向我，還想用他冰冷的手溫暖我，只是為了見一面，還要換四班車趕回學校上課。

我見到他充滿血絲的眼睛，也見到自己喜悅的心。

嚴寒的隆冬，因為出現在淡水的低溫，我得到了我要的證明，但我們的愛情也在流逝中，只是當時忙著折磨他，來證明他對我的愛而來不及察覺。

沒有人可以完全掌握自己一生的現在和未來，尤其是感情。但我們卻常常為了得到永遠的承諾而爭執，相處品質日漸低落，反而忽略了眼前擁有的美好。

在某一種層次上，愛情，在不見面與見面之間拉拒——不見面時是思念，因為「兩個人，一顆心，不是你帶走，就是我。」但見面時，又是折磨的開始，為什麼呢？因為愛情是動態的，她不像親情、友情或家庭關係在穩定中成長，愛情——有愛就有痛。

我覺得，愛情所以磨人，最大的問題在於兩性的差異。

日本醫生作家渡邊淳一的小說《男與女》，內容談及兩性的差異，從男女邂逅陷入熱戀、走向紅毯的那一端到分手說再見，小說裡都有精闢的見解。作者將男女對感情的不同態度與處理方式，以其一針見血的精準語言，冷靜又熱情的加以分析。

也許，透過相關書籍的閱讀，我們可以隨著年齡的增長，學習坦然享受愛情裡的苦痛，或者減少錯失的遺憾。

在獨立的愛裡交融

美國康乃爾大學的教授研究指出：真愛最長只能維持兩年半。經過「真愛」的階段後，會變成喜歡，兩人漸而開發出習慣性的相處模式，這樣的相處比較著重在精神層面。

張忠謀說，他和張淑芬都不喜歡晚上的應酬，所以晚上常常有長談的機會；張淑芬說，假日裡他們喜歡沉浸在書房，享受閱讀與彼此的陪伴，書房，成了兩個心靈最深契的地方。「在婚姻裡，不論新婚燕爾或老夫老妻，雙方都要有獨立的心靈，無需強迫對方來擁抱自己的世界，用珍惜和體諒做兩個人的連結……」（張淑芬：《真心：我的成長》，天下遠見出版，二〇〇二年，序頁IV、頁2、4）

我有個教過兩年的學生，是我最鍾愛的一個，我喜歡她，不僅因為她的貼心——上課前倒好一杯水；搬好一張椅子在台上，等同學做報告時，我可以坐著聆聽；當迷糊的我在東張西望時，她已經遞上一枝筆——我喜歡她，還有是因為她對愛情的態度，實在像極了年輕時的我。

有一次，我們在分析一篇愛情小說，談到兩性間的差異，她發言說：「像我和我男朋友都是一起去吃午餐的，有一天，我在等他下課，結果他居然打電話來說已經和班上同學去吃飽了，但是他還是會過來陪我去吃飯，可是，那時候我已經很不高興了，就跟他說不必了。我不知道我那麼在乎他，把他放在第一位，可是他把我放在什麼位置。更氣人的是，他根本不知道我在氣什麼。」

我告訴她，年輕時候的我，也許會比妳更生氣，因為我也想跟朋友去吃飯啊！可是我就會想到你落單怎麼辦？因為不是被等同對待，所以很不高興。

這就涉及到兩性情愛觀的不同——熱戀的時候，兩人恨不得像連體嬰，時時刻刻都在一起，可是男生消退得比女生快，當男生清醒時，女生還在陶醉被愛戀操縱著歡愉或孤絕當中，所以妳會覺得被傷害。

就像有一班的班對，女生哭著說：「早上我媽媽幫我準備了早餐，我到學校後，知道他還沒吃早餐，就把早餐給他，還騙他我已經吃過了，結果，他把早餐放著也不急著吃，反而還和後面的女同學開玩笑聊天。」女生最容易犯的錯誤就是一廂情願，以為自己的付出，對方也應該等同回報，其實，那是妳自己想望的，就不要討人情，而且妳給的還不知道是不是對方要的呢？

真正的愛情是有自己的原則，不會勉強對方跟著你墮落或飛昇，因為愛情不是互相倚賴，而是發自內心的體貼與尊重。隨著年紀的增長我們會發現，每個人都是獨立的個體，都有自己的思維和行為模式，沒有誰有權利去苛責誰。

我勸那位我鍾愛的學生，他願意陪妳去吃飯，其實意義也是一樣，當時，他和同學一起去吃飯，一定有他的理由，我們如果計較那麼多，受苦的還是我們這些愛情教的忠實信徒。

學生時代，男朋友來接我下課，我不喜歡不準時的人，所以，多一分鐘我都不會等，掉頭就走，讓他找不到人，著急擔心算是對他的懲罰；等到自己開車後，才瞭解即使你算準充裕的時間出發，路上的交通狀況也實在不是你所能掌握的。

弗洛姆說：不成熟的愛是「我愛你，因為我需要你」；成熟的愛是「我需要你，因為我愛你。」我想那是一種安定的、自在的感覺，做任何事情都會很自然地考慮到彼此。幸福是靠自己成長，充分發揮自我，而爭取來的。激情會過去，找一個志同道合的，或願意培養共同興趣，但仍讓雙方的生活維持獨立的人，才會使生活更豐富。

害怕孤獨而戀愛、而結婚，不會成就偉大的戀愛和婚姻，美好的戀情只會發生在成熟、誠實的兩個自信且獨立的個體之間，抱持共同的信念，愛情才會持久，才會豐盈彼此的生命，真正的愛情是有自己的原則，不會勉強對方。

學習在獨立的愛裡交融，對於女性來說是比較佔優勢的，隨著兩性愈之追求平權，能夠在獨立的愛裡交融，彼此不會受害，限制成長，更也不會是對方的障礙。在一篇網路文章中見到吳淡如的「挑鞋理論」，她談到一雙舒服的鞋就是：「他自己有他自己的工作原則、價值觀、人生觀，他不會嫉妒妳的成就，也不會嫉妒妳賺的錢，願意對妳的一切樂觀其成，對任何妳想做的各種實驗，永遠都不加置諱，因為那不關他的事，這是妳自己的選擇。」

我覺得紀伯倫有一章談論婚姻的詩作很有道理，正好可以和吳淡如的想法相呼應——

> 你們的結合中要保留空隙，
> 讓來自天堂的風在你們中間舞踊，
> 相愛但不要製造愛的枷鎖，
> 讓愛成為你們靈魂的兩岸之間的海洋。

倒滿彼此的杯子但不可只從一個杯子啜飲。
分享你們的麵包但不可只食用同一條麵包。
一起歡樂歌舞，但容許對方獨處，
就像琵琶絃，雖然在同一首音樂中顫動，卻是各自獨立。
交出你的心，卻不是給對方保管。
因為惟有生命之手能容納你的心。
站在一起卻不可太過接近：
因為寺廟的支柱分開聳立，
橡樹與絲柏也不在彼此的陰影中成長。

在愛裡修行

李家同《讓高牆倒下吧！》裡的〈我已長大了〉說了一個年輕原住民到台北打工，身分證被老闆娘非法地扣住而成了奴工，盛怒之下，打死了老闆娘。他在牢裡信教，成了好人，但同時主審也判了他死刑；法官四處替他求情，希望能得到特赦，但沒有成功。判刑後，他的太太替他生了個兒子；接受死刑前，他寫信給法官，希望法官照顧他的兒子，使他脫離無知和貧窮的環境，讓他接受良好的教育。

法官身旁的男孩聽完父親的故事後，問反對死刑的父親說：那個小孩如今何在？法官以沉重的心告訴男孩，那個小孩就是他。

法官原以為男孩會將他視為殺父兇手，沒想到男孩居然說：「爸爸，我是你的兒子，謝謝你將我養大成人。」

文末，作者說：只有成熟的人，才會寬恕別人，才能享受到寬恕以後而來的平安。

× × ×

大陸新時期的女作家航鷹的〈東方女性〉故事發生在八〇年代。二十歲的余小朵愛上了一個有婦之夫，她的母親林清芬接到對方妻子的來信，要到她家和林清芬談談。林清芬找來方我素一起勸阻余小朵。兩個長輩接續說起了一段往事——

身為婦產科主任的林清芬和他的外科主任丈夫老余，結婚已二十多年，兒女在家時，有他們「作為感情的紐帶」，婚姻生活還算過得去；如今孩子先後離家念大學，老余感到寂寞孤單，平靜的婚姻生活，因為年輕的方我素介入，而起了大變化，方我素的人生也因此而改變。

老余因為婚外戀而犯了「生活錯誤」，要被下放農村。

懷著身孕的方我素求助無門，上余家找不到老余，失去活下去的勇氣，在河邊徘徊。林清芬將她救起，發現她有早產的跡象，將她送進了醫院。她在產台上出現了難產，林清芬經過內心交戰之後，為她接生。後來，她遠走他鄉，林清芬將她的小孩視為己出。

聽完了故事，余小朵才發現原來那個小女孩就是她。

乍看小說的內容簡介，讀者可能會很詫異林清芬竟有如此的寬容大度，簡直不可思議，不合常理。

這篇小說展示的是東方女性特有的美德——寬容。林清芬的寬容表現在對丈夫和情婦的身上，令人難以置信，但從小說分析不難查出原因。

當老余向林清芬坦承他的婚外戀時，林清芬覺得她全身所有的神經都壞死了，唯一還活著的感覺是惱怒和羞憤，她狠狠地把他罵了一頓。

老余跟在林清芬身後像個做錯事情的孩子，請求她先不要去辦離婚手續，否則會影響女兒大學畢業後的分配；正在入黨準備期的兒子，可能會無法轉正。

原本院長是要將老余記大過處分，在醫院勞動兩年，然後再回外科。但老余情願下放到農村，免得鬧得人人皆知。他向院長提出請求：不要向孩子所在的大學透露他下放農村的真實原因，組織考慮到林清芬的處境和他的一貫表現，答應了對外只說他是因醫療事故才受處分的。

林清芬聽老余提起孩子，像個洩了氣的皮球。接著她固執地要問出個他所以背叛她的原因；他低著頭，結巴地不知從何說起。林清芬氣得不願再抬頭看他。可是他卻忽然抓住她的手央求說：「再看我一眼吧！哪怕還用那種仇恨的目光！這麼多年來，你一直沒有好好望過我……明天，我就要走了……」（《掙不斷的紅絲線》，頁144。）

林清芬聽了驚異萬分。的確，自從有了孩子後，她再也沒有擁有像戀愛和新婚時，和他眼眸相對的閒情逸緻了。

基本上，林清芬和老余兩人的性格差異頗大，林清芬是個「性格內向」，理性重於感性的人；而老余年輕時想當演員，曾考上過戲劇專校，他是個「熱情奔放」，感性重於理性的人，孩子離家後，生活沒有了熱情，他一直渴望生活中有更多的樂趣和享受。

林清芬還愛著老余，所以在聽了老余的表白後，她才發現自己在感情上對老余的粗心；而在老余離去後，她有了更多的時間去反省自己，因此，當她和老余別後重逢時，她想著：

> 我同時作為妻子、母親和醫生，作為母親的我和作為醫生的我一直是清醒著的、狂熱的；而作為妻子的我，卻似乎早已麻木、冷漠了。而他卻始終是熱情洋溢的……這就是我們之間的差異！想到這裡，我心中不由得隱隱泛起一股追悔之意…… 飛流躍動的水才能常流常新，而我的愛情卻早已變成了一潭靜水，儘管永恆，但卻已失去了飛流之美。他坐在一潭靜水旁邊，無疑是寂寞的。……這種追悔之意，使我激起了一種強烈的慾望——我們應該重新開始！為了這復甦的愛，我們應該付出努力。這時，我才明白了自己為

什麼能夠那樣對待他的她，和他倆的孩子。我是那樣地愛著他，愛著孩子和這個家，唯恐失去這一切......在我們之間還有那麼多的感情維繫，我要竭盡全力去織補，去修復我們的裂痕......（頁178~~179）

接著，我們再來分析林清芬何以會對方我素表現出那樣非比尋常的「寬容」。

其實面對方有素，林清芬的內心一直被「善」與「惡」兩面掙扎糾纏著。

當林清芬想到她的家已名存實亡，而方我素卻「逍遙法外」時，她迫不及待地跑到她的劇團去，把她的醜事公佈於眾，她要她名譽掃地。

處理事情的科長是個女幹部，相當同情林清芬的遭遇，答應會嚴辦，而且告訴她民憤極大，大家都很同情她。她氣喘吁吁跑上三樓，看見走廊上掛滿了大字報，方我素被稱為「狐狸精」、「現代潘金蓮」、「糖衣炮彈」，而老余則被稱作「老流氓」、「老色鬼」之類的——那是主持正義的群眾對她的支持。

她又看到了一張彩色漫畫，方我素被畫成了人頭蛇身，蛇身纏繞著一個行將就木的老人，那當然指的是老余。此時此刻，我們來看看林清芬的內心反應——「幸災樂禍的感覺也被嚇跑了，剩下的只是驚慌、憂慮，甚至厭惡。我暫時忘記了自己是受害的妻子，竟為那位沒有看過面的情敵默默擔心起來，她看見這些大字報精神上受得了嗎？她今後還怎麼在劇團裡立身呢？......」（頁151）

這是林清芬第一次的內心掙扎；第二次掙扎則在方我素要自尋短見時。

方我素的母親知道她成為人家婚姻的第三者，一氣之下心肌梗塞復發去世了，家人把她趕出了家門，工作單位嚴厲地批判她。

懷著身孕的方我素找不到老余後離去，林清芬頓時意識到她就是那個第三者——「她竟敢跑到家裡來找老余！竟敢當著我的面問老余！竟敢向我打聽他的地址！熊熊怒火湧上心頭，使我恨得咬牙切齒，看大字報時的憐憫之心一掃而光。」（頁155）

方我素在河邊徘徊，林清芬跟著她，腦中升起一個疑問：「她別是要自殺吧？這麼一想，我又得到了復仇的快意，她這是自作自受，只有一死才能洗去自己的恥辱！」（頁155）

林清芬實在不想管方我素的死活，但是「理智的分析戰勝了感情的憎惡：如果讓她死了，尤其是死在自己家門口，老余就要承擔法律責任！那......他和我的孩子們......我似乎清晰地看見了老余被人戴上手銬，啷噹入獄的形象，一下子兩腿癱軟，身子無力地倚在了窗台上。母性的愛和女人的恨，像兩把鈍齒鋸子交替鋸著我的心，撕著肉，滴著血。最後，無以匹敵的母愛戰勝了嫉妒心。不能讓她死！」（頁155～156）

林清芬內心的第三次掙扎，發生在她把想尋短見的方我素帶回家照顧時。

林清芬用著自己都認不得的聲音去勸著方我素不可輕生，她明白「只有用人間的友愛和溫暖，才能召回她生存的勇氣。」她捧著曾為老余端的臉盆，擰了熱手巾，讓她擦臉。此時，她「心裡狠狠地罵著自己：你怎麼能這樣沒有尊嚴？難道可以原諒她嗎？」（頁157）可是她同時又拿起了梳子，為她梳頭。

方我素對於林清芬的照顧感到愧疚。此時，她突然尖叫起來，是子宮在收縮；林清芬看著她的痛苦，突然感性馬上向她的理性打了一個回馬槍——「這時我完全陷入了感官上的憎惡，剛才的熱情全然消失了。她這是自作自受！我冷眼站在一旁，望著她那痛苦的情狀。」（頁159）

林清芬判定是早產。三更半夜，根本叫不到車子，最後，是林清芬用自行車推她去醫院。這是林清芬內心的第四次掙扎。

方我素被送進產房，她出現了難產的徵兆，值班醫生請林清芬去會診。她故意拖延著時間，自認已經仁至義盡，怎麼可能還親手去接生他們的孩子？真是滑稽。

護士又來催促，說是孩子的胎心音變弱。她以頭痛的理由拖延著，心裡暗暗地升起一個念頭：「胎心音變弱，是很危險的徵兆。如果孩子死了，無論是對她，對老余，還是對我，都是一種解脫。不然，這個孩子怎麼辦呢？只要再拖延二十分鐘，一刻鐘，哪怕是十分鐘，那不應該出生的孩子都可能發生意外......」（頁163～164）

這次是醫生出馬，說是產婦出現休克，胎心音也沒有了。此時，窒息空白的林清芬的腦細胞又有了一些活動，方才自私的想法又被刪除了，「而首先復活的是一個理智的信號——生命攸關的此時此刻，職責，醫生的職責......」（頁164）她覺得她的白大褂一穿上身，就發揮了神奇的作用，她「女人的靈魂被壓抑了，女醫生的靈魂顯現了」她走進手術室，忘記了七情六慾，「甚至忘卻了躺在手術台上的是她。這時的我，只感到寧靜、堅定、自信、專注，只知道面前是病人，我是醫生，救死扶傷的醫

生......」（頁165）

這是林清芬內心的第五次掙扎。

在大家的搶救下，方我素醒來了，小孩也被生下來，可是那女孩沒有哭，是個死嬰！此時的林清芬又是怎麼樣的呢？她「沒有一點遺憾和憐憫，而是一陣驚喜湧上心頭：孩子死了，醫生們盡了最大的努力，責任不在我們。這是天意，蒼天助我！」（頁165）

方我素呼叫著要看小孩，喚醒了林清芬的職責感——「一個醫生應該做出最大的努力。她抓起嬰兒的雙腳倒提起來，做拍背呼吸法——「我狠命地朝著嬰兒的背脊打去......我打的是他倆的孩子......說也奇怪，儘管我覺得使出了平生最大的力氣，但我的動作卻始終沒有超過這一搶救法的規範，並且發出了神妙的效果......」（頁166）終於，林清芬親手把她的丈夫和方我素的小孩帶到了這個世界。人道主義精神還是戰勝了林清芬對情敵的仇恨心理，這是林清芬內心的第六次掙扎。

小孩被救活後，林清芬從醫院逃回家中，一下子撲倒在床上，想起這一切都不是出於她的本意，可是她又對一切都執扭不過。

至於林清芬的「善」終究還是戰勝了她的「惡」，有兩點是不容忽視的。一是她的職業使然。醫生是救世濟人的，總比其他人更具有善心。當老余和方我素誠懇地對她坦承錯誤時，她又怎麼忍心再對在她面前乞求原諒的罪人落井下石呢？還有一點是，我們別忘了林清芬和老余都是具有社會地位的人，誠如諶容〈錯，錯，錯！〉裡的汝青所說的知識份子都有一個通病——愛面子。而這所謂的「面子」問題，在林清芬幾次的內心掙扎中也起了相當的決定作用。

這篇小說帶給我很大的感觸——原諒別人，也就是放過自己。

×　　　×　　　×

年輕氣盛時，我們總是得理不饒人，我們忘了給別人多一點常常給自己的寬容，我們忘了站在別人的角度去為對方設想，而只是拿自己合適的鞋，去套在對方的腳上。我們都不是聖人，我們都會犯錯，我們應該試著從事件中去檢討，同時修正自己。

在基督教聖經約翰福音第八章——有人抓了一個淫婦到耶穌面前問：「夫子！這婦人是正行淫之時被拿的，摩西在律法上吩咐我們，把這樣的婦人用石頭打死。你說該把她怎麼樣呢？」

耶穌說：「你們中間誰是沒有罪的，就可以先拿石頭打她！」

當然，是沒有人能拿起石頭的。

吳若權在《畢業旅行》書中有句幸福箴言：「兩個人相愛，在異中求同，這個過程就是一種修行。」我覺得，非常有道理，我還要說的是：相處是一種藝術，要在同中容異。

我們一直都在學習被愛與愛人，只是那必須付出歲月和青春的代價，還有不能再重新走一遭的遺憾，所以，如果可以，我們應該學習在愛裡修行，盡量把那樣可能發生的遺憾減到最輕。

（部分原載於〈從新時期女作家航鷹的小說看女性文學〉，《中國現代文學理論》季刊，二〇〇〇年六月，第十八期。）

分手的「遺物」

我的同性戀密友和她交往四年的女友分手了，就在一起搬進裝潢和家具花了她一百多萬的房子的九個多月後的一天清晨，這間房子是她女友母親名下的房子。離開時，走得很匆忙，只帶走她幾件簡單的衣服、羽絨被和枕頭。她愛吃火鍋，順手打包了她的電磁爐和鴛鴦鍋的鍋子，放在玄關門邊，她想也許有一天回去拿，可是過了半年，她還是沒有回去。

有一天，她的同學要向她借鴛鴦鍋，她要她同學去找她的前女友拿，結果，她的前女友還替她用粉紅色的透明塑膠袋打包了她的所有「遺物」——一包還沒用完的衛生棉、 開封了的紅茶包、還沒用完的沐浴用品、喝剩的紅酒、游泳衣和CD片。

為此，當時參與她們戀情的同學們忿忿不平——

「奇怪了，她應該還的是妳買給她的筆記型和桌上型電腦啊！」

「是啊！虧妳還幫她付眼睛雷射的手術費，四萬多塊吧，她怎麼不退還這一筆錢，或者，讓近視恢復原來的九百度也好。」

「妳就是什麼都不計較，還好，妳離開之後，她要還妳四十萬的裝潢費，我堅持叫妳一定要收下，否則現在不是更嘔。」

×　　　　×　　　　×

這件事後，我的同性戀密友在電話中對我說：「我不是難過，只是生氣。妳知道嗎？我同學去拿鴛鴦鍋的時候，手裡還抱著小孩，她先生的車在樓下併排候著，她居然讓我同學把那些廢物一袋袋地提下樓，我寧願當時我同學就決定把它丟掉算了。」「畢竟在一起的四年還是有歡笑的。但突然覺得一切都過去了。當時，朋友警告我，她和別人搞曖昧，我提醒她，她否認，我偷偷檢查她的手機。決定分手，只是我不喜歡那樣的自己，我沒有辦法接受自己背著她，查詢著我買給她的手機的通話紀錄，那不是我，我不應該會做出那樣的事的。」

後來，有一天週末，她要去爬七星山，停好車後，想起後車廂的那一堆「垃圾」，她原封不動地把它們丟入停車場的垃圾筒裡，澈底結束這段感情。

分手的狀況分為兩種：一種是自願性的，一種是強迫性的。前者較為單純，兩人發現感情走到了盡頭，心甘情願分開；而後者較為複雜，一個要走，一個不願意走。所以，不願意走的那一方往往會找藉口希望在保有尊嚴的狀況下，能夠再見上一面，看看有否挽回的機會。

我有一個近親和女友協議分手，分手後沒幾天，前女友在手機找不到他的情況下，在半夜打了他家裡的電話，接電話的是他的弟弟，她探問著他是否已有新戀情，並說要約他拿回她留在他家的東西。後來，他回電了，說是已請快遞把她要的東西歸還。

我的一個男性朋友曾經收到一個快遞，是他不甘心分手的前女友，在無法再見一面的情況下寄來的，包裹裡面是他留在她那裡的保險套和各國的色情光碟。

× × ×

分手後，在當初熱戀時所送給彼此的東西，究竟該不該歸還？我覺得應該要視情況而定。

「慾望城市」裡的凱莉的公寓要變成合作式大廈了，她得被迫搬家，男友艾登決定賣掉他原來的房子，買下凱莉現居的公寓，還有隔壁那一間，把中間的牆打掉，就可以住在一起。雖然凱莉後來接受了艾登的婚戒，但她根本還沒有結婚的打算。就在艾登親自施工打牆期間，兩人婚戀觀的差異漸漸呈現。終於，艾登決定搬走，凱莉堅持要艾登把婚戒帶走，因為她看見它會心傷；艾登離開後，凱莉打開艾登留下的一個信封，她原以為是一封告別信——偉大的愛情故事都是以眼淚做結尾，而不是律師事務所的信——艾登給她三十天的時間作決定：以原價買回她原來的公寓，不然就要搬走，好讓他賣掉。身為律師好友的米蘭達認為這很公平，而公關好友莎曼珊覺得艾登太沒風度。

我覺得這是合理的，因為婚戒和房子都是有價的「大」的物件，理應歸還。感情已經虧欠了，可以計算清楚的「物質」，就更不可以再對不起了。

我常常告誡我的學生，在談戀愛時，彼此金錢上的用度，不可不斟酌，特別是女生，絕對不要隨便就把自己「物化」了，因為，當妳貪圖別人什麼時，別人也認為妳有利可圖。

我們可以盡力在情感以外的物質上尋求互不虧欠，但其實不可能是互不虧欠的，因為曾經付出的感情，在當下的青春是無法計算或歸還的。

所以，當愛情走到盡頭時，沒有用的東西，為了保持風度，還是經過三思，妥善處理吧！如果覺得看了礙眼，就直接丟進垃圾筒或者資源回收，以免，太傷人也太「商」人了。

（〈分手的遺物〉，原載於《中國時報》，2005年3月7日，浮世繪。）

優質道別

一個學生到研究室和我討論報告，我見她精神不佳，關心了幾句，她說她的男朋友昨晚在電話中和她分手，男朋友對她說：「我列了一張表，把妳的優點寫在右邊，缺點列在左邊，結果左邊比右邊多出了四項，我想，你不適合我，我們還是分手吧！。」她氣憤不平地表示，她的男友的缺點不勝枚舉，她還不忍心那樣把它們列出來檢討，而他居然忍心在電話中那樣淡然地結束三年的感情。道別的禮儀是很重要的。

這樣的道別方式是低級的、粗糙的，粗糙而低級的告別會對人生造成遺憾。我一直覺得面對面說清楚，是一種責任、修養，也是道德。當然把話說「清楚」，似乎很艱難，也會很傷人——「我們道不同、不相為謀」；「我找到更配得上我的人」；「我沒感覺了，我們走到盡頭了」——所以，多數人選擇逃避，不要面對面，總是容易些。確實是如此，但是，我所認為的說「清楚」，是一個結束，讓彼此都好過的結束，其中當然包含著善意的謊言、面對錯誤的勇氣，對於彼此陪了一段的感謝，還有乞求諒解的心情。

大陸小說家池莉《小姐你早》裡的男主角王自力，被妻子戚潤物撞見他的婚外戀情，妻子在大街上斬釘截鐵地對他宣佈「我要離婚」，他突然覺得眼睛一亮，離婚的確不是他首先想到的，因為他們的家庭一貫不錯，妻子在事業上也很有成就，最重要的是他們有一個患有先天疾患的兒子，他們都是有責任不離開兒子的。從前的一切都受制於環境，受制於他人，找個老婆也必須首先考慮是否對自己的生存有利；現在的他在改革開放後不愁生計了，作為一個男人，他有權選擇一個他熱愛的女人，重新生活一次。

自從妻子提出離婚的要求後，他天天都盼望她拿出實際行動，但是，他又不能操之過急，生怕惹惱了她，她又不離了。他還是了解他的妻子的——

> 人家看上去是一個平庸的不會修飾打扮的神情麻木的中年婦女，實質上人家是一個讀書人。人家的書絕對沒有白讀。而且大街上的瘋狂也證明，人家也會撒潑。人家該刻毒的時候比誰都刻毒。王自力不能流露出渴望離婚的意思來。他要從形式上讓戚潤物感到是她在拋棄他，要讓她佔據精神上的優勢。而王自力是一個被拋棄者，是一個做了壞事落得孤家寡人下場的臭男人；她是高尚和清潔的，王自力是低俗和骯髒的。只有把局面維持在這種狀態，離婚才能夠順利進行。與讀書人打交道，你必須彎彎繞。這種經驗王自力還是有的。他不能坦誠布公，不能直奔主題，必須迂回前進，先拉一些特別家常的話，一些特別有人情味的話。

這段文本是相當有意思的，且先不管王自力對婚姻的道德責任問題，至少他在處理婚姻落幕時，在心機的算計上是相當有智慧的。自認理虧的王自力，為達離婚的目的，卻要讓妻子尊貴地離開，保留知識份子的面子問題，讓婚姻好聚好散。

在離婚率逐年攀升的日本，有所謂的「離婚典禮」制度。決定結束婚姻的夫妻，和結婚典禮一樣，請來賓客，告知親友，他們所遇到的婚姻瓶頸、努力的過程以及最後的遺憾的決定，希望能得到大家的祝福，重新各自展開新的旅途。這是一種值得學習的優質分手；相對地，「打」離婚、「吵」離婚、「鬧」離婚，這些負面的能量，都會磨滅掉過去曾經攜手有過的美好，細細想來，是十分不值的。

分手是一種道德，沒有任何的交代、解釋，甚至不吵架，招呼也不打，忽然無消無息，好像船過水無痕，我覺得那對自己和對方都是很難堪的。

一段友誼的告吹，也是應該說清楚，講明白的，人生的遺憾太多，就算發現理念不合，覺得無法走下去；或者聽到流言，有所誤會，也應該給對方解釋的機會才能宣判友誼的結束，而不是鬧得不歡而散，甚者是連不歡而散也沒有，就讓友情莫名其妙地結束。

職場上的離開，其實也是，除非他是不懂職場倫理，作出違反公司規定的事，否則，老闆要請員工走路，應該讓他走得明明白白，讓他了解公司不再留他的原因，在心中你要感謝這樣類型的員工，讓你了解他不適合在那個位置，也增加自己未來面試的識人經驗。就算是無法繼續合作的夥伴更應該好好的握手告別，最愚蠢的是，「欲加之罪、何患無辭」地讓人抱憾離開，因為，人生何處不相逢啊！

我理想中的優質道別，其場景是在一間氣氛不錯可以看到夜景的餐廳，時間當然是晚上。彼此在結束了白天職場上的工作壓力後，在柔和的燈光和優美的音樂中，享用一頓告別的晚餐，最好喝一杯紅酒，讓彼此內心都柔軟些，可以流露出對對方所付出的青春時光的感謝，即使不再相愛，情感淡去，也絕對不要說出分手的真正原因，讓彼此各有台階可下，尊嚴而有風度地劃下完美句點。

人生苦短又無常，當緣盡情了，留點風度，放下愛怨恩仇，讓道別成為一種
優質的藝術。

（〈優質道別〉，原載於《中國時報》，2007年11月11日，浮世繪。）

▶ 問題討論與活動設計

Q 何謂「兩性文學」？請說明其價值。

Q 請從〈妳的名字叫幸福〉，說明傳統與現代女性的差異。

Q 請從〈她不是「第二性」〉，說明現代的女性意識。

Q 請從〈在獨立的愛裡交融〉，詳細說明你對兩性平權的看法？

第五章

關懷文學與人生

學習目標

研讀本章內容之後，學習者應可達成下列目標

1.認識「關懷文學」的涵義。

2.瞭解文學的「關懷」價值。

3.藉由作品欣賞加深對人與社會環境的關懷。

4.清楚關懷文學在生活中反冷漠的重要。

行於所當行

大陸有首順口溜：「五十年代人幫人，六十年代人鬥人，七十年代人騙人，八十年代不關心人，九十年代不當人。」大陸因為經歷過文革，人與人之間的關係是相當緊張的，更別說是冷漠了；但我一向認為台灣是個充滿人情味的地方，可是，也不知從何時起，人與人愈來愈疏離。

× × ×

有一次搭台汽，我坐在司機後方的第一排。當車子駛離交流道時，我隔壁的婦人十分有禮地問司機：「運將，借問要到『明德』商專要在哪裡下？」

司機帶著不屑的口吻說：「什麼『明德』商專，『德明』商專啦！」

婦人一下紅了臉，窘迫起來。我馬上對她說：「我知道在哪一站下，等一下到了我再告訴妳。」我故意講得很大聲，司機從後照鏡看了我一眼。

過了兩站上來了一位男子，上車便問司機到榮總要多少錢？

「沒有到榮總啦！只到石牌。」司機先生不改他不耐的態度。

我看著那位先生，並對他說：「你可以搭到石牌，再換公車，很近的。」

男子對我滿是感激地道謝。

德明商專就在前方，我告訴身旁的婦人，可以在這一站下，也可以在下一站下，德明商專就在這兩站之間。我的話還沒說完，司機先生支吾地插進話來：「是啊！妳如果這一站下，走到前面就是了，不過下一站的站名是德明商專啦！」

我覺得他是一個「孺子可教」的司機先生，下車時，我把票證遞還給他時，特別大聲對他道了聲謝，並報以燦爛的笑容。

其實，我也遇過令人感到溫馨的司機先生，每一站喊站名，並叮嚀乘客下車小心；有一次，我坐在第一排並翻著一本書，司機先生見狀，還特地獨獨在我的位置為我點一盞小燈。我讚美他對工作的專業與熱忱，他說高興或不高興都要過一天，他選擇前者，因為熱情地去過每一天，他和乘客都會感到快樂。

利用暑假到上海旅行，搭地鐵在陝西南路站下，轉公車要到豫園。一上車向車掌詢問票價，我的口音引起側目。很幸運地在車掌的後方有個空位，我很艱辛地跨過一個座位前有著大包小包的東西的男人，坐到裡面的座位。過了幾站，上來了一對老夫婦，我向隔壁的男人表示我要讓座，於是我又很艱辛地跨過他的東西，向老先生示意要讓座給他，老先生連聲謝，大聲地招呼老婆婆說我讓座給他，要她過來坐著。我的這個很平常的舉措，卻在車上引起騷動，成了注視的焦點；不過，不久便有一個中年人也讓座給那位老先生。擠過人群下車時，老先生又大聲地向我道謝，我感到突然有一種前所未有的驕傲。

×　　×　　×

學校開學後，秋高氣爽，我走進教室，一股寒意襲來，原來學生說他們冷氣費已經繳了，不開白不開；再者教室裡開著冷氣，他們也不願把門窗關上，平白增加了耗電量。

我主動去關上了門，並要求同學把窗戶關上。我對他們的「冷漠」機會教育了一番。我問他們：「如果教室是你們家，在這樣清風徐來的宜人氣候，你們還會開冷氣嗎？或者開著冷氣，不關門窗嗎？想想吧！浪費資源，將來最倒霉的可能是你們這一代。」

× × ×

膾炙人口的電影《蜘蛛人》——蜘蛛人很興奮的使用他意外獲得的超能力去參加拳擊比賽，目的在於能為自己賺得高額的獎金，當他獲勝後，主辦者卻不履約給他應有的報償，在他氣憤離去時，正好遇見一個搶匪搶劫主辦者，在他有能力且應見義勇為出手攔下搶匪時，卻選擇冷漠的閃開讓搶匪逃離；可是當他下樓時卻發現自己一分鐘前放走的搶匪殺死了他的養父，他才覺悟到他先前的冷漠自私竟造成此生無法彌補的遺憾，於是他成了一個熱心助人的英雄人物。

歸結人們冷漠的原因，是因為認為事不干己。如果從這個角度來看，反冷漠未嘗不是一種求生存。

「一日之所需，百工斯為備」，在現代高度密合的社會裡，人與人之間更是息息相關。各行各業的人在職場上奮鬥，對工作的用心投入其實也是一種反冷漠的表現。

我們跟群體其實是密不可分的，可能你認為和你毫無關係的人或事，下一秒鐘，卻有可能對你造成莫大的改變或衝擊。

×　　×　　×

我和學生談起雨果的《悲慘世界》，希望他們走出冷漠後，在未來能夠以更大的胸懷去幫助別人。

小說主角尚萬近，生在一個貧苦的農家，在他二十五歲時因偷了一個麵包被判了五年苦役，後因逃獄總共被關了十九年，而十九年來他並沒有留下一滴淚。

出獄後，他到了笛涅城，但找不到任何一家旅店肯收留他，即使他有錢，也無法得到人們的信賴。最後幾乎要露宿街頭的他，意外地被一個好心的主教收留。

那位好心的主教對人們一視同仁，連對這個看起來窮凶惡極的人，都以一般人看待，甚至連連用「先生」來稱呼他，讓他感到受人尊重、受人關心，原本必須在外餐風露宿的他，現在卻能在溫暖乾淨的床上好好休息，他的心靈上受到了極大的顫動與改變，這時的尚萬近內心受到衝擊，由自卑、貪心，漸漸轉變為擁有自尊、善良的人。

雖然他後來偷了主教的銀器及銀燭臺，但主教並不因此輕視他、羞辱他，反而說是送他，更讓他徹徹底底的重新做人、改頭換面，成為一個到處幫助人，溫柔善良的市長。

（部分原載於〈司機先生，你可以這樣〉，《聯合晚報》，二〇〇一年六月二十四日，第十三版。）

好管閒事豐富我的心靈存褶

我在人行道上等綠燈，聽見身旁一位年約五十歲的婦女，操著台灣國語正在講電話：「出車禍？是被撞到？還是撞到別人？在哪一家醫院？電話？你等一下，我記一下……」她一手拿著手機，一手往背包裡搜尋，急得連背帶都要滑落了。

我趕快遞上隨身攜帶的筆給她；她感激地接過了筆，對我點頭。她記下電話號碼後，綠燈亮起，她把筆還給我，說謝謝的同時，我們一起過馬路。

我見她眼眶泛紅，便問起原由。她說，剛剛是她在台中工作的兒子的同事打來的電話，電話中說他兒子發生車禍，被送進醫院了，通知她趕快下台中去，可能要動手術，必須簽同意書。

「會不會是騙人的啊？」我直覺說，但語氣又不敢太肯定。

「不會吧！那個同事有說出我兒子在哪一家鐵工廠，而且從頭到尾也沒有講到錢，應該……」她的手機又在此時響起。

她有意把電話離開耳朵些，我站在她旁邊專心聆聽，那個自稱是同事的，果然來要錢了，說是醫生說必須趕快動手術，否則會有生命危險，家屬如果同意，他可以代為簽字，但是五萬塊的保證金，他就沒辦法了，他說醫院給了一個帳號，請她把錢先轉過去，就可以動手術了。

她又跟我借筆，準備記下帳號；我把筆交給她的同時，在她的另一隻耳朵邊說：「阿姨！妳應該先打電話給妳兒子，確定一下，現在壞人很多。」

她似乎冷靜了下來，一面拿出她的電話本，然後指著其中一個名字；一面抄下對方的帳號。

我拿起我的手機，打通了她兒子的電話，確定她兒子安然無恙後，我和她交換手機，並且把還在滔滔不?告知如何轉帳的那一頭的人，教訓了一頓，在對方倉皇地掛斷電話後，她也放心地和兒子通完了電話。

面對她的再三感謝，我笑盈盈地對她說：「謝謝妳讓我多管閒事，我覺得心情很愉快！」

眼見為憑？

有一個下雨天，我趕著要去上課，車子開到大直教會前的北安路，這一區正在施工，若無辛苦的警察指揮交通，常常四面八方而來的車輛是很容易會在十字路口擠成一團的，而這一天正好不見交通警察。

綠燈亮了，我不疾不徐地隨著一輛計程車經過施工路段，計程車才過了馬路，要進入北安路，突然靠邊停車，而我卻一半卡在十字路口動彈不得，對向的車子要右轉，被我擋住了，後面的車輛，也早已耐不住性子地猛按喇叭，我一面擔心主要車道即將綠燈，一面咒罵這個計程車司機實在沒水準，怎麼就這樣把馬路當停車場，雖然他的煞車燈亮著，但也不見乘客下車啊？我終於也忍不住地按了一下喇叭，就在此時，計程車後座的門打開了，但是先出來的是——「一根枴杖」，霎時間，我的心一陣涼，後悔剛剛按了那一聲喇叭。

隨著車子的移動，我心想，司機所以突然靠邊停車，一定是考量到行動不便的乘客，他的善心之舉，卻被我誤會為惡霸。

我們常常站在自己的立場看事情，而忽略了當下以為的正確評斷，可能是下一秒鐘錯誤的開始。

姐姐有一次帶小孩趕在診所休息前去看病，因為臨時找不到車位，便在診所前的雜貨店門口臨時停車，當她下車向老闆打聲招呼：「不好意思，我帶小孩去看醫生，暫停一下，馬上走。」她顧不得老闆一副兇神惡煞不搭理人的樣子，便趕著離去，後來，就在她等著拿藥時，兇神惡煞的老闆推開診所的大門，喘息著大喊：「小姐，拖車來了，快啊！」

我們也常常以貌取人，有一個女學生說她從小就不喜歡和「胖子」交朋友，因為她認定「胖子」就等於「臭」；畢業前她和班上人緣最好、最樂於助人的胖子成為班對。

有個故事說：有個國王帶著家人到花園出遊，才出發不久，便被一個人攔駕喊冤，請國王救命。國王問他是做什麼的？他回答說：「我為國王駕車快二十年了。」但國王說：「是嗎？可是我對你一點印象也沒有。」就在他被侍衛架走，轉身離去前，國王突然大喊：「等一下，他的確是我的車扶，因為我看到他的背後了。」

我們更常常用自己的角度去看事情的表面，而忽略了事情的「背後」，所以，會有認錯了人的涂醒哲舔耳烏龍事件；會有因為偏見懷疑鄰居偷了斧頭，就左看右看認定就是他偷的，直到自己意外找到根本不曾遺失的斧頭，才恍然大悟。

你尊重你的工作嗎？

大學時代，我是個通勤族，有一次，我搭上一輛快速公車，乘客幾次被突如其來的緊急煞車驚嚇得不約而同地發出了尖叫聲，司機先生依然保持他那張不變的臉，沿途不耐煩地猛按喇叭，我站在他的後方，緊緊地拉住座位旁的把手，心想：為什麼同樣面對一件工作，卻不以快樂的心情去服務，而要用「厭倦」取而代之呢？

在車站前一站，車子停住了，一個大約六十餘歲，手上提著大包小包的白髮老人，腳步緩慢地好不容易從車廂後穿過了人群擠到前門，準備下車，他非常有禮地用日語喊了司機先生，司機先生聽而不聞，然後老先生用台語問他：「借問，要到深澳坑，要在哪搭車？」

司機先生看也不看他一眼，對他吼著：「下車再問，下車再問啦......」

我並不知道深澳坑要怎麼去，否則我一定會主動告知。

老先生一言不發，仍是謙卑地笑著，然後，摸摸鼻子，下了車。

當時我以為司機先生大概是怕老先生妨礙其他乘客下車，所以才要他「下車再問」，誰知待老先生及其他乘客陸續下了車，司機先生即刻將門「碰」的一聲關上了，車子加速離開。

我當時氣憤極了，想想那老先生還有幾個年頭能這樣擠著公車。

我再也忍不住了，拉了鈴，準備下車，看著司機先生右腳踩在煞車上，我開口了：「司機先生...」

他非常正經地看著我，我抱以十分嚴肅的態度及口氣吐出了九個字：「總、有、一、天、你、也、會、老、的。」

我從容地下了車，心情是寒冷的。

由於坐上那輛「快速公車」，使我順利地搭上了九點二十分往石牌的中興號。最後上車的是一對老夫婦，他們問司機：「這班車有到榮總嗎？」

司機先生點頭道：「坐到終點站，我再告訴你在哪裡換車。」

老夫婦連聲道謝。

我的心情一掃先前的陰霾，綻出了微笑。

× × ×

有一天下午我和姐姐到軍公教福利站購物，結帳櫃檯的小姐，一貫的晚娘面孔，但是今天她的火氣似乎又更大，一直催促著排在我前兩位的老太太動作快一點，我前面一位老榮民也被他催得緊張得拉不開塑膠袋。姐姐趕快過去幫忙。

我則負責把一件件東西從籃子裡拿出來給她。等到她從我手上接過錢時，我對著她笑說：「小姐，我覺得其實妳長得不錯耶！妳如果能夠再多一點笑容就會更美了；還有，我們都會老去，動作會愈來愈遲鈍，妳應該也不會例外。謝謝！」

面對她的錯愕，我笑得更灼燦而有禮，同時排在我後面的一大群人對我投以英雄似的崇拜眼光。

× × ×

我把這兩件事告訴我的學生，希望他們出了社會工作後，能明白：尊重別人、幫助別人，就是尊重你自己的工作，享受你自己的工作。

碧海青天

袁枚《子不語》〈騙術巧報〉裡一位華姓商人身懷鉅款準備搭船前往淮海一帶購買貨物，當船經過丹陽時，岸邊有個旅客背著行囊，呼喊搭船。華姓商人看他可憐，想讓那旅客上船，但船戶不答應，擔心會有禍害。

後來，旅客還是上了船，當船過丹徒時，搭便船的人上了岸，這時華姓商人打開箱子拿衣服，才發現箱子中的三百兩銀子全部變成瓦石，此時他才大悟，旅客是騙子。

接下來幾天，天氣遽變，風雨交加，船在海上十分難行，再加上銀子失竊，華姓商人重新考慮對策，決定先返回鄉里收拾整頓，再赴淮海。沒想到在返途時，又有人冒雨背著行李呼喊搭船，一看竟是剛才那個騙子！原來那騙子在風雨交加之際，沒看清剛剛的船又折返回來，直到他上了船，這才發現華姓商人，一時情急之下，把所有的東西都丟在船上，匆忙逃走了，於是華姓商人的三百兩銀子失而復得，額外還得到珍珠數十粒，從此大富。

這是很傳統而典型的善惡有報的故事，我曾經因為在公車上讓座而有一個意外的收穫。

那是我升大四那年，在報紙上見到一家補習班在徵作文老師，便依約前往。

正中午的公車總是教人望眼欲穿，車子終於來了，幸運的是，車上的人不多，我找了前方的位置坐了下來。

才沒過幾站，車裡的冷氣愈來愈微弱，原來車子裡已經擠得水洩不通了。

一位提著大包小包的老婆婆上了車，我連忙起身示意讓座，老太太婉謝說：「免啦！免啦！歹勢啦！」

我搖搖晃晃地幫她接過手中的東西，放在座位前方，並順口對她扯了一個謊：「妳坐啦！我下一站就要下車了。」

老婆婆笑著追問說：「真實的，還是假的？妳給阮騙喔？」

我趕忙回答說：「是真實的，阮沒騙妳。」

老婆婆安心地坐了下去。

車子停了，車門開了，又關了。

老婆婆看了我一眼，我才意會到，剛剛騙她說這一站要下車的。

其實，我是要搭到終點站的前一站的，但為了圓謊，並讓老婆婆坐得安心，我穿越了擁擠的人群，站到後門前等候下車。

到站了。我下車依地址找到了補習班。櫃檯小姐要我稍坐等候，說是班主任馬上回來。

從樓梯口傳來似曾相識的口音，我轉過身去，見到一名提著東西的中年男子和公車上的那位老婆婆，幾乎同時間，老婆婆驚訝地對中年人說：「就是伊啦！我說的就是伊啦！」

我在三位試教的老師中，得到了這份工作。不知是因為我的實力，還是因為讓座的關係！

（部分原載於〈讓座故事part II〉，《自立晚報》，二〇〇一年四月十二日，第十五版。）

窗外有藍天

美學大師朱光潛說：「人有一半是魔鬼，一半是仙子。」這句話很真實地道出了人性的弱點，慶幸的是，有人透過教育或閱讀可以正視人性的枷鎖，進而去學習克服；相反地，有的人當惡善之神交戰如荼，而其心靈扭曲到無法自我覺察時，也就逐漸墜入悲劇的陷阱，甚或嚴重影響到家人的生存權利。

曾聽過政大一位心理系教授的演講，他說他輔導過一個個案：主角是一個習慣性自殺的女孩，經過多次的諮商輔導，打開她的層層心防後，才知道原來在她四歲那年，有一天晚上，她循著客廳裡的吵雜聲，走下樓去，結果見到她的雙親拿著刀正在演出全武行，她坐在階梯上，全身發抖……。

這樣的童年經驗，讓她從小就有極度的不安全感，她覺得連最親的父母，都會做出傷害彼此的事，那麼還有誰是可以信任的。因此，她超乎絕對地獨立，她拒絕所有師長朋友的關懷，甚至不以為那會是相濡以沫的真心。漸行漸長，她開始感覺到孤單無助，生活沒有目標，於是以割腕的自殘手段來證明自己還活著，一次又一次。

家庭暴力對一個人的影響至深，豈容忽視啊！

這讓我想起一個學生。我在研究所畢業後，曾在高職待過一個學期，當時有所謂的國中技藝班，這些國中生每個禮拜兩次到學校來修習美容、美髮的課程。其中有一個女學生，個子嬌小，但發育相當成熟。同事經由她的國中導師，得知她的遭遇，她曾連續遭自己的親身父親性侵害。我找機會接近她、關心她，試圖開啟她封閉的心靈。有時候，我會利用下課時間，她主動來幫我綁辮子時，傾聽她的心聲。她終於把打開她內心世界的鑰匙給了我。

她說起了她的痛——那個晚上，母親外出工作還沒有回來，父親和朋友喝了酒回家後，就直闖她的房間；她已經睡著了，卻被父親的「魔手」嚇得驚醒。父親命令她不可出聲，說是從小就是這樣「愛」她到大的，可是她只覺得痛啊！既然是痛，怎麼會是愛呢？尤其當父親進入她的身體時，父親的形象除了平常對母親拳打腳踢的凶狠外，還加上了貪婪的模樣。

往後，鎖上房門的她，只要是母親不在的晚上，就無法安然入睡。父親幾次在門外拳打腳踢，大罵三字經，最後她還是乖乖開門就範。她終於忍不住把事情告訴母親；母親除了要她不再穿緊身的上衣外，還囑咐她不得張揚。導師見到了她的異常，瞭解實際狀況後，找她母親晤談；她母親全盤否認，說是她從小就愛說謊。

她含著淚娓娓對我訴說：「老師，我媽媽說，我這樣會害我爸爸被捉去關，我也怕爸爸一生氣又會打媽媽。」我無法想像這樣一個國三的小女生究竟承受了多麼大的身心摧殘。

後來，當我得知她的父親並沒有因為學校的出面關心而停止他獸慾的發洩，反而連她哥哥也企圖對她上下其手時，我鼓舞她一定要為自己而活，勇敢地站出來面對問題。她成功地蒐證到輔導室所需的錄音證明，法庭上的對峙是她身心最終極的磨難。家扶中心先安置了她，接著安排她到建教合作的美容院去學習。我為著她的生命已經撥雲見日而慶幸著。

後來，我到大專任教，輾轉得知，因為「親情的招喚」，她還是又逃回家去了。我原很氣憤，氣我們白忙一場，氣她的意志薄弱；可是，冷靜想想，她不過是一個正需要關懷的十六歲的女孩。這樣的安排對她而言，從另一個角度看來，似乎是生命中無法承受之重。

我有一個朋友的女同事，從小眼見母親被父親毆打，一心想逃離她的原生家庭，出社會後，很快陷入愛河，誰知，丈夫事業不順，也以暴力相向，雖然最後她成功離了婚，但心裡的陰影告訴她：男人等於暴力。

我們沒有辦法選擇所出身的家庭，但是，我們可以選擇做自己生命的主人。就從愛自己開始吧！就從愛自己當作是探索自己生命特質的起跑點，在這個跑道上，我們可以遠離任何暴力與侵害，我們可以和自己賽跑，去找出屬於自己的那一片璀璨的天空；而一直幸運地在正常的跑道裡悠遊的人，也應該民胞物與，對那些正在努力尋找自我的重要性的人們伸出援手，好讓我們的社會更具有光明的能量。

男孩別哭！？

白先勇＜寂寞的十七歲＞裡皮膚白皙的楊雲峰常常跑到屋頂上曬太陽，希望把自己變黑一點，像男孩子一點；他的自卑還來自於優秀的兄長。

當楊雲峰好不容易得到班長的友誼，便幾乎和班長形影不離，連上廁所也跟著他，幾個惡作劇的同學常在他的書本寫上「楊雲峰小姐」、「楊雲峰妹妹」。幾次避開楊雲峰的班長，終於老實告訴楊雲峰，他們交往太密了，班上同學把他們講得很難聽。

楊雲峰又開始寂寞了，當和尚的念頭又在他腦中盤旋。

大考之前，楊雲峰到學校唸書，誰知班上的唐愛麗正在教室裡等不到約好的男生，她把大衣解開，開始挑逗楊雲峰，楊雲峰嚇得跑出教室。後來，楊雲峰寫了一封信向她道歉，說他很寂寞，要和她作朋友。隔天，唐愛麗把信公開，釘在黑板上，楊雲峰受到大家的嘲笑，沒有參加考試就離開學校了。

逃學兩天後，父親氣急敗壞的告訴楊雲峰，說他找過校長了，明天一定要參加結業式，下學期開學前讓他補考。楊雲峰心情糟透了，他逛到新公園，一個男人向他借火，兩人聊了起來，男人脫下雨衣給楊雲峰禦寒，之後突然男人捧起楊雲峰的手，放到嘴邊用力親起來。楊雲峰逃出了新公園，蕩到小南門時，趴到鐵軌上，就在一輛火車差點壓到他身上時，他滾到路邊，嚇得一身冷汗，跑回了家。

〈寂寞的十七歲〉寫出了十七歲男孩得不到家長的關懷、同儕的認同的孤寂，而容易產生的性別迷惑的環境。

× × ×

當「同性戀」在台灣還是敏感話題時，白先勇就以先見之明完成了《孽子》，其中寫的是靈肉和父子之間的衝突，其實就是個人與社會的衝突。王晉民先生認為：「《孽子》是一部多層面的小說，它表面上是寫同性戀，實際上是寫社會，寫人性，通過同性戀故事的描寫，作者幾乎把台灣的整個社會面貌，包括上層社會和下層社會，都反映出來了，而且有非常動人的人性和親情的描寫，因此嚴格來說，這是一部現實主義的社會小說和人性小說。」（《白先勇傳》，香港：華漢文化事業公司，一九九二年，頁134）這可說是一段獨到而精闢的見解。

白先勇筆下的每一位「孽子」的背後都有一段故事，例如：桃太郎，父親是日本人，在菲律賓打仗打死的。桃太郎長得清清秀秀的，但性子卻是一團火。他跟一個理髮師十三號愛上後，兩人雙雙逃到台南。十三號原定了親，被家人一逼，就給捉回去結婚了。結婚的晚上，桃太郎還去喝喜酒，跟新郎你一杯我一杯猛灌。誰知他吃完喜酒，一個人走到中興大橋，一縱身便跳到淡水河裡，連屍首也撈不到；十三號天天到淡水河邊去祭，桃太郎總也不肯浮起，有人說是因為桃太郎的怨恨太深，沉到了河底，浮不上來了。

涂小福，現今還在精神療養院治療。五年前，涂小福跟一個從舊金山到台灣學中文的華僑子弟纏上了，兩人轟轟烈烈的好了一陣子，後來那個華僑子弟回美國去了，涂小福就開始精神恍惚起來，他天天跑到松山機場西北航空公司的櫃臺去問：「美國來的飛機到了麼？」

傅衛出身於權貴之家，父親是當官的，母親因生他而死，所以傅老爺子對他格外愛惜，管教上也特別嚴格。傅衛從小文武雙全。抗日勝利，傅老爺子帶著傅衛到青海巡查，青海產明駒，傅老爺子在青海的一個司令朋友面前，指著他最心愛的一匹烈馬，跟他打賭，若烈馬得以被他降服，便甘心奉送，傅老爺子一個翻身上馬，騎得行走如飛，司令朋友只得忍痛割愛；誰知十五歲的傅衛也指著那頭「雪獅子」說要試試，長得又高又壯的傅衛身著軍裝馬靴，神氣十足，一躍便縱上了馬背，放蹄奔去，司令朋友喝彩道：「好個將門虎子，這匹馬就送給他！」當時，傅老爺子心中著實得意，傅衛確實令他感到光彩。

傅衛在軍校以優異的成績畢業，可是就在他二十六歲當排長的第二年，發生事故了。

一天夜裡，他的長官查勤，無意間在他的寢室撞見他跟一個充員兵躺在一起，在做那不可告人的事情。結果他被撤職查辦，還要接受軍法審判。傅老爺子接到通知，當場氣得暈死過去，傅老爺子馬上寫了一封長信給他，用了最嚴厲的譴責字語。

而就在傅老爺子五十八歲生日那天，傅衛打了一通長途電話給傅老爺子，他在電話裡要求回台北見傅老爺子一面，因為第二天就要出庭受審了。傅老爺子冷冷地拒絕了他。電話裡傅衛的聲音顫抖沙啞，幾乎帶著哭聲，完全不像平常他心目中那個雄姿英發的青年軍官。傅老爺子的怒火陡然增加三分，且感到一陣厭惡、鄙視，傅衛還想解釋，傅老爺子厲聲把他喝住，將電話切斷。那天晚上，傅衛被人發現倒斃在他自己的寢室裡，手上握著一柄手槍，官方鑑定他是擦槍走火，意外死亡。但是傅老爺子知道，他那好強自負的獨子，在他五十八歲生日的晚上，用手槍結束了他自己的生命。

傅老爺子在傅衛死後經常做惡夢，且總是夢到同一張面孔，有一晚他才猛然醒悟，那是好多年前，抗戰的時候，在陣前槍斃的一個小兵。一天晚上他到前線巡邏，部下擒來兩個在野地裡苟合的士兵。老兵不露畏色，但那只有十七八歲的新兵，早已嚇得全身顫抖，他想求救，卻恐懼得發不出聲音，就像他夢中見到的神情，當時，他一聲令下，就當場把他們拖出去槍斃了。

同樣是兩宗同性戀事件：一是傅老爺子的部下，結果被他槍斃；二是傅老爺子的愛子，結果因他自殺。這兩個相同的結局，皆因得不到傅老爺子的寬恕而落幕。過去傅老爺子槍斃是他人之子，而今日自殺的卻是自己之子，兩件事情在傅老爺子心中攪合糾纏，最後傅老爺子化痛苦為愛心，他不屬於黑暗王國，但卻是那群邊緣人的救星。

龍子的父親是當官的，對於這個儀表堂堂的獨生子期望很高，希望龍子能進外交界，創一番事業。大學畢業了，原本打算送他出國念書，連手續都辦好了，誰知當龍子和阿鳳碰在一起，竟如天雷勾動了地火，一發不可收拾。龍子租了一間公寓，和阿鳳一起渡過了一段快樂的日子。

龍子希望能和阿鳳長相廝守，但阿鳳卻不安於室，兩人常常打打鬧鬧，而後又抱頭痛哭。對於他倆的這種舉動，公園裡的人都笑他們，說是得了「失心瘋」。那個時期，龍子常在深夜裡坐著計程車到處找阿鳳，找到天亮才又失魂落魄的回到公園等待阿鳳的出現。

龍子尋遍失蹤了兩個多月的阿鳳，終於在一個除夕夜，龍子找到阿鳳，他正在和一個滿口酒臭的老頭談價錢，那老頭出五十塊，阿鳳馬上要跟了去，龍子追上前去阻攔，並央求阿鳳回家，阿鳳直搖頭，龍子揪住他的手說：「那麼你把我的心還給我！」阿鳳指著胸口說：「在這裡，拿去吧。」龍子一柄匕首刺進了阿鳳的胸膛，阿鳳倒臥在台階正中央，滾燙的鮮血噴得一地，龍子坐在血泊裡，摟住阿鳳，瘋掉了。

法官只判了龍子「心智喪失」。因為特殊的家世，這件案子報紙天天登，害得他父親無法做人，他認為龍子羞辱了家門，於是把他放逐到美國，且命令他：「除非我死，你不准回來。」龍子在美國流浪了十年，打入了美國玻璃圈，過著黑暗無邊的日子。

一個聖誕夜，一個叫哥樂士的孩子說他肚子餓，向龍子要錢，龍子帶他上樓，沖了一杯熱可可給他，他那張凍得青白的臉才又泛出血色。哥樂士的身上印著幾條傷痕，他對龍子說，幾天前，他在公園裡被一個有虐待狂的人帶了回去，那人用鐵鍊綑綁他，鞭打他。就在那一刻，他彷彿又見到那把正插在阿鳳胸口上的刀。龍子把哥樂士抱上了床，替他擦藥。之後的三個月，龍子帶哥樂士去治療他的性病，照顧他的飲食起居。有一天，哥樂士對龍子說他要去精神病院探望他母親，可是就一去不復返了。

有一次，龍子發現一個有著阿鳳的大眼睛的孩子，龍子把床讓給他睡，可是天還沒亮，他卻爬起來翻龍子的東西，龍子沒有作聲看著他把皮夾和太陽眼鏡拿走；又有一次，龍子帶了一個餓得發昏的義大利孩子回去，還煮通心粉餵他，誰知吃飽後，他抽出一把刀，逼龍子要錢，龍子剛好那天現款用完，他以為龍子說謊，暴怒起來，在龍子胸上戳了一刀，龍子沒有呼救，第二天，房東太太才送他去醫院。

出院那天，龍子背著夕陽，心中湧起回家的慾望，可是他父親……。

等龍子的父親的遺體下了葬，龍子的叔叔才發電報給他，一切都是他父親交代的。叔叔說既然生前已經讓父親丟盡了臉，難道國葬那天還要讓父親難堪嗎？龍子回台灣後，到大七那天，才和叔叔們一起上六張犂。龍子站在那堆黃土面前，一滴眼淚也沒有，他看見叔叔們滿面怒容，他知道叔叔心裡一定暗暗在咒罵他：「這個畜生，來到父親墓前，還不掉淚！」

事後，龍子告訴父親的舊識傅老爺子：「傅伯，他那裡知道我那一刻內心在想甚麼？那一刻我恨不得撲向前去，揭開那張黑油布，扒開那堆土，跳到坑裡去，抱住爹爹的遺體，痛哭三天三夜，哭出血來，看看洗不洗得淨爹爹心中那一股怨毒——他是恨透了我了！他連他的遺容也不願我見最後一面呢。我等了十年，就在等他那一道赦令。他那一句話，就好像一道符咒，一直烙在我的身上，我揹著他那一道放逐令，像一個流犯，在紐約那些不見天日的摩天大樓下面，到處流竄。十年，我逃了十年，他那道符咒在我背上，天天在焚燒，只有他，只有他才能解除。可是他一句話也沒留下，就入了土了。他這是咒我呢，咒我永世不得超生——」龍子只希望父親能給他一個彌補的機會，傅老爺子沉痛地告訴龍子：「他不忍見你——他閉上了眼睛也不忍見你。」（《孽子》，遠景出版

社，一九八三年，頁307～308）

這一段對話，一體兩面的道出了龍子心中的痛及他父親更勝一籌的苦。

後來，龍子面對傅老爺子的喪禮時的悲痛，就像是在為自己的父親哭墳一樣。

傅衛和龍子皆是出身於正常家庭，且還有著顯赫的特殊家世，原本他們若循正常軌道行走，定能有一番美好遠景；但可能是受到父權反彈的影響，或者是自小缺乏母愛的關懷，根本不知如何和異性接觸，以致到了青春期便自然而然對同性產生了愛意，而變成令人意想不到的同性戀者。

× × ×

杜修蘭《逆女》的主角——天使，出身於外省老兵與本省婦人結褵的家庭中，隨著家中經濟權力的轉移，父親不再擁有一般家庭的傳統地位。

父親的沉默猥瑣兼內心隱藏愧疚，對照出母親的氣焰逼人。家庭成員中出現了派系；大兒子支持且了解母親，天使無可選擇，站在父親那邊，與母親的囂張跋扈不斷的冷戰，小兒子只好採取中立，不相聞問的淡漠態度。

天使在這畸形的家庭中慢慢察覺到自己與生俱來的特性，一種不被祝福的情慾，對於同性的愛使她恐懼。她有過純真的愛戀，與一個名叫清清的女孩，即使在歡愉的時刻，她仍舊驚恐不能長久，然而，她的疑慮是正確的，戀情被撞破，清清殉情而死，留下天使向命運臣服。

後天的成長的環境加上先天的同性愛戀，使得天使養成了向命運屈服的習慣，可事實上，她又不完全臣服，她承認了自己家庭的悲哀，卻又不甘為俘，便興起逃離的念頭；逃出這個家、逃出女兒的身分、逃出命運的枷鎖。她也終於能面對自己是同性戀的事實，且展開不斷的追逐，追逐女人、追逐性愛、追逐愛與家的歸屬感，她在美琦身邊暫時安定下來，卻又因為從小對愛的不確定而縱橫慾海，但不論天使如何不忠，美琦對於她總是不斷的包容，而這也確定了她倆的感情。

離開家後的天使，仍舊無法逃脫家庭，生養她的母親就像永生的魔咒糾纏不休，天使遂利用父母之間的矛盾、安排父親回大陸探親，甚至定居。

天使以此作為對母親的報復，報復母親對她的無理責難，報復母親對父親的輕視折磨。

母親的瘋狂作為越演越烈；不斷寫信給任何人，在信中署名為被丁天使棄之不顧的可憐母親，內容說她協助父親與大陸孫女通姦，藏匿大陸偷渡人口，更逼得母親自殺。天使忍無可忍，遂又下決心說服爸爸。

老爸決定了行程日期，天使又背叛了媽媽一次，計謀完成，寒意陣陣從腳底冒起，心臟怦怦得激烈跳起，她興奮的痛苦起來，竟沒有了卻心願的輕鬆。

後來，天使病重住院後，小弟天明來看她，兩人談到破碎的家庭及近乎變態的母親，也許是重病讓她心軟，甚至是她對於母親的報復，對她來說本來就是矛盾的。她終於看出了家的另一種內涵：彼此折磨、至死方休，同時也對母親產生後悔與原諒之心。

天使睜開眼，第一次正視她全身上下大大小小的裂口，裡面正化著膿，原來它們從未痊癒過，只是她已習慣了生活在持續不斷的痛苦之中，在苦海裡自以為是的泅游為樂。她終於明白了，為何她還要再回家一趟，那一直緊緊抓住她的是什麼？是那些從小媽媽對她不停的冷戰，那些不自覺氾起的齷齪感受，以及那種被遺棄的孤獨無助與憂傷悲涼。

原來根本上天使是一個絕對戀家的人，因為太愛它，它的傷害更讓她心碎，她終於絕望地離開家，卻始終沒能擺脫它的陰霾，而她這麼些年來沒能離開美琦，是因為她也是讓她認同的家人，美琦其實不笨，她營造佈置了個家來死死拴住她的心，玩累了，受挫了，她終歸是要回家的。

× × ×

幾個女同學毫無預警地在課堂上，問我對同性戀的看法？

「為什麼這樣問？」他們班上有幾個中性打扮的女同學，平常的表現就很有男性的騎士精神，所以，我反問她們。

「我們在圖書館看見您有一本書裡面談到白先勇的同性戀小說。」一個同學解釋著。

「我對同性戀者抱著關懷……」我小心翼翼地吐出幾個字。

「老師，我們要怎麼樣讓家長接受我們是同性戀的事實？」一個同學舉手發問。然後，另一個同學解釋說：她有一個朋友，很明白地告訴父母自己喜歡女生，是同性戀，自此，她的姐姐和弟弟拿她當怪胎看，父母在屢勸她不聽後，家裡也不開伙了，每天叫外面的便當，她總是丟了六十塊在桌上，拿著便當自己到房間裡吃。她說，她很後悔說出來。

「我不是學心理的，如果真有這類的問題還是跑一趟輔導室比較好...」我的話還沒完，馬上有一位同學反彈說：「同性戀又不是病！為什麼要去接受心理輔導？」

我對於她的激動，有些錯愕，班上飄散著浮躁的氛圍。

「好啦！不要插嘴，讓老師講完...」還好，有著騎士精神的同學為我解圍。

「為什麼要急著讓家長接受呢？第一，我想身為家長都是很傳統的，他們怎麼可能去接受自己辛苦栽培長大的兒子愛男生，女兒愛女生，這對他們來說實在是生命中無法承受之重，至少，我想時代還沒有真正進步到那樣的地步。再說，妳們還那麼年輕怎麼能那麼快就認定自己的性別取向。有時候，環境背景是會對性別產生迷惑的，比如，你就讀的是女校，或者男生在當兵的時候，還有因為職業的關係，好比說船員，因為朝夕相處，產生出一種相濡以沫的曖昧情愫；可是，其實一旦你離開了那樣的環境，你還是會發現男女有別的必要與不同於同性之間的情感。第三，每個人都有選擇自己生活的方式，如果你已經夠成熟到認知自己的同性傾向，你可以在那塊領域找到你的幸福密碼，你還是有資格被祝福的。只是，人格成熟加上經濟獨立是很重要的。我知道有一個女同性戀者，她在很確定了自己的性別取向後，搬離開家，然後，發明了女同性戀者專用的緊身內衣，後來還和幾個夥伴開了一間T－Bar，經營得有聲有色。她過得自在而有成就，後來，家人也漸漸接受了她是同性戀的事實。當然，最後我要說的是，在愛滋病的威脅下，不論異性同性，我們都要注意安全的防範措施，保護自己，也保護你的親友。」

走出教室後，先前那位拒絕去輔導室的同學，手裡拿著《男孩別哭》的DVD說要借我看，我謝謝她的好意，說是已經看過了；她高興地說也許下次上課有時間的話可以討論一下這部影片。

（部分原載於〈白先勇小說人物所揭示的社會意義〉，《國文天地》，一九九四年十二月，第十卷第七期。）

我的同志學生

小說反映人生，我訓練大一的學生閱讀小說，透過小說的主題，說明自我的成長經驗和同學分享。

有一個男學生介紹了白先勇的《孽子》，我很驚訝他介紹這一部長篇小說，我先問他：「你身邊有沒有這樣的朋友？」

「老師，我本身就是同志。」我看著他，對於他敢於這樣在新同學面前「出櫃」，相當佩服，我覺得那需要十足的勇氣。

他說他和另一半是在網路上認識的，對方在宜蘭唸書，他們每個月見一次面，平常就是靠網路還有電話聯繫感情。他的父母也知道他們在交往。

「你讓你爸媽知道？」我很訝異地問：「他們能接受嗎？」

「不能接受也要接受……」

「為什麼要急著讓家長接受呢？我想身為家長都還是很傳統的，這對他們來說實在是生命中無法承受之『重』，至少，我想時代還沒有真正進步到那樣的地步。」

他接著說：「我爸說現在不要想那麼多，好好唸書才是重要的，等你有辦法像蔡康永一樣，再來跟我說。」

他的話一完，全班同學都笑了。

×　　×　　×

進修推廣部有一個大男生三十三歲，在開學的第一堂課就讓我不得不記住他，一是，因為他上課專注的眼神，二是，他自我介紹就表明他是同志。

「剛剛老師在做課程介紹時，在舉例小說報告的篇章時，談到了白先勇、朱天心的同志小說，我想老師應該是可以接受同志的。我是同志，我將在十二月十日的世界人權日舉辦訂婚典禮，歡迎老師和同學一起來參加。」

在教師節前夕，班代送來的大卡片的中央就是他的感性文字：「親愛的老師，感謝您對性別平等、同志人權的尊重包容，敬祝安祥、和諧、快樂。」

他的口頭報告和另一位女同志的組員，選擇了白先勇的〈孤戀花〉，兩個人做了一場相當完整而精采的報告。同學們對於他坦承自己已經出櫃十八年的同志經驗感到好奇。

他說他唸師大附中高二那年，因為辦刊物的採訪因緣，結識了一個男人，男人帶他到他的住處，他的潛意識裡很清楚接下來可能會發生的事，但他還是乖乖地聽那男人的話進了浴室去沖澡，這個男人開啟了他的同性性愛經驗。回家後他把發生的事情告訴母親，母親哭著問他：「那你是什麼姿勢？」

他開始接受心理治療，剛開始母親認為他所以會變成同志，都是因為這個夢魘。後來他也試著和女生交往，可是他喜歡的都是比較Man的女生，他也會為她們心動，可是卻不會有性衝動，他反而對男生比較有性幻想，見到頻率相合的男生就會臉紅心跳、怦然心動，後來才確定自己是同志。

他和另一半是在街上偶遇的，在同志雷達（Gay-dar）的瞬間發電後，兩人開始交往。另一半有戀毛癖、喜歡雄壯一族，他就留落腮鬍，並從64公斤增重到90公斤，還在手臂上刺上愛人的名。

雙方家長從無法接受到參加2005年的同志大遊行，應該算是給剛拍完訂婚照的他們最大的祝福。

後來，我才知道我這個同志學生是「GLPC同志參政聯盟」的發起人，為了爭取同志的權益正盡力奔走著。

有一個學生說起他高中時期的初戀，在一場園遊會上認識了一個女孩，淡淡的情愛，豐厚了他的生命，女孩誠實地告訴他，她的上一段戀情還在持續藕斷絲連，他並不在意，覺得可以付出就是一種幸福。

他知道女孩喜歡小熊維尼，所以決定存錢買一隻最大的小熊維尼送給她當生日禮物，他到絨毛玩具店去詢價，知道和他一樣高大的小熊維尼要六千錢，這時距離女孩生日只有兩個月，當時媽媽一天只給他一百塊的零用錢，他必須不吃不喝才能達到目標。幾個好同學知道了他的計畫，於是中午的便當各出一樣菜，集合了一個大便當給他，替他省下了午餐費；而他放學則是走路回家。

就在女孩生日當天，他抱著小熊維尼等著開往她家的公車，車子來了，司機見到這個巨大的絨毛玩具，要他也要替他的「大」熊維尼買票。他在眾人的矚目下了車，突然下起了一場大雨，他抱著「大」熊維尼直奔女孩家，等在女孩家門口，女孩放學回家後，見到淋成落湯雞的他，感動萬分。

有一天，女孩告訴他：「我不想耽誤你，因為這樣的三角關係對你不公平！」他癡情依舊地說：「沒關係，我可以先離開，等你處理好，再來找我，我等你。」女孩終於勉力地吐出了五個字：「我是雙性戀。」

他終於恍然大悟，原來她口中的男朋友是個女的。

平靜地分手後，他為此還去買了介紹同志的相關書籍，才了解：其實，每個人身上都有同性情結，只是比重問題而已，就女同志來說可能30%喜歡男生，70%喜歡女生，如果在成長的性別探索的過程，因為心理的因素或外在環境的影響或刺激，發現自己偏愛同性的比重高於異性，便較容易被引導走向同志的路。

上了大學的某一天，他倆在街上遇到了，女孩認出了他，還特地走過去向他確定他的名字，但是他說了謊，假裝不認識。為什麼呢？他覺得過去了，當時的感覺已經回不去了，所以那樣的擦身而過就夠了。

這個現在有一個不錯的女朋友的學生做了一個結論說：「我不覺得自己受傷，反而在這段感情上成長，更懂得學習去尊重那一個族群的存在。」

× × ×

我總是在介紹完同志小說後，跟我的學生說，你們還那麼年輕不要太快就認定自己的性別取向。有時候，環境背景是會對性別產生迷惑的，比如，妳就讀的是女校，或者男生在當兵的時候，還有因為職業的關係，好比說船員，因為朝夕相處，產生出一種相濡以沫的曖昧情愫；可是，其實一旦你離開了那樣的環境，你還是會發現男女有別的必要，與不同於同性之間的情感。每個人都有選擇自己生活的方式，如果你已經夠成熟到認知自己的同性傾向，你可以在那塊領域找到你的幸福密碼，你還是有資格被祝福的。只是，人格成熟加上經濟獨立是很重要的。當然，在愛滋病的威脅下，不論異性同性，我們都要注意安全的防範措施，保護自己，也保護你的親友。

在和學生這樣的時空互動時，我手邊正在為一場學術研討會撰寫論文，感覺在性別跨界的路上，好像又邁出了一大步。

八十年代白先勇《孽子》裡的龍子的父親認為龍子羞辱了家門，於是把龍子放逐到美國，且命令他：「除非我死，你不准回來。」龍子在美國等了十年，等父親的一道赦令，但父親一句話也沒留下，就入土了，父親交代的是，等遺體下葬，才發電報給龍子；類似的不被父親認同的事件，到了九十年代曹麗娟筆下的〈在父名之下〉裡的林永泰，則是以一身黑衣裙的女裝，不動聲色地出現在父親的喪禮中，曹麗娟不願讓龍子無法奔喪的遺憾，再重蹈在林永泰身上。

我在研究室裡敲著電腦，腦中流轉的是我的同志學生說的：「同志比較勇於面對性議題，不像異性戀男人有性的需求，但卻不會提出來討論，會說也大多是為了炫耀自己的性能力。我贊同英國哲學家邊沁所提的『避苦求樂』的理論，同志朋友樂於談性，只要不做任何形式的性騷擾，對我而性，性就像喝咖啡，包含許多浪漫的成分……」

（原載於《中國時報》，2006年2月26日，浮世繪。）

我的斷背山

白先勇筆下的〈Tea For Two〉是曼哈頓雀喜區一家同志酒吧的店名，大偉和東尼是Tea For Two的老闆，這裡有來自世界各地的朋友，男同和女同，每個人都有屬於自己的一則故事，彼此的情誼，難以言喻，這裡就像是同志們一座世外桃源的「斷背山」。

小說的敘述者「我」就是在Tea For Two邂逅安弟的，安弟對他說，他一直有著身分認同的困擾，大概幼年時他與他的中國母親便遭到他美國父親的遺棄，所以他覺得他身體裡中國那一半總好像一直在漂泊、在尋覓、在找依歸。他把安弟緊緊摟入懷裡，撫摸著安弟那一頭柔順的黑髮，在耳邊輕輕說道：「安弟，讓我來照顧你一輩子吧。」那時他已在NYU拿到了企管碩士，並且在大通銀行找到一份待遇相當優厚的差事。他在第三大道有一中間可以看到曼哈頓燦爛的晚景的公寓。他緊執著安弟的手，心中有一份莫名的感動。安弟是他第一個深深愛戀上的男孩子，那份愛，是用他全部生命填進去的。半年後，受到大偉和東尼的啟發，他們打算成立一個家，安弟搬進了他的頂樓公寓。

對這篇小說最深刻的印象是 ，大偉和東尼在跑遍全世界後，決定回到他們共同的出生地上海，展開尋根之旅，而最後一站是「天堂」，同年同月同日生的他們選擇在發病前，一起服藥離開人間，他們留下一封感人的信，在信中要求同志們：「絕對不許傷心，千萬記住，一滴眼淚也不可以流。大爹爹和胖爹爹準備一同跳著踢躂舞一直跳上天堂去。你們一哭，我們心裏難過，一打岔恐怕就上不了天堂了。相反的，你們來送行應當　我們高興才對！你們瞧，我跟我親愛的東尼同一天來到人間，在這個『歡樂世界』裏共度過四十五個寒暑，今天我們兩人竟能結伴一同離去，這是多麼幸運的一件事啊！」他們特別叫了外賣送來食物，

要大家在送別會中盡情吃喝，開開心心地一起守夜送他們走。小說的結局令人感傷，也讓人為他們的勇敢而給予掌聲。

我有一個同志學生也很勇敢，他選擇在去年的世界人權日和他的另一半訂婚，他的另一半患有重度憂鬱症，他覺得有要照顧他的責任。他的經濟狀況較佳，

還特別立了遺囑，如果將來他發生意外，另一半可以擁有兩百萬的遺產。

他說他和另一半都是〇號，沒有男女間的浪漫激情，卻擁有難能可貴的親密，願意給對方承諾，但也保持一種「開放關係」，互相尊重，彼此認同對方在外獲得性滿足。他們會定期進行愛滋病毒的抽血檢驗，每三個月從未間斷，他要做示範，打破大家把同志等同愛滋病的錯誤看待。

我以為他很勇敢又堅強，可以很陽光而正面地面對異性戀機制的眼光，但在訂婚後，他有些沮喪地對告訴我，訂婚隔天，他們家門口就被貼了一個防治愛滋病的大貼紙；機車也莫名其妙地爆胎；同志網站引發批評聲浪，說是他們〇與〇的相戀，打破了同志團體好不容易建立的〇與1的關係，也不認同他們坦白地揭露自己的情慾世界；雖然同時也有正面鼓舞的聲音，但網路上的反撲，確實令他難受。

我一直以為同志社群是很包容開放、多元樣貌的，但是我的學生正視情感底層的善變，慾望流動的無窮，卻受到無情的撻伐，很多事情大家都在做，只是沒有勇氣說出來。但說穿了，兩個人的生活，是兩個人的事，在雙方同意，不傷害第三者的狀況下，沒有人有權利干涉。

性傾向不是自己可以自己控制的，可是不合理的社會規範，卻讓這一群邊緣人的人生路滿是荊棘。

李安覺得同志問題需要社會更多的正視與關懷，他說：「每個人心裡都有一個斷背山，只是你沒有上去過。往往當你終於嘗到愛情滋味時，已經錯過了，這是最讓我悵然的。」我的同志學生選擇不讓自己遺憾地「錯過」，他勇敢地忠於自己，幸運的是，在「斷背山」的首映會上，得到了李安在他們訂婚照上的親筆簽名。

看完「斷背山」除了對這段同性之愛感到動容外，我更抱以同情的是兩位不被男主角所真正愛著的妻子。傳統的約制，讓兩位男主角無法正視自己的性別傾向，掩耳盜鈴地走進異性戀婚姻的主流價值，結了形式上的婚姻，完成傳宗接代的傳統使命，但卻害了對方一輩子，也辜負了自己。有名無實的婚姻對妻子而言，是一件多麼不公平的事情，因為一開始就是欺騙和利用，但這樣的事情卻還在當今社會黑暗的角落上演。

是否我們該呼籲的是：未婚的年輕同志要勇於拒絕不合理的異性戀婚姻制度；已婚的同志若有機會，也可站出來談談自己的親身經歷。

每個人都有追求幸福的權利，不分年齡、種族和性別，甚至是出櫃或不出櫃都必須得到尊重，期待台灣有一天可以進步文明到課本出現和美國紐約小學課本中類似的

「我的媽媽是同志，她很愛我，我們和阿姨住在一起」、「我的爸爸是同志，他跟一個叔叔住一起」。

我的心裡也有一座斷背山，進入這座山的密碼是：性別認同是開放而多元的。

（原載於《明道文藝》，2006年3月，第360期。）

讓憂鬱遠走高飛

學生打電話跟我討論她的期末小說習作的內容，她談起她以前得到憂鬱症的病況還有治療的經過，她想把那樣的經歷寫進小說裡。

我想起張曼娟的一篇小說〈嗨，這麼巧〉——若葵在男友提出分手時，知道自己懷了身孕，決心瞞著他生下小孩，讓他日後後悔，獨立扶養女兒多年後，碰上已經為人父的他，才發現後悔的是自己。

麥明傑是個小兒科醫師，四年前送妻子、兒女去美國移民，兩年前妻子提出離婚，他原想挽回，卻發生車禍瘸了腿，於是簽下了離婚協議書。

若葵與麥明傑在一場停車誤會中相識，又因若葵的女兒——楚楚生病，而有進一步的接觸。麥明傑告知若葵前妻再婚的消息，接著又對若葵求婚，讓若葵誤以為自己是替代品；麥明傑在若葵和友人合開的咖啡店——「客人說故事時間」中，真誠告白對若葵的感情，終於感動了對婚姻失去信心的若葵。

麥明傑是安於婚姻的美好的，他為挽救婚姻，在一場車禍中傷殘了腿，他體認到自己條件的降低，不希望因為婚姻的束縛讓另一半不快樂，所以他簽下了離婚協議書，成全了他的妻子。我們可以確定的是麥明傑是一個心中充滿愛的人，正因為他心中的愛，所以作者讓他的愛得以永續不滅。

心理學家馬基爾博士發現屬於男性的有七種生活目標：一、事業有成就。二、家庭幸福美滿。三、身體健康。四、社交關係良好。五、充實自己的知識與技能。六、了解自己的潛能與理想的自我。七、擁有男性的魅力。愈能完成這七項生活目標者，其自我認同就愈高，失落感就愈低，就愈不易罹患憂鬱症。

儘管麥明傑失去婚姻後，獨自面對憂鬱症的無力，但他並沒有因此放棄對婚姻美好的信仰，反而是懂得抓住機會，再求一段美好的姻緣，這應該是他在治療憂鬱症時所得到的最佳成績。

麥明傑雖然退一步讓前妻自由，自己暗受憂鬱症的煎熬，但在走出憂鬱後又能適時地抓住機會，為自己的幸福加分，這樣的勇敢，是婚戀受挫的男女所該看齊的。不要因為愛情的結局是婚姻，婚姻的結束是離婚，而去終結自己再戀、再婚的權利。

×　　　×　　　×

義大利的威尼斯有幾百座橋都可以讓行人通行，獨獨除了「嘆息橋」。嘆息橋對比著兩棟不同的樓宇。一邊是總督府，據說在十四世紀的共和國時代，裡面可以容納將近兩千人的王公貴族，白色的大理石上，刻鏤著美麗的圖案，拱形的花窗，更加襯托出對面那一棟粗壯鐵柵的黑暗，那是當年的監獄，被判了刑的重犯，被打入這個永不見天日的地下室。而當犯人被定罪後，從這一邊的總督府要被押到另一邊的地牢時，經過嘆息橋，是可以被允許，再在嘆息橋上駐足，透過由八瓣菊花組合雕鏤的窗櫺看最後一眼外面的世界。

據說有個被判了刑的男子在嘆息橋上往下俯視，正好見到他心愛的女人和一個男子坐在貢多拉（gondola）（是一種窄長的小船）上擁吻，船往橋下駛過時，這個悲痛的男子也一頭地往大理石花窗撞去，花窗當然安然無恙，但血流成河，

屍體被處理後，悲慘的故事多被遺忘，嘆息橋只被說

成是犯人們最後一瞥的地方，但美麗的神話傳說卻被流傳了下來——坐貢多拉的情侶經過「嘆息橋」下時，在橋下擁吻，愛情就能天長地久。

沒有人喜歡與痛苦或悲傷，長期為伍，人和多數植物一樣，也是「向陽」的，大家都樂於歌誦美好的事物，地球並不會因為你一個人的悲傷或哭泣而停止轉動，想要讓憂鬱遠離，只能靠自己，靠自己的意志，同時接受專業的協助，迎向光明。

▶ 問題討論與活動設計

Q 何謂「關懷文學」？請說明其價值。

Q 請從〈行於所當行〉，舉例你最近一件幫助人的事情。

Q 請從〈窗外有藍天〉，說明我們要如何對弱勢的受害者伸出援手？

Q 請從〈男孩別哭！〉，說明你對「同志」族群的看法？以及如何給予性別平等的尊重？

第六章

旅遊文學與人生

學習目標

研讀本章內容之後，學習者應可達成下列目標：

1.認識「旅遊文學」。

2.瞭解「旅遊文學」的基本特徵。

3.明瞭「旅遊文學」的價值意義。

4. 透過旅行了解旅行與人生的聯繫。

歐旅見聞思

我在一九九〇年，升大三的暑假，圓了歐洲自助旅行的夢想。

和善熱情的義大利人是教人懷念的。那次從愛丁堡搭夜車到劍橋，由於沒有事先預定座位，因此，我們一行七人，只能就僅有的三個空位輪流休息。

走道隔壁座位四位年輕人頻對我們眨眼，嘴裡還哼著：「莎呦哪啦！」從他們談話中提到威尼斯的聖馬可廣場，可以肯定他們是義大利人。

我坐在同伴座位的扶手處，試著闔眼。其中一位年輕人起身拍我肩膀，示意要我坐他的位子，我婉謝他的好意，未料他迅速地從旅行包中拿出一張草蓆和厚紙板，他先將草蓆鋪在走道上，然後在厚紙板寫上：“Don’t touch me.”隨即就躺了下來，然後很自然地將剛剛寫的警告標幟蓋在身上；另外三人也滿心誠意催促著我坐下來，在盛情難卻的情況下，不好意思再一次拒絕。

遺憾的是，在匆忙下車之際，只是再次感謝，而忘了告訴他們：我們是來自台灣的中國人。

記得在巴黎遊賽納河時，結識一群也是到法國旅行的瑞士人，當告之我們來自台灣時，他們的第一個反應是“MONEY”，然後爭著和我們幾個「有錢人」握手。我懷疑他們所知道的台灣究竟是以外匯存底曾高居世界前幾名而聞名，還是像其他人所形容的「貪婪之島」，玩盡各種金錢遊戲，惡事傳千里才「名滿天下」的台灣。

他們誇我穿的衣服很漂亮，我很自傲地說：“Of

course，made in Taiwan.”拿出中國結及幾張台灣有名風景區的明信片送給他們，並邀他們有機會也到寶島一遊。

「路不拾遺」這種大同世界的境界在國外隨處可見。那是教人感動的一幕——開往倫敦的火車遲遲未開，在窗玻璃外遠遠見到一位身著制服的站務人員，焦急地舉起一個白色的自製暗袋，最後他在我們這個車廂停了下來，指著我們這群黑頭髮的外國人，然後，從暗袋中取出護照和美金，此刻，一位日本女孩驚惶地衝了出去。

站務人員向列車長打著稍後啟動的手勢。待那女孩帶著欣喜，又回到車廂裡，全車的人都為她捏了一把冷汗。

就在結束近兩個月的旅行，懷著歸鄉似箭的心情上飛機的同時，才發現遺掉了一瓶免稅酒，抱著顆希望渺茫的心趕回候機室，居然發現它依然安安靜靜地躺在那。那種失而復得的感動，迄今仍無法找出任何完美的形容詞來雕琢與修飾。

我在旅途中遇到幾位德國朋友，問他們來自東德還是西德，他們既詼諧又正經八百地回答：“In the middle.”

柏林圍牆在一夜之間拆除，繼而是東西德的統一，相信只要國人上下一心，在不久的將來，中國也必將統一於民主自由的康莊大道。

別了，一面之雅偶遇的人們，可能是在高聳壯麗的愛丁堡城上，穿著紅白格子裙的風笛手，或許是在馬特洪峰上一起賞雪的人兒，別了，再回首必然已是百年身了。

時間，撕裂了歐洲落葉的呢喃，昔日美好的足跡，恰似地中海蔚藍海岸的潮水般，也似橫跨英吉利海峽洶湧的波濤般從心靈的國度流逝，而我只能以無奈和沉默送走凝注滿杯的記憶；然而，這凝注滿杯的記憶，也將恰如普羅旺斯的陽光愈之燦爛、白蘭地之鄉Cognac的Hennessy酒廠的陳年葡萄酒愈陳愈香。

（原載於《台灣時報》，一九九〇年十二月二十三日，第二十七版。）

翡冷翠夜未眠

聽到義大利，就會想起在翡冷翠那個難忘的夜晚。

×　　×　　×

準備到歐洲自助旅行前，就一直被提醒：「到了義大利要格外注意當地的治安。」於是，「黑手黨」的恐怖印象，就深印在腦海裡不敢揮去；再加上到了巴黎，在羅浮宮廣場遇到也是來自台灣的自助旅行者，她們說起她們才在羅馬被洗劫一空，當她們逛完幸福噴泉，走回停車場時，才發現車子的後車廂被撬開了，行李全都不見了，最難過的是裡面有拍過了的五十幾卷底片。

×　　×　　×

離開浪漫的法國，開車進入義大利，我們開始戰戰兢兢地武裝起自己。

第一站到了比薩，已是晚上八點多，夏天的歐洲約晚上十點才天黑。

見到以往只能在照片中看見的斜塔，興奮萬分。我們快快把車停好，下了車，七個人準備往斜塔飛奔而去時，對面有一大群黑人朝我們大聲叫囂、吹噓。因為我們全是女孩子，心裡實在有些害怕，偷偷地瞄了他們一眼後，就低著頭默默地往斜塔奔去。

「我們不要待太久，照一下相，晃一晃，就趕快出發找今晚落腳的地方。」年紀最大的同伴建議著。

九點多鐘，我們發動車子離開斜塔，那一群黑人揮著手，朝我們說拜拜。

我們照著旅遊手冊打電話詢問了兩處青年旅館，皆已無床位。

十點多了，天色愈來愈暗，我們走在往翡冷翠的路上。雖是兩輛車一前一後，相互照應，但畢竟人生路不熟，加上一路上問了幾家旅館都已客滿，我們愈加緊張起來。

我們決定向當地人打聽，也許有什麼小旅館是我們沒注意到的。

幸運的我們遇到了一位會講英文的年輕人，騎著自行車的他一句“Follow me.”讓我們暫時放下了心中的大石頭。他帶我們到了一條小巷裡的民宿。還好遇見他，不然誰會去想到這樣不起眼的小巷子裡，竟有這樣一間有模有樣的小旅館。我們道了謝後，他帶著酒窩的笑意離去。

我們把車子暫時停好，到櫃檯詢問時，老闆用義大利文比手畫腳表示只剩下一間兩張床的三人房，但至少是有房間了。

我們打算和老闆商量可不可以讓我們七個人擠一間房間，我們額外付他一些錢。

我們在一張白紙上畫了一張雙人床和一張單人床，然後，在雙人床上畫了三個人形，在單人床上畫了兩個人形；接著，又在兩張床的前面地板上，畫了兩個人，示意我們有兩個人可以打地舖；最後，還在最旁邊寫上＋＄？

老闆見了我們的畫，露齒而笑；我們見他笑，也跟著笑了。

誰知才燃起的希望，就被澆滅了。他居然對著我們搖搖頭，然後舉起他的右手，伸出三根手指頭，遞給我們無奈的一笑。

我們決定讓今天開車的兩個和年紀稍長的同伴住進去，其餘四個人在櫃檯拿了張名片，便開車離開繼續找到旅館後，打電話報平安。

於是我們就離開了這間小旅館。

進入車內，看看時間，已經是凌晨十二點多了，疲累得不想再費心力去找旅館。我們四個商量的結果是：找一個安全的地方把車子停下來，然後就睡在車上，反正再五個多小時就天亮了，還可以省下住宿費。

可是，哪裡才算是安全的地方呢？

對了！警察局。

×　　　×　　　×

我們把車開出了巷口，然後在前面的路口，正好和一輛車併排等綠燈。車上有一對男女，我們搖下車窗，向他們招手，他們也搖下車窗。所幸那名女子會講英文，而且在他們回家的路上有一間警察局。

我們真像是遇見貴人般，對她再三感謝。

我們一面跟著車，一面認路，因為明天我們還要原路開回先前的那家旅館和同伴會合。

同伴踩了煞車。

「咦！到了嗎？」當我們四處張望，正感到懷疑時，那女子下了車朝我們走來，我們立刻下車。她告訴我們警察局就在隔壁的那一條街上，在我們還來不及開口道謝時，她接著問我們找警察局做什麼？

我們裝出一副可憐兮兮的模樣，加強語氣的對她說，我們到處找不到有空位的旅館，沒有辦法只好決定把車開到警察局門口，準備睡在車上。

她彷彿被我們打動了，起了惻隱之心，她要我們稍後，於是就走回她的車子。

「她一定是去和她先生商量要不要收留我們一夜。」同伴興奮地歡呼。

「是啊！希望她就貴人『貴』到底吧！」我期待著好消息。

她又朝我們走來了。

可是，卻是來向我們道別的，她的眼神有些不好意思，可能是我們失望的表情太明顯了。

× × ×

過了一條街，警察局就在眼前了。這個警察局說大不大，說小不小，前面的空地就是一個停車場，我們把車停在停車場裡的最後一個停車位裡。

車子停好後，我們下車準備進警察局，向警察先生詢問最近的公用電話。

我們站在燈火通明的警察局正門口，卻不得其門而入。這一扇大門彷彿是用好厚的防彈玻璃製成的，它不像我們台灣的警察局或派出所大門隨時為你而開。

一位身著制服的高大警察從裡頭看了我們一眼，從頭到腳，可能是確定我們沒有攜帶武器吧！

警察先生按了一個鈕，大門自動打開了。

我們客氣地問候他，並請問他附近哪裡有公用電話。他看著我們一臉漠然，然後抓抓頭，又搖搖頭說：「媽媽咪啊！」

原來他聽不懂英文，於是我們又開始比手畫腳。

比畫了半天，終於他明白我們在找公用電話了。

我們依著他所指示的方向走，但是找了半天還是沒找著，於是我們又返回警察局，這次，大門很快就被打開了。

他知道我們還是找不到公用電話後，有意讓我們用警察局裡的電話，於是我們拿出同伴所住的那家旅館的名片交給他。

他在櫃檯裡，和我們隔著一塊薄的防彈玻璃，但我們仍能聽見他對著話筒所說的話。

他先是說了一大串我們聽不懂的話，接著終於冒出一句我們聽得懂的：“Japanese...”

我們急著糾正說：“No, No, No, we are Chinese.”

電話接通後，他按了一個鈕，櫃檯的小門打開了，他指著我們，要我們一個進去接電話。

於是，我就進去了。

當我正對著話筒一端的同伴述說我們目前的情況以及今晚的打算時，我見到就在電話機前面的桌上，有三個監視器，而我們的車子正好停在中間那個監視器裡。

掛斷電話後，我把剛剛所見，告訴同伴：「今晚我們可以高枕無憂了。」

向那位有著濃眉大眼且英俊挺拔的警察先生道謝後，我們就回到車上去了。

回到車上後，同伴提議不妨拿幾顆下午所買的水蜜桃請警察先生吃，以表達感謝之意。於是，我們帶著照相機和水蜜桃又進了警察局。

警察先生笑得很靦腆，他欣然收下了水蜜桃，但當我們舉起相機，表示要和他合影留念時，他卻無奈地搖搖頭，比著他身上的制服，然後又做出按快門的手勢，接著又把手放在脖子上，做出「殺頭」的動作。

原來，他們在執勤時是不能和別人拍照的，只是他最後一個「殺頭」的動作，不是和我們閩南語中被老闆解雇的意思，不謀而合呢！

我們又回到車裡，把車門鎖緊，車窗留一點空隙後，準備睡覺。誰知才闔眼，一輛車迎我們而來，刺眼的車燈，驚醒了我們。

居然是一輛警車，從警車下來了一位女警，女警走到我們車子旁，看見我們是外國人，便用英文問我們：「怎麼把車停在這裡？這是警車的專用停車位。」

我們故技重施，又裝出一副無助且無辜的可憐狀，把我們的無奈遭遇又告訴了女警一遍。

女警點點頭，溫柔地問：「怎麼會想到要把車停在這裡？」

「因為我們很害怕，而警察局是最安全的地方。」我詳細且有技巧地回答。

女警會意地笑了，似乎覺得我們很聰明，又接著問我們：「害怕什麼？」

完了，英文的黑手黨不知道怎麼說，於是我說：「害怕盜賊。」

女警又笑了，有點無可奈何的。

我們答應她，天一亮，我們就離開；其實我們也不得不早一點離開，因為，我們必須繞原路逆向行駛回去和同伴會合，早點出發比較好。

我們和女警互道晚安後，她便離去了，她把警車停在警局側門門口。

× × ×

東方漸白，我們就醒了。發動車子，往原路走，道路比昨天晚上感覺還狹窄，還好對面沒車，期盼能如此暢行無阻到達目的地。

說時遲，那時快，就在車子轉進小巷後，馬上見到對向有一輛車，朝著我們猛按喇叭。

我們四個很有默契地又裝傻起來，同伴把車速放慢，我們東張西望，滿滿的不知所措寫在臉上。

司機先生可能見我們是外國人，又是女生，開車技術也好不到哪裡去，便把車子勉強靠邊暫停，挪出車道讓我們先過去。

當我們和他會車時，他對我們比畫著這是一條單行道，我們對他微笑、聳聳肩，然後頻頻點頭道謝。

安全抵達同伴所住的旅館後，我們才鬆了一口氣。

× × ×

因為時間還早，旅館根本還沒開門，遠方教堂的鐘聲，敲響了欣賞翡冷翠的心情。

這個原本只出現在徐志摩筆下充滿瑰麗浪漫色彩的中世紀城市，沒想到和她的第一個聯繫，竟是因為昨天那樣一個夜晚。

因為沒有現代的建築，你幾乎會懷疑她是一幅靜止的油畫，尤其是老市區一致的澄紅色屋頂，最為招艷；在這裡你見不到招牌和電線桿，因為它們全被護守著歷史的捍衛者，列為拒絕往來戶。

我大口的深呼吸，面對著眼前美景，心裡不覺微笑起來。

在義大利的第一夜，雖然過得驚險刺激，也睡得不怎麼安穩，但卻得到了這樣一個難忘的經驗，唯一遺憾的是沒能和那位帥哥警察拍到照片，不過，在翡冷翠的這個夜晚將會永遠存檔在我的記憶光碟裡。

山水相逢自是有緣

我喜歡旅行，因為在旅行中所接觸到的人、事、物，只要用心體會，都會有不同的觸發。異國人情的交流，旅遊經驗的累積，像是一杯愈陳愈香的醇酒，那凝注滿杯的回憶，足以讓我們細細品嘗。

× × ×

近年來台灣人出國的機率與日俱增，因此，在一些著名小島的度假村，例如馬爾地夫、關島、綠中海，不難聽到當地人也會說上幾句中文——用餐時，會有彈琴的歌手在你身邊唱「月亮代表我的心」、「梅花」或「高山青」；出海釣魚，下船時船夫會跟你說：「小心。」當領隊召集大家集合回程時，船夫也會跟著招呼說：「走啦！走啦！」

但讓我最難忘的是，在巴里島的海神廟遇到一群兜售的小孩，操著流利的國語：「阿姨，買啦！買啦！沒業績啊！」

× × ×

外國人想學中文，當然我們也不例外。每到一個非英語系國家，總不免要學幾句當地的語言。

記得剛抵達馬來西亞的首都吉隆坡，上車後，當地導遊拿著麥克風幫我們惡補幾句常用的馬來語，為了方便記憶，特別把它們翻譯成台語幫助我們開口。

例如：馬來語的「謝謝」，音似台語的「讓你罵到死」。一位同伴不甘心「讓對方罵到死」，便含糊其辭地對賣小吃的老闆說：「把你罵到死。」老闆笑著收下了錢說：「三八三八。」——以台語發音，就是馬來語「不客氣」的意思。

又如馬來語的「上廁所」，便和台語發音的「等到死」有些相似，這讓我們想起每次上公共廁所時，大排長龍的景象正相符合。

× × ×

馬來西亞是一個很能融合外來民族的國家，印度人便是其中一個。印度女人除了濃眉大眼，令人印象深刻外，還有另一特色是，在她們靠近兩眉中間會塗飾一個圓點，印度人稱之為「貢姆貢姆」，其額頭上所點的不同顏色的圓點，代表著不同意義。點黑色者，表示還未婚；點紅色者，是已婚的婦女；點白色者，則代表是失婚的婦女，她可能離婚或守寡。

× × ×

到蘭卡威旅遊，通常會安排乘船出遊，而「孕婦島」則是必遊的行程之一。

坐在快艇上一直思索不出「孕婦島」是出自何典故。

快艇突然減速，在海中央停了下來，駕駛先生回頭面向我們，指著眼前不遠處的山林，緊接著比畫著他的頭說"head"，然後指著那片山林頭部以下突起的地方，舉起兩隻手指著他的胸部說「ㄋㄟㄋㄟ」，接著又在他的肚子畫了一個大半圓，又指向山林的第三部分。

我終於明白：呈現在我們眼前的那一大片山林，竟像極了一位平躺著的孕婦的側面。跟台灣北部的觀音山，有異曲同工之妙，自有一份親切感。

× × ×

在國外旅遊總會有一些經驗是值得我們去思考的。

帛琉有著最著名的無毒的水母湖，遊客可以穿上救生衣在水母湖裡游泳，感受和水母為伍的感覺。

領隊再三交代千萬不要傷害到這些水母，他說，當地人雖然樂於見到台灣人到此消費，但是其實他們很看不起台灣人。他說，有一次，有幾個台灣男人到湖裡後，捉起一隻隻像果凍一樣的透明水母，用力甩動著拍照，不但被制止，還害台灣人被貼上了標籤。

× × ×

香港地狹人稠，造就了他們獨特的性格，我好幾次見到香港人吵架的功力，但他們就是不會動手。還有一件事也是令我佩服的。

香港的PIZZA HUT 不同於我們的沙拉吧是無限量供應的，他們僅限取一次，而且盤子相當小。當我見識到每個香港人的「功力」後，簡直佩服他們到五體投地。先是在小盤子底層用長條型的紅蘿蔔，以太陽放射狀將盤子的面積變大，然後，開始放上各式的蔬菜，此時，為了防止生菜滑落，再加上一層花生粉，然後又淋上大量沙拉醬，當然，上面又可堆上更多的生菜了。如此，便極致地發揮了「小」盤子的最「大」功能了。

× × ×

每個國家都有它的特色。

到澳洲旅遊時，導遊先介紹澳洲有三多：羊多、蒼蠅多、胖女人多。

羊多，是眾所皆知的，尤其親訪農莊，見識到剪羊毛及牧羊犬趕羊的情景，更加令人難忘。

蒼蠅多，是因為牛群、羊隻的排泄物所產生的；他們的蒼蠅多到居然有商家在販賣一種像傳統市場豬肉攤上趕蒼蠅的兩條繩子轉啊轉的帽子。當地人說他們的蒼蠅並不會傳染病菌，不過當你正在為美景拍照留念時，一堆蒼蠅在你臉上飛來飛去，實在煞風景。拍照的人要特別注意，別讓鏡頭裡的人臉上出奇不意地多了一個大黑痣。

澳洲人講話的英國腔特別重，再加上他們不太「張口」說話，所以當你和他們溝通時，可能要“Pardon.”好幾遍。為什麼他們講話不太張口，且都講在嘴巴裡呢？據說，是因為怕蒼蠅飛進嘴巴裡。

至於為什麼「胖女人」多，那當然是因為和他們豐富的乳製品有關囉！

不過也有人說澳洲有「四多」，除了前面所介紹的「三多」外，還有另外「一多」，就是「一塊錢多」——因為胖女人都不願意彎腰去檢掉在地上的一塊錢。

澳洲治安良好，尤其人民頗具親和力又樂於助人。你只要手裡拿著地圖，走在澳洲街頭東張西望，就會有人主動過來，為你指引正確的方向。

同伴和我有幾張合照的相片，那都是「被強迫的」，因為澳洲人只要一看見觀光客在拍照，就會主動走過來詢問：「需不需要幫你們拍合照？」

×　　×　　×

亞里斯多德說：「勞動的目的是要獲得閒適。」的確，唯有真正懂得生活哲學的人，他的靈魂才會在平凡中顯得非凡。我很慶幸自己從事教職，因為可以利用寒、暑假出遊，充實自己的靈魂。

（原載於《聯合報》，一九九七年六月二日，第四十版。）

我和他們的經歷相遇

透過旅行中的見聞，我們可以找到啟動生命更強勁的因子，人、事、物的觸發，讓心靈加以洗滌。

到東澳旅遊，遇上一位相當幽默而且專業的導遊。他聊起剛到雪梨留學時的艱辛和趣事。

班上家裡有錢的同學很多，開凱迪拉克上學的不稀奇，有一個女同學每天搭直昇機到學校，他想追這個女同學，將來可以減少奮鬥二十年，雖然她的體重大概有九十公斤，但為了前途，他可以勉強接受。

一天，女同學邀請大家到她家吃午餐，她說用餐的時間是十二點，但是請大家十點就要在她家門口集合，因為他們家是一座大農莊，從大門口到她家要兩個小時的車程。天啊！這更堅定了他要追求她的念頭。

用完豐盛的午餐後，女同學提議要騎馬，她大方地請管家為會騎馬的同學準備馬匹；同時，她還驕傲地展示她最心愛的白鬃馬。馬兒開始奔馳了，他不會騎馬，但卻想像將來在這裡騎馬的英姿。就在他還在做著白日夢的同時，發生了一件事，這讓他完全打消了這個念頭——他眼睜睜看著那匹壯碩的白馬，被那個女同學騎到口吐白沫。

× × ×

到神木島旅遊，遇上一個好賭的領隊，無論搭車、搭船只要抓住時間，便會找團友玩撲克牌。她自稱她是沒得救了。有一次，她帶一個團，團友在第一天晚上就把五天的小費全部主動收齊交給她，於是她有資本跟他們玩了，在小島上晚上沒事，打發時間，結果一打發，她不僅把小費全輸光，連她身上的錢也所剩無幾。

神木島的房間以三十五坪的兩人房的小木屋聞名。但因為房間太大了，難免有一些穿鑿附會的事發生。有人向領隊問及關於神木島的鬼魂傳說，她說那只是傳言。

記得有一次過年，島上的房間大爆滿，所有的領隊都沒有房間睡，只能睡在大廳。有幾個男領隊，晚上在咖啡座和女團友聊天，說起鬼故事。後來八個同行的女生嚇得去找領隊，說她們要一起擠一間房；於是領隊的奸計得逞，他們拿到了三間房間的鑰匙。

×　　　　×　　　　×

一位馬來西亞的導遊，招呼著在吉隆坡皇宮前拍照的旅客上車，上車後，他再次叮嚀注意自己隨身攜帶的東西，因為就在剛剛，另一團的一個團員，在照相前，把她隨身背的包包放在一旁，誰知拍完照後，包包就不翼而飛了。導遊說：「我覺得很奇怪，當初既然買了那個包包，就是喜歡它，那為什麼拍照的時候又不和它一起呢？」導遊的這番話頗具哲思。

×　　　　×　　　　×

到回教國家旅行，在飯店的房間裡，你會發現天花板上都有一個箭頭指標，那是為了讓回教徒朝聖時，方便辨識方向的，箭頭所指就是「麥加」。有一個人到馬來西亞旅行，晚上，飯店突然發生火災，一時心慌，看見天花板有一個箭頭，指示方向，他以為是疏散的出口指標，結果果然往「西方」極樂世界去報到了。不同的國度，有不同的文化風俗，盡責而專業的導遊，應該要詳加介紹。

× × ×

曾有一個帶歐洲團的領隊說起，他們的司機分辨不清東方人來自哪個國家，但他們大抵從客人在車上的表現可以看得出來。當導遊在前面滔滔不絕地介紹著景點時：如果是日本人，導遊說往左看，台下就很有規矩地往左看；如果導遊在前面講說，而客人也在下面比大聲，那就是香港人；至於台灣人呢？導遊在前面講，他們則在呼呼大睡。

親愛的台灣同胞，你的看法呢？

銀髮族開洋葷

如果跟團旅遊，碰到會帶團的當地導遊，將帶給團員特殊的旅遊經驗。

我在澳洲遇到一位導遊，說話幽默風趣，著實教全團的人嘖嘖稱奇。他還和我們分享他的帶團經驗。

他說，他曾經帶過一團阿公阿媽團，印象非常深刻。

第一天，帶他們去參觀野生動物園，他們不是去看動物，而是去研究那種動物誰吃過，味道如何？

他們把動物的「簡介」，當「菜單」看。居然還有人問說：「無尾熊是用烤的，還是用煮的比較好吃？」

帶他們到海洋世界玩，其中一位九十三歲最高齡的阿媽，吵著要坐三百六十度旋轉的雲霄飛車。導遊說他和她七十五歲的兒子差點沒有跪下來，求她不要上去。但阿媽一臉委屈且堅持地說：「我從小一心嚮往坐雲霄飛車已經很久了，如果今天不讓我坐，我死也不瞑目。」

晚上，結束龍蝦大餐後，帶他們到菲利普島看企鵝歸巢，一位阿公興奮地說：「這些企鵝好可愛，好想烤一隻來吃喔！」

一天折騰下來，導遊已經筋疲力竭，累得不可開交。發房間鑰匙前，和團員約好隔天早上七點半集合，不要遲到。

誰知他們馬上異口同聲地反對說：「七點半太晚了。」

「那七點好了。」導遊稍做讓步。

一位德高望重的阿公開口了：「不行，我們在台灣四點半就起床了。」

其他人也跟著附議。在寡難敵眾的情況下，導遊只好妥協到七點集合。

當導遊一間一間巡完房後，回到房間準備就寢已將近一點。突然接到一通電話，一位阿媽說她要起來上廁所，可是找不到眼鏡，要導遊來幫她找。

導遊揉著惺忪的睡眼敲門，當阿媽摸黑打開房門時，他發現，眼鏡就在她的頭上！

早上六點多，導遊被電話吵醒，他痛苦地起床，趕往樓下大廳，電梯門才一打開，飯店一位服務生迎向他，往大門的方向指，問他："Excuse me, sir. Is that your group?"

導遊一看，他的團員整整齊齊在飯店大門口排成一排正在做外丹功。外國人只看過殭屍片，沒見過外丹功。

最後一天，在送他們往機場的途中，那位九十三歲的阿媽接過導遊的麥克風，說：「這趟旅程玩得很高興，所以能平安地結束，都要感謝——」

導遊說他才準備要起身接受大家的鼓掌感謝時，阿媽卻說：「都要感謝我們的菩薩——」接著，阿媽要大家「合十」，有的人在此時拿起了念珠，開始合唱「大悲咒」。

一直到送他們進關後，導遊才知道，原來這些阿公阿媽來自竹山，每天早上五、六點就起床，去賣竹筍了。

（原載於〈阿公阿媽開洋葷〉，《聯合報》，一九九七年十二月五日，第四十版。）

知性與感性的土耳其

如果你對土耳其感到陌生，那麼讓我告訴你，其實土耳其就是我們在歷史課本上所念到的突厥。有一本旅遊書上說：土耳其在秦朝與我們往來密切，早年還聽說有土耳其人聲稱長城是他們所蓋的呢！可見淵源之深。

托卡匹皇宮（Topkapi Saray）裡展現了鄂圖曼帝國的興盛，這座宮殿博物館的建築和庭園都值得一看，不過比較有意思的是：當時的皇帝稱素檀，新素檀即位就會和我們古代一樣挑選佳麗入宮，新素檀對待前朝的嬪妃多是寬厚的，她們可選擇拿一筆安家費離開，或者留在宮中老死。至於未被選上嬪妃的女子，就留下來服侍嬪妃或做女紅貼補宮廷的財政，只要服務滿九年就可以離去，而這些女子出宮後，幾乎都是男人追求的理想對象。這比起我國古代後宮裡三千粉黛，一生可能見不到皇帝一面，就得無從選擇地老死宮中，實在要人性化多了。

在旅途中遇到幾個土耳其人，他們稱我們是Chyn，我們儼然成了秦朝的出土古物，聽起來不太習慣，但事實上Chinese這個字就是從「秦」字延伸而來的。

×　　　×　　　×

土耳其歷史悠久的自然景觀令人嘆為觀止。卡巴多其亞（Cappadocia）的奇石怪狀可以算得上是世界奇觀，各種動植物、物體、人形的天然傑作，馳騁你的想像，是一座超大型的露天藝術博物館，其重要遺產是超過六百座的岩窟教堂。而最特別的應該算是所謂的「地下城」。那是當初基督徒為了躲避阿拉伯人的迫害所建的。就算你親身前往，你也絕對想像不到他們當初是如何深掘這個可容納數千人的地層。有如迷宮的地下城，有八、九層之多，在洞內穿梭曲折蜿蜒，有時洞口僅通一人，後來「柳暗花明又一村」，若非導遊帶路，你絕對會在裡面迷失方向。規劃完善的設施，如教堂、酒窖、墳墓和廚房。但廚房是共用的，那是考量到安全的問題，因為炊煙烹煮是容易形跡敗露的，可以想見當時人的智慧與細心。

× × ×

巴穆卡麗（Pamukkale）的「棉花堡」如雪般的天然奇景，層層疊疊的粉白石灰岩崖，妙不可言，流水經過陽光的照射呈現如海水般的青藍，是有名的溫泉區。遠看像軟軟的棉花，真的涉身其中，踩在腳下的是硬梆梆的石灰，感覺還真像在做腳底按摩。傳說在十一、二世紀時，有個長得很「愛國」的女孩嫁不出去，想不開想自殺，她跑到山崖上縱身一跳，結果掉進了一池溫泉裡，昏了過去，等她醒過來時突然變得美麗動人，此時一位總督經過，為她動了情，立刻把她帶走，過著幸福快樂的日子。

關於這一類的傳說故事，代表著希臘文化和羅馬時代的繁榮的艾菲索斯（Iphesus）的建城當然也不能缺席，傳說Apazas根據神的指示要找到火、豬、魚三樣東西，並且看見豬跑、魚跳，才可以建城；可是Apazas遍尋不著，當他絕望地飢腸轆轆之際，他到海上抓魚，準備烤魚充飢，魚被烤得跳了起來，附近的山豬聞香跑來，他擒住山豬，以烤山豬肉裹腹，在陰錯陽差中切合了神的指示，而得以成功建城。

×　　×　　×

十五世紀以後的艾菲索斯幾乎是在歷史上銷聲匿跡了，一直到十九世紀後半這個古都市的遺跡才被發掘出來，雄偉的建築，令人讚嘆。圖書館（Celsus），是藏書最完整的圖書館，但這並不稀奇，稀奇的是圖書館的底下有一個通道，這個通道是有其特殊作用的，因為，圖書館的對面是一間妓院，當時男人若要去尋歡可以騙妻子說是要去圖書館；另一方面又不用偷偷摸摸擔心會被熟人撞見不好意思。

此外，值得一提的是，在古都中有一塊堪稱是世上最早的廣告告示，這塊廣告告示是在地上的一塊大理石上，上面有一個左腳的腳印，腳印的右邊是一個大波霸美女，腳印的左上方有著金錢的符號，旁邊還畫著一顆心；另外在大理石的右下角還寫著一些文字。原來這是妓院的廣告，古都原接近港口，方便水手們下船後尋歡。識字的人就看右下角的希臘文，不識字的人就只好看圖指示了，圖像告訴我們：如果你要找美女，就往左轉，不過你要有錢，才能夠得到他們的愛。這個廣告實在頗具智慧！

×　　×　　×

博斯普魯斯海峽（Bosporus）橫越歐亞大陸，坐在渡輪上，欣賞著兩岸如詩如畫的美景，今天的天空的確很「希臘」。

伊斯坦堡（Intanbul）橫跨歐洲和亞洲位於土耳其西北部，當地人每天要說數次「我要去歐洲」或「我要去亞洲」，一天之間，來去歐亞洲數次，你也可以在歐洲、亞洲走路，至於那些早上去位在歐洲的地方上班；晚上回位在亞洲的家睡覺的人就更不足為奇了。

× × ×

領隊告訴我們土耳其人是相當熱情而且直率的民族，她舉了一件發生在她身上的事：有一次她的團員要上車，土耳其的小孩擋在車門口兜售東西，她無可奈何，只好也把小孩擋住，讓團員上車，小孩居然對她口出穢言，她也不甘示弱地罵了回去，後來上車後，對當地的土耳其導遊說起剛才發生的事，導遊二話不說，要司機馬上把車開回去，準備要教訓那個小孩，後來經由領隊勸阻，導遊才罷休。同樣的事情發生在埃及小孩的身上就不一樣了，埃及小孩直是圓滑多了。有一次，她在路邊喝咖啡等團員上車，一個小孩來跟她兜售東西，她拒絕購買，小孩也沒有離開，先是誇她是不是從月亮來的，要不然怎麼會長得那麼漂亮，接著便閒聊起來。後來，領隊被灌了迷湯後，不好意思，只好表示要向他買東西，不過她說：「一個三塊錢太貴了，算我兩塊錢我就買。」小孩說：「我們已經是朋友了，一個算妳一塊錢就好了，不過妳要買三個。」成交後，領隊高興得揮手向他說再見，待招呼團員上車，準備離開前，才聽見另一個埃及小孩拿著同樣的東西，喊著：「一塊錢三個。」

× × ×

土耳其男人愛拍照是出了名的，這次果真是見識到。好幾次走在路上，他們見你手裡拿著相機，就主動跑過來要和你合照，連在餐廳用餐完畢，上至老闆，下至服務生也不放過你，真是熱情難耐！

夜宿在臨愛琴海的烏島的晚上更是因土耳其人的熱情而演出了一場驚魂記。我和同事四人在傍晚搭計程車離開飯店到市中心，下車後我們走進了一條商店街，其中一人有意買皮衣，我們便在一家皮衣店門前駐足，老闆馬上招呼我們進去試穿，因為式樣和價錢的問題，我們離開了那家店。

在隔了兩間的皮衣店，店家就在門口熱絡招攬，他先用日語問候，當我們表示來自台灣時，他馬上改口說「你好」。我們才進店內，老闆便招呼我們坐，還立刻差人泡了四杯當地有名的蘋果茶，甚至連隔壁的店家都送來甜點。老闆拿了好幾件皮衣給同事試穿，終於她選出了最喜歡的兩件，價錢也由美金136元殺到85元，但老闆堅持，若買一件，只能算90元；若買兩件，則一件85元。我們推說考慮看看，雖然沒能成交，但老闆還是滿臉笑容地送我們到店門口。

接著，我們走進了一家藝品店，那裡也有賣蘋果茶，和親切的老闆把價錢談攏後，我們買了五、六十盒蘋果茶準備回國送人，我們買得很快樂，老闆也賣得很高興，他看著伙計幫我們打包，玩笑說：「妳們是不是把我店裡的蘋果茶都買光了！」打包好我們的戰利品後，老闆問我們要不要看皮衣，他可以幫我們介紹。我們跟著老闆走到對面的一家皮衣店，此時，天色漸暗，很多商家陸續關門。

皮衣店的老闆個子不高，臉上卻是表情十足，長得像極了電影「美麗人生」裡面，那位極力不讓兒子蒙上猶太人被納粹迫害的陰影的男主角。他才請我們坐下，便馬上有兩個伙計送來幾件皮衣讓我們挑選，同事向他描述了她所喜歡的款式和顏色，他馬上差人去找。在等候時，其中一位同事跑回藝品店請老闆晚點關門，我們還要看看其他東西。

他問我們要喝咖啡，還是茶，我們說不用了，免得沒有買不好意思，其實我們走了幾家店，已經喝茶喝到飽了。他動作誇張地要我們放心：”My store is your store.” 我們商量著先到藝品店看東西，等皮衣送來了再過來。但我們才起身便被老闆制止了，伙計送來了蘋果茶，老闆要我們坐下來喝茶，他看見我們手上拿著照相機，還提議著要一起合照，照完了相，他還問起我們的中文名字，也跟著唸一遍，然後介紹起他的連鎖店。

終於，一個身著黑色皮衣，戴著黑色墨鏡的光頭彪形大漢送來了像是之前出價85美元的皮衣，同事試穿時說好像就是那一件。

好戲上場了，當他拿計算機要算價錢時，我們提醒他說：”Do not forget your store is our store. “ 他在計算機上按了625，我們馬上退後了好幾步，他解釋說這是原價，他會給我們折扣。最後，打了折又打了折，他的最後底價是125。我們怎麼可能前面那家店的90塊不買，來買這件125塊的，再加上他一開價就開那種天價，我們實在也意興闌珊了。他似乎看出了我們的想法，他開始激動起來，拿起打火機在皮衣上燒；又把整件皮衣折疊到最小，然後塞進他的西裝褲口袋，最後又把皮衣從口袋裡拿出來展現在我們面前，說是「防火、防皺又免燙」所以才值這個價錢。

我們再三跟他強調，我們知道品質很好，只是價錢太貴了，我們買不起。他又強調是”baby lamp”製成的，怕我們聽不懂，他還表演起小羊，然後指著皮衣說，品質柔軟，相當難得。

大門是關著的，戴著墨鏡的光頭老兄插著腰站在門口。就在我們一面安撫老闆的情緒，一面思索著該如何逃離現場時，藝品店的老闆開門走了進來，我們像是見到了救星，我們誇大其辭地請求他救我們出去，就在他和皮衣店老闆瞭解狀況時，我們相當有默契地提起東西快步走出了大門，往對面的藝品店走。

就在藝品店老闆和伙計一面平撫我們的恐懼心情，一面向我們解釋皮衣店老闆本是個性情很急的人時，說曹操曹操到，他又拿著那件皮衣走了進來，我問他是不是生氣，他笑著說沒有，我想他大概也沒有想到台灣人這麼識貨、這麼精明吧！最後，藝品店的老闆當中間人，以美金90元成交。皮衣店老闆仔細地為同事把皮衣穿上，然後向我們一一握手後離去。當我們還在挑選其他藝品時，我見到戴墨鏡的光頭老兄很自然地走進店裡塞給藝品店老闆一張鈔票，又走了出去，那大概是他的佣金吧！

離開藝品店時，整條商店街只剩路燈，但還有一家店準備關門，就是先前85元沒能成交的那間皮衣店，老闆在門口向我們說再見。

×　　　　×　　　　×

此時我們才開始感到飢腸轆轆，走進一間燒烤餐廳，引來一陣側目，整家店除了兩個女人（其中一個是小孩），其他全部都是在看電視足球現場實況轉播的男人。

這一餐我們才享受到世界第三大美食的美味。

不曉得是不是才經歷皮衣驚魂記，我們吃得有些心悸，很擔心萬一他們足球賽輸了，不知道又會有什麼驚人之舉。隨著他們的狂喜叫囂，我們也跟著鼓掌叫好，還好終了他們贏了球。

就在他們欣然離去前，坐在我們後方的那一桌土耳其人派出了一位代表送來了一包甜點說是要請我們吃。因為土耳其甜點甜得出名，簡直難以下嚥，所以我們以已經吃飽為由，謝絕了他的好意；話還未完，他馬上拿起其中一塊，吃了一口說：「我先吃一塊給妳們看，表示沒有毒。」被他這麼一說，我們反而不好意思，只好拿了一塊。

回到飯店，經過大廳，被領隊攔下來，說是我們出名了，全飯店的中國人都認識我們了。原來我們後來在藝品店又買了一些紀念品，其中有個小東西老闆忘了放進去，他記起閒聊時我們跟他提起住宿的飯店，於是專程開車為我們送回這件兩塊錢美金的小東西。

當晚，伴著海浪聲入眠，心緒也跟著起伏。

無獨有偶的，後來在卡布多其亞奇石區的小攤上購物，付錢後離去，後來聽見老闆在後方追趕著我們，手裡還拿著錢，我馬上往回走，直覺是錢少給了，結果老闆退還我，多給了的一塊錢美金。

四月五日，在伯魯（Bolu）過夜的晚上，晚餐前經過同團友人的房間，見到一群人聚集在電視機前看新聞，新聞傳來中美軍機在南海上空擦撞，雙方針鋒相對的消息。杞人憂天的我們不禁又為兩岸局勢可能的再度白熱化而擔

心，第一次深深感受到國家完整性的重要，土耳其雖說比我們落後，但畢竟是一個完整的國家。

隔天，在伊斯坦堡用晚餐，同時觀賞土耳其的肚皮舞和民族舞蹈秀，最後舞台上走出了一男兩女的歌者，男歌者先用日語問候，在舞台對面的那一團日本人有了回應。接著，他用標準的國語，環顧四周說：「你好！」，除了日本人外，台下所有的客人都有了回應，於是他說：「Taiwan」，我們這一團和舞台斜對面的另一團，向他揮手並給予熱烈的掌聲；接著他說：「Hong Kong」，台下沒有任何反應，他確定沒有香港人後，接著又說：「China」，果然和我們隔著舞台正對面的那一個大陸團有了回應。想想其實蠻悲哀的，同樣本是同根生的中國人，卻被分割為三種人。

男女歌者結束了一首土耳其民謠後，先獻唱了一首日本歌，並且找了一位日本人上台表演；接著教我們耳熟能詳的「高山青」從他們的聲音中傳出，我們兩團台灣人雖然距離遙遠，但合唱起來的聲音果然像是「出國比賽」。我不禁瞥見隔著舞台對面的大陸團員中有一個男子也興高采烈地唱著「阿里山的姑娘美如水」，但不一會兒馬上遭到他們團友的白眼，他立刻閉上了嘴，全團人愀然變色，我感覺到「兩岸」局勢的緊張，但我們還是接著台上音樂傳來的「青春舞曲」和歌者大聲合唱，歌者找了一位台灣人上台表演，我們的情緒高漲到極點。最後，歌者唱起了「康定情歌」，指著那個大陸團說：「China」，並將麥克風轉向他們，我看他們似乎沒有什麼反應，只是鼓著掌，反倒是我們這一群台灣人的聲音幫他們展現了中國人的驕傲。說真的，就是想壓倒他們，不過又想想「相煎何太急」。

× × ×

登上特洛伊（Truva）為「木馬屠城計」所複製的木馬，遙想著從小雙目失明的荷馬，在特洛伊戰爭中長大，是以怎樣的情愫憑著幼時父親講述故事的記憶，寫下撼動人心的史詩。

其實，每個人的生命都是一則動人的故事。德國詩人李斯特說過：「人生就像一本書，愚者匆匆翻閱；智者卻是小心翼翼地仔細閱讀，因為他知道那是一本無法再回頭讀第二遍的書。」聰明的你，不妨藉由「行萬里路」來充實你書中的內容吧！

（原載於〈細說土耳其〉，《明道文藝》，二〇〇一年十一月，第三〇八期。）

超級處女橄欖油

記得和友人到西班牙旅行時，一天晚上夜宿在哥瑞納達的一家飯店，晚飯後，到大廳閒逛。一位店老闆看見我們四個黑頭髮的外國人，便叫住了我們，他遞給我們一張紙條，上面寫著——「超級處女橄欖油」。老闆請我們以較大而工整的字體，寫在另一張紙上。

我們四個不約而同綻出了尷尬而詭異的笑容，並指著紙條問他：「這是什麼產品？」我們心想該不會是印度神油之類的東西吧！於是，老闆從展示櫃上取下了一瓶油，上面的英文字寫著——Extra Virgin Olive Oil。我們看了不禁大笑。

後來，我們在紙上幫他翻譯為：「超純橄欖油。」並對他解釋，這樣的意思較為完整。

回國後，我們以這件事為例，機會教育學生，學習任何東西都不能不求甚解。

（原載於《聯合報》，二〇〇一年十月二十八日，繽紛版。）

挾飛仙以遨遊——德國

到德國旅行，有一天趕著要搭三點的船遊萊茵河，卻遇上大塞車，領隊和司機急得像熱鍋上的螞蟻。司機先生連說了兩次「塞車」。我們訝異著他居然會說中文；後來，在往海德堡的路上，有一輛摩托車飛快地超車而過，司機先生又吐出「塞車」二字。我們看了前方暢通無阻的路，領隊見到我們的疑惑，才告訴我們司機先生是在罵粗話。

原來，中文「塞車」的發音，加上一點點捲舌，居然是德文的三字經。

團員的相機忘在高速公路休息站的餐廳，等車子開上了高速公路一個小時後才發現。司機先生老神在在，相當有效率地在檔案夾上紀錄聯絡事宜；導遊說上次有一團也是遺留了東西在餐館，車子繞回去找時，老闆已經在門口拿著東西，等著失主來認領失物。

在往黑森林的路上，導遊請司機在一家湖邊餐廳前暫停，他說他要去領回一件一年半前遺留在那裡的大衣。回到車上後，他從大衣口袋裡，還找到了一張面額不小的電話卡，還有幾十塊錢的馬克。

德國人做事一板一眼，更可以從他們整修復建古城看出。他們在為古城整修復建時，大抵都還能保留其原來風貌，而不似台北的「北門」，經整建後，人們已不知那是北門。

在德國有使用者付費的觀念。在高速公路的交流道下的商店買地圖，若你又要詢問方向，你必須要再多付一塊錢，在德國有這樣的「販賣知識」的觀念建立。在台灣若打電話改機位，無論改多少次，都是免費的；但在德國，你每改一次機位，就要額外付費一次。

德國的硬麵包相當有名，但有些中國人不習慣吃外面的硬皮，只吃裡面軟的部份，硬的留著餵鴿子。德國人見此，直誇中國人好有愛心啊，居然把好的東西留給動物吃！其實，說真的，那麵包的硬皮烤得可是很香的。

如果你有機會到德國玩，過馬路時要格外注意，德國的人行道的紅綠燈轉換得很快，過馬路得學當地人邁開大步才行。

穿越一大片的茂密的黑森林，到蒂蒂湖下午茶享用道地的黑森林蛋糕，覺得幸福其實可以很簡單。

世界何其大，東坡說：「江上之清風，與山間之明月，耳得之而為聲，目遇之而成色，取之無盡，用之不竭。」相信只要有心，每個人都可以「挾飛仙以遨遊，抱明月而長終」。

（原載於〈認識德國人　從小事開始〉，《中國時報》，二〇〇三年十二月四日，旅遊周報。）

獅城遊記

有人說，新加坡是民主中的共產國家，因為他們的嚴刑峻法是舉世聞名的，有句話最為切中：”Singapore is a fine city. ‘’這個既有「很好」又有「罰款」之意的fine，一字雙關地呈現出該國的特色。

我常常到處旅行，跑遍世界各地的飯店，卻是第一次在烏節路上的五星級文華大酒店（MANDARIN SINGAPORE）碰到一個特別的設計。當房客要搭電梯到你房間所屬的樓層時，要先將你的房卡插入電梯內的卡片孔，才有辦法選擇你要到的樓層。這樣的設計一方面保障了房客的住房安全，一方面也看出新加坡人的小心謹慎。

我還從一個小地方見識到新加坡人的嚴謹。

我們在烏節路上要找餐廳用餐，經過一間麵包店，吸引我們的是櫥窗裡有一隻大型的鱷魚麵包懶洋洋地躺在那兒，我們走進店裡，忍不住拿起數位相機，但這個動作馬上招來身著廚師服的麵包師傅的制止；我想起上次在西班牙塞維亞的一間小小的精品店門口，我們的腳步也是為其獨特的櫥窗設計而停留，我們拿起相機，有些猶豫，孰料店主人主動招手允許我們入內拍照，還問我們要不要和他一起拍照留念？

當然這也不能說新加坡人沒有人情味，當你站在十字路口翻地圖時，還是會有人主動過來為你指引方向。

因為口香糖是最難清除的垃圾之一，所以在新加坡，商店不但禁售口香糖、人們也禁食口香糖；任意丟棄垃圾或破壞花草樹木，一經檢舉，都是要被處罰，這些可能是眾所週知的；但我還曾在一本旅遊書上讀到，新加坡的小朋友如果過度肥胖是要被處罰跑操場的。這次走在新加坡的街上，我特別注意當地人，果然是見不到胖子。其實這是一個很好的政策，「過度肥胖」從大層面來看，是會造成很多社會資源的浪費，如果我們從小就能對飲食有所節制，加強運動的重要概念，相信對提升國家整體的形象和競爭力是相當有助益的。

走在大馬路上，見到川流不息的車輛，卻很少聽見喇叭聲，尤其在那邊停留了四天我沒有見到任何一位警察，但你可別心存僥倖要違法犯規，因為馬路上一根又一根高聳直立的攝影機和照相機，不但會讓你口袋縮水，還會要讓你拿起掃把勞動服務的。

我想，新加坡是一個把「道德」發揮得最極致的國家，當你身為一個外國人置身其中，你一定也絕不會忘記上完廁所要沖水；你一定不敢在公車上大聲喧譁；你也絕對不會深夜在人行道上等綠燈時，見到眼前沒有車輛來往而穿越馬路。

「找尋」上海

飛機抵達上海的虹橋機場，我才把行李拉進入境大廳，迎面來了一位笑容可掬身著制服的男士。主動親切地詢問我是否要叫車。我對這個國際城市留下了第一個好印象。

當我告知要前往和平飯店後，他親切地解釋著說：「現在『打個的』可能要等一會兒。起價要一百多塊，有的也不是挺安全。」他看看錶接著說：「而且這個時間會塞車，過路又要收費。這樣吧！我幫妳叫輛車，和我們飯店有合作的，車子有空調，挺安全的。收妳兩百塊就好了。」他很快幫我找來了一輛車，車子過了一個關卡，師傅和公安打了個招呼，還特別向我解釋，不是隨便的車輛可以進入機場的。車子又繞過了一條街，師傅接到手機，說是要把車又開回機場。我有點不安，不知究竟發生了什麼事。下車後，先前那位彬彬有禮的飯店男士，幫我把行李從後車廂拿出來，說是這輛車沒有開立收據，他要對我負責，所以再幫我換一輛車。

「其實我不需要收據的。」我說。

「不，這是安全考量。我幫妳換一輛Audi的車，坐起來比較舒服，不過要加三十塊。」

我跟他說我就一個人，並不需要多麼豪華的車子；可他百般困難，說他現在只叫得到這輛車。最後，在人家的地盤上，我只好屈服搭上了那輛Audi的車。

師傅在「一路暢通」的高架橋上，為我介紹著浦西的高樓；同時還從我們阿扁總統的「一邊一國論」，對我

「統戰」著台灣回歸祖國的思想。

晚上，我打電話給朋友，馬上被取笑說：「妳才一下飛機，就被騙了，其實搭計程車我看差不多只要五十塊。而且計程車才是最安全的。」

×　　　×　　　×

隔天，我搭計程車到浦東，見到師傅的座位用一個透明的護欄圍起來。

我想起一個朋友曾對我說起他的經驗——

有一次，他和一個同事搭計程車要到外地去，同事坐在前座，他坐在後座。車子要開動前，突然上來了一個人，坐在他的旁邊。他見同事和司機都沒有什麼反應，也就沒有多問。下車後，他終於忍不住地問同事，同事說：「上來的那個人是師傅的朋友，因為是遠程，我們有兩個人，他怕我們搶他，所以約定俗成上來一個他的人作伴。二比二比較安全。」

我和師傅聊了起來。我說在台灣是乘客怕司機，他相當訝異。

師傅說，上海有一千萬人口，外地人大概就有二、三千萬人口，七、八年前曾發生過外地人到上海謀生不成，肚子餓到只好搶計程車司機，就從後座拿一根繩子勒住司機的脖子，要司機把錢交出來。此後，為了安全起見，他們的座位便有了透明的「防護罩」。

師傅進一步說，白色、黃色、和他們藍色的車，代表不同的車行，管理得比較好，如果乘客對於師傅有繞路或其他違法事件可依收據檢舉告發；至於，紅色的計程車不是大的車行管理，車子比較差，師傅的文化水平也不好。

我終於恍然為什麼我只要一站在馬路上見到來來往往的車輛就覺得頭痛，原來單單他們的計程車就有四種顏色。

師傅很意外地認為，以我的年紀應該是住Holiday Inn或香格里拉酒店，而不是和平飯店。他說和平飯店是老飯店了，比較老舊，價錢也不便宜。我想是懷舊吧！我對上海其實有些期待，有些迷惑，也許因為張愛玲，也許因為王安憶。

上海是一個越夜越美麗的城市，讓人有想要主動迷失在那樣的流光溢彩中。

南京東路外灘的高樓聳立，隔江相望東方明珠塔和金茂大廈。歐式建築的和平飯店南北樓在霓虹燈的閃爍中，丰姿更是綽約。飯店內的老式弔燈、銅欄杆、古廊柱，訴說著歷史的風情。

我在屋頂花園，飽覽夜上海的璀璨，目不暇給；在有著英國鄉村格調的爵士酒吧小酌，三、四十年代的爵士名曲在耳中跳舞，腦中有一個畫面停格，彷佛置身舊上海的十里洋場。

但我實在不得不說，居住在上海的人，的確辜負了外灘的美景。

我在麥當勞上洗手間，一進洗手間，就見到一個婦人正脫著褲子，蹲了下去。我嚇了一跳，直覺往外走。難道麥當勞的洗手間沒有門？我又往回走，發現其實是有門，只是她不關門。

我在第二間門外排隊，旁邊站了一個婦人，就在我低頭從提包裡拿面紙時，她已經站到我前面了。當婦人還再東張西望猶豫著要不要插隊到另一間時，洗手間的門打開了，一個年輕的女學生動作迅速地先她進了我正在排隊的這一間洗手間。

我不得其解的是，怎麼會連年輕學生都這樣不守秩序。

搭地鐵時，更是離譜，地鐵站上明白又清楚地標示「先下後上」，但大家還是爭先恐後，這種景象在「人民廣場站」尤其壯觀。

× × ×

在上海購物，不但享受不到殺價的樂趣，還要小心殺錯價而被辱罵。

有個朋友告訴我，她曾在外灘的一個小攤子上見到一種往地上彈會發光的小球。老闆開價八塊錢；她對老闆說，算五塊錢吧！

老闆十分生氣，二話不說先是把球從她手上凶狠地搶回去，然後邊打包攤子離開，邊破口大罵她不識貨；她一臉錯愕，面對著人來人往，恨不得找個地洞鑽進去。朋友被那老闆一嚇，簡直喪失了殺價的能力。

× × ×

後來，朋友在一地下道又見到同樣的球，繼續殺價，老闆的態度亦是不甚熱情，就在付給老闆八塊錢時，一位同團的男子，也蠢蠢欲動，伺機待發。

上車後，大夥開始比價。

男子得意洋洋地上了車，拿著手裡的球說：「五塊錢。」

「什麼？五塊錢？」買了球的人發出不可思議的聲音。

男子提高了聲調：「是啊！老闆說八塊；我說五塊，她就說『賣給你了』！」

「你買幾個？」有人追問著。

他回答：「一個啊！」

得了便宜的人，揚揚得意地說：「什麼！我是買兩個七塊。」接著又指向鄰座的朋友說：「她是買兩個八塊。」

原來，他只聽見人家殺的「價錢」，卻不知前題的「數量」。

然而，聽到最誇張的是：一個小水晶開價一百塊，結果卻以五塊錢成交。

整團的人，每每上車，比較自己的戰利品，總希望自己買到的是最物超所值的。但因被外物所役，所以總有人傷心，總有人雀躍。

殺價有一種「征服」的樂趣，但卻耗時又傷神。

歐美國家不時興殺價，所以買賣雙方都受到起碼的尊重。

× × ×

我向人詢問方向，對方簡潔而冷淡地回答：「不知道。」腳步未曾稍作停留。我突然想起出國前，在台中街頭，等紅燈時，我搖下車窗向一旁的摩托車司機問路，她很不好意思地表示不知道，然後立刻轉頭向她後面的摩托車騎士詢問，騎士把車騎到我的車門邊，詳細地指引我方向。

突然，心中油然升起一股對台灣的抱歉，在這塊土地上，我們總是抱怨東、責怪西，從不曾認真去思考她的美好。

× × ×

住了一個晚上的和平飯店後，朋友介紹了一家商務酒店，計程車師傅不太熟悉那裡的路，很有耐心地下車幫我問路。付車資時，不但不收我的小費，還堅持只拿三十塊整數，他直說抱歉，因為繞路繞太遠了。

我對上海的計程車師傅真是印象良好。

× × ×

從杭州搭大型巴士回上海，我坐在司機斜後方的座位，原本預定二個小時的車程可以小睡一會兒，沒想到竟被沿路的喇叭聲吵得不得安寧。

我想，司機是習慣性的按喇叭——塞車，車子動彈不得，他按喇叭；前有貨車，他覺得人家擋了他的路，他也按喇叭。

下高架橋後，車子更是大排場龍，後來發現原來是在修路，車上的男乘客隨著司機抱怨的三字經，也跟著此起彼落。

司機人也不是不好，我說我要到浦東大道，他清楚而熱心地在終點站指示我要怎麼換車。所以，我想亂按喇叭、口出穢言，在那裡已經是一種「文化」，而不是性格問題。

王安憶在「尋找上海」，我也在她筆下找尋張愛玲的上海，〈金鎖記〉一起頭這樣寫著：「三十年前的上海，一個有月亮的晚上……我們也許沒趕上看見三十年前的月亮。年輕的人想著三十年前的月亮該是銅錢大的一個紅黃濕暈，像朵雲軒信箋上落了一滴淚珠，陳舊而迷糊。老年人回憶中的三十年前的月亮是歡愉的，比眼前的月亮大、圓、白；然而隔著三十年的辛苦路望回看，再好的月色也不免帶點淒涼。」

我在二〇〇二年八月賞著上海的月亮，期待在這個屬於中國人的世紀，一切只會越來越好。

潛入水底的愛情

美娜多（Manado）是印尼蘇拉維西省北部的首府，其市中心的觀光還不算開發完善，唯五星級的麗池酒店附近有一些不錯的餐廳，物美價廉。

值得一提的是Gangga這個距離市區一小時車程再加半小時船程的小島，其海域的生態物種豐富而獨特，是潛水者的天堂。Gangga Island Resort是島上唯一的飯店，飯店內共有三十間木屋，他們的房間沒有神木島三十幾坪那樣大，但是設備也應有盡有，貼心的服務，除了每間房一把大雨傘外，木屋的門口有一個用各式貝殼堆砌而成的水龍頭，你在享受完水上活動後，可以在門口清洗一番，絕不會把細白的沙帶進房間。

這裡的海底世界可以和馬爾地夫並駕齊驅，可是卻沒有馬爾地夫昂貴的團費，重要的是，在這裡小巧玲瓏的浴室裡，有一大桶礦泉水供你免費享用，而不像在馬爾地夫購買飲用水是非常昂貴的；這裡不似普吉島有著炫麗的色彩，但其原始的美，不足為外人道也；這裡也沒有巴里島的喧囂，如果你願意沈潛你的心靈，這裡多的是沒有光害的夜晚，你可以躺在沙灘上數星星，或是在躺在房間的大床上伴著海浪聲入眠。

我在Gangga Island體驗潛水。

海底世界很神秘，我看見各式各樣，色彩繽紛的珊瑚，最特別的是藍色的海星，一直以為海星是軟的，教練輕輕拿了一個海星給我摸，才發現海星是硬的。

在海裡，我緊緊抓住教練的手，像是生命繫在他身上的感覺。教練牽著我往珊瑚和魚群而去，後來放開我的手，對我比著OK的手勢，我也回應他沒問題，他指著前方特殊的扁平細長的一群透明的小魚，接著我又去拉他的手，覺得牽著他才感到安全。我們經過一段長長的斷崖，他試著放開我的手，想要我有自己獨自游一段的感覺，我照作，之後，還是又去拉他的手。

我想，戀愛也是，如果對方緊抓住你，完全依賴你，剛開始甜蜜時，可能因為騎士精神或母性的發揮想要照顧他，並享受那種被需要的感覺，但是，時間久了後，你會感覺像是背負著一個沉重的負擔而想擺脫。一個人，不分男女，如果你不能是一個獨立的個體，擁有自我的想法和特質，那麼你將很難得到尊重。我潛在海裡的時間不過三十分鐘，可是你可能是要和某一個人過一輩子啊！

我想起福樓貝《波法利夫人》裡的艾瑪，少女時期被送到修道院陶冶，自此開始夢想貴族般海闊天空的愛情生活。成年以後，她嫁給一位平庸的醫生，成為波法利夫人。平淡的生活很快破滅了她的浪漫幻想，波法利為了解除她的煩悶，於是遷居到雍維勒鎮。在這裡，情場老手何多夫乘虛而入，艾瑪錯把他當成夢寐以求的情人，從半推半就，到難捨難分，卻在要求與他私奔時遭到拋棄，艾瑪在精神上受到很大的打擊。後來她在盧昂遇到舊識——雷翁，兩人舊情復萌，過了將近兩年偷情的生活，最後也遭到遺棄，並使她債台高築。最後在高利貸商人的逼迫之下，她求告無門，服毒自盡。

艾瑪的悲劇就在於把生命交托在別人身上。

我想，我可以把這樣的經驗告訴我的學生。

（部分原載〈潛入水中的愛情〉，《聯合報》，二〇〇三年三月二十五日，繽紛版；〈馬那多——潛水玩家天堂〉，《中國時報》，二〇〇三年四月四日，旅遊版。）

我和澳門的恬靜約會

有東方的蒙地卡羅之稱的澳門，因為曾被葡萄牙殖民統治四百多年，所以無論在人文、建築、宗教各方面，都能見到她中西文化融合的獨特魅力。

我對澳門的刻板印象是「賭場」，但這次旅行卻打破了我的「窠臼」。關於「賭場」，澳門人不如此稱他，他們以正面表述稱其為「娛樂場」，以企業化手法去經營，包括：幸運博彩、賽馬、賽狗、回力球和白鴿彩票。

川流不息的賭客把金碧輝煌的賭場妝點得更耀眼。

澳門的難得，在於她的娛樂與藝術文化並重。我覺得不同興趣取向的遊客，可以在這裡有一種被區隔的尊重。

逃離娛樂場的俗艷，可以散步到議事亭前地一直到玫瑰堂，短短步道，南歐情調，盡收眼底，特別的是，夜晚的迷離，不同於白日的雅致。

在地圖上你會發現有一塊區域是很平整的長方形，原來這是填海而來的新區，文化中心和藝術博物館定期的展覽和表演，增添了時代氣息的脈動。

沿著海邊的孫逸仙大馬路走，比巴黎艾菲爾鐵塔還要高的澳門旅遊塔（Macau Tower）在遠方向我們招手，我們在九點半上澳門旅遊塔飽覽夜景，可惜360度的旋轉餐廳已經關門，只能在180度的餐廳消費，每人最低消費55元澳幣，你可以點一杯調酒和一塊巧克力蛋糕，相當物超所值。

置身在這樣壯觀的高塔裡，眺望著璀璨耀眼的霓虹，反而襯出自己設法孤絕的澄靜。

在氹仔（Taipa Village）的旅遊諮詢處，遇上一位熱情的解說員，她是旅遊學院的學生，利用暑假到此實習，她詳細地為我們介紹值得參觀的景點和餐館，在我們道謝離開前，她笑燦燦地說：「謝謝你們讓我有機會講國語。」

我們拿著「龍環葡韻住宅式博物館」的簡介，循著解說員畫的地圖往回走，尋找指標，在右轉的方向見到指示；可那是我們來時原本想要繞上去的，因為往前看到底，並無特殊之處，尤其路上又是崎嶇不平的石頭路，當時便作罷。現經指點，便想一探究竟，果然沿著路，右轉又左轉，先是見到三位畫家在畫水彩，畫作栩栩動人，色彩調和，繼續往上走，像是柳暗花明又一村。

在海邊馬路有五幢獨具風格的葡式建築、教堂、圖書館和小公園，迎賓館前有一個半圓形的露天劇場和海邊比鄰，沿著海邊有情人座，可以來一杯香醇的咖啡、賞荷、觀夕陽，浪漫而迷人。

但這個發現給我最大的收穫是讓我體悟到：很多事物，我們不能只看表面，要去實際體會。尤其，生命中不可能沿途都是芳草鮮美，落英繽紛，可能中有雜樹，但是一旦堅持到底，你將會得到通往幸福的門票。

（原載於〈風情萬種　畫與遊澳門〉，《中國時報》，二〇〇三年十月九日，旅遊周報。）

我和波西米亞跳舞

鐵血宰相俾斯麥曾經說過：「誰掌握了波西米亞，就等於掌握了歐洲。」可以想像波西米亞當時在地理上的優勢，及其叱吒風雲的際會。當時因為鄰國的覬覦、侵犯，一方面造就了波西米亞接受來自四方的文化洗禮，而另一方面也譜成了離合悲歡的歌曲。

× × ×

在歐洲歷史上，我們曾經念過，一八一四年，拿破崙兵敗滑鐵盧後，梅特涅召集了歐洲貴族，商討恢復昔日貴族的統治模式，此為「維也納會議」，此次會議開了一年，在這段時間內，貴族們盡情享受擊敗強敵後所舉辦的舞會與慶祝活動，夜夜笙歌，縱情享樂；起死回生的中產階級也參與其中；知識份子在咖啡館裡私下討論如何反抗特權，其政治型態影響到後來的藝術發展；而小市民則寄情於清幽恬淡的大自然生活，史稱「畢德麥雅」時期。

我們市售的「畢德麥雅」咖啡，想必取名緣由於此吧！

奧地利曾經是奧匈帝國的核心，影響力撼動整個中歐，漫步在這個曾是歐洲的音樂之都，你彷彿可以聽見「真善美」（The Sound of Music）的音樂，像是依舊迴蕩在鹽湖區迷人的湖光山色間。

德國人自認為是正統的日耳曼民族，他們極不認同奧地利人也和他們一樣是日耳曼民族；但就奧地利人來說，他們除了日耳曼以外，的確又不同於其他民族，因此就民族尊嚴而言，知識份子的內心相當不平衡，甚至有些自卑，於是造就了他們矛盾、敏感又不知所從的性格。

日耳曼民族是個不敢太放縱的民族，嚴謹、事事計畫、不苟言笑，尤其是準時——如果你跟他們約好時間，遲到了十五分鐘，你絕對別想用塞車的理由搪塞，你一定得想出一個在台灣遲到兩小時的理由去解釋，且還未必交代得過去。

在維也納有很多著名的咖啡館，在接近城堡劇場處，有一間名為「蘭德曼」的咖啡館，因為心理學家佛洛伊德過去經常造訪而聞名，有時間的話，到那裡品啜一杯維也納咖啡吧！看看會不會「夢」見佛洛伊德。

薩爾斯堡在莫札特的故居駐足，悼念這位早年成名的音樂神童——從六歲就開始作曲，年輕的時候，或是江郎才盡，或是時運不濟，後因不善理財，晚年窮途潦倒——實不勝唏噓！

薩爾斯堡的米拉貝爾花園，是當時權傾一時的渥夫大主教為他所鍾愛的女子蓋的花園，花園的設計包括四個主題——空氣、火、水和太陽。後來，女子先後為大主教生了六個孩子。主教的高堡正對著米拉貝爾花園，可以想像戰爭時主教在山上防禦型的城堡上，居高臨下遙望著他的妻兒。愛情的力量果真大到可以衝破宗教的約制與藩籬！

在薩爾斯堡的市集中心廣場，有一間小房子夾在繽紛多樣，高聳矗立的建築物中，相當突兀。原來這是有一段真實故事的——當時有個窮小子愛上了一個藥局老闆的女兒，因為家世背景懸殊，藥局老闆極力反對，並故意刁難：只要窮小子可以在薩爾斯堡蓋一間房子當作棲身之所，便把女兒嫁給他。地價昂貴的薩爾斯堡豈是窮小子可以去詢價的，於是有一些有錢人被窮小子的真情感動，紛紛有錢出錢、有力出力，硬是幫他在藥局老闆家對面蓋了一間僅一片斜屋頂大小的屋子，形成強烈對比。

× × ×

進入可以媲美凡爾賽宮的熊布朗宮（麗泉宮），可以輕易感受到奧皇時期的輝煌氣勢。從富麗堂皇的宴會廳到花園小徑的雕像、噴泉，充分展現了當時的尊貴與炫麗氣息，無不令人流連忘返。

西西皇后的畫像，貌美動人，想她曾在這樣的宮殿裡忍受深宮的寂寞之餘，會不會反而羨慕當初沒有被選上的海倫娜。

出生於一九三七年的西西，是巴伐利亞地區麥西米連約瑟夫大公的女兒。在她十五歲那年，他們家族一起到奧地利的鹽湖區度假，目的是要把西西的表姊海倫娜介紹給當時二十三歲的奧匈帝國國王——法蘭茲・約瑟夫；孰料法蘭茲卻陰錯陽差看上了西西。當過慣了無拘無束的生活的西西當上皇后後，她覺得嚴謹的皇室生活，幾乎讓她感到窒息，她生性活潑外向，渴望自由，婆婆為此對她極為反感。喜歡繪畫、音樂和文學的西西，不但面對嚴重的婆媳問題，且和法蘭茲除了打獵，沒有其他共同的興趣，她在日記裡字字句句流露出她的沮喪和孤寂。

尤其後來當她的兒子帶著門戶不相當的小女朋友到梅椰林殉情自殺後，喪子之痛，更讓她痛徹心扉。

法蘭茲和西西先是維持著貌合神離的婚姻，而後分居；西西經常藉著旅行排解寂寞，一八九八年到歐洲旅行時被人刺殺，享年六十一歲。

這就是兩個成長背景懸殊的人，要在一起生活的難處，法蘭茲和西西站在不同的流域，操持著不同的言語與心境，更何況是尋求相互理解呢！

前一陣子，大陸官方送了兩隻熊貓給奧地利，並為祂們取了中文名字，但是奧國人老是發不準這兩個中文名字的音，因此，有人在網路上為這兩隻熊貓入境隨俗取新的名字，結果票選最高的是：法蘭茲和西西。我想，這兩位十九世紀末代皇族名的雀屏中選，應該代表了人們對於過去奧匈帝國輝煌時代的緬懷吧！

×　　　×　　　×

奧地利的物價很高，一瓶礦泉水要將近台幣八十元，所以當你有機會造訪奧地利時，別忘了帶一個小的寶特瓶空瓶，因為奧地利的水是可以生飲的。

奧地利人很注重環保，沿著高速公路你會見到很多大型的「風車」，他們不僅利用風力發電，小則玻璃分類環保回收，還分類白玻璃和黑玻璃；在維也納，小狗搭車除了要買票，還要戴口罩。

奧地利人也很重視生活品質，如果你家庭院的草沒有推平，圍籬沒有整理，鄰居覺得有礙觀瞻、影響市容，他是可以打電話到市政廳告你，政府會以行政命令要你改進，要是你沒有在限期內改善，是會被罰錢的。

此外，奧地利人也很注重個人隱私。一位台灣媳婦嫁到奧地利，婚禮後一個禮拜，媳婦燉了雞湯，準備送去孝敬公婆。開了一個多小時的車抵達後，卻不得其門而入。

婆婆隔著對講機和她通話，就是沒有開門的意思。後來，她接到她先生打來的電話，說是去拜訪他人之前要事先預約的，因為被拜訪的人，可能今天不打算出門，沒有梳妝打扮，也沒有見人的心情準備；或者他準備要出門，但因為你的臨時造訪會破壞人家原本的計畫。她婆婆就是屬於後者。

半年後，她婆婆過世了，在喪禮上她第二次見到她公公，而唯一一次見到她婆婆就只有婚禮那一天。

在歐洲，父母老了有自己的退休計畫，小孩長大有自己的天空，兩代之間的生活空間是很獨立的。

車子行駛在往奧地利的邊關，經過加油站，見到路邊高舉著一個寫著“ITALY”的紙板，原來是兩個要搭便車的女孩子。

到歐洲旅遊，常常會見到手持地圖、背著旅行袋自助旅行的青少年。這些基本上會兩種語言的青少年，在十六歲時就離家去旅行，體驗人生，學習流浪，有的家境比較寬裕的，家長會給他們帶一些錢在身上；若是經濟比較普通的家庭，小孩子就要靠自己旅行到一個定點，就在那裡打工賺錢——有人到餐廳端盤子；有人會在街頭演奏小提琴，演奏前打開琴盒，自己先放幾塊錢歐元進去，然後開始演奏。

通常經過這樣的旅行，回到家後他們更能發掘自己的優缺點，哪些地方有所欠缺，哪些方面是可以發揮所長，然後決定自己要繼續升學或就業。

× × ×

通過捷克的邊關後，會見到一個特殊的「奇觀」——

女「牆」人——身材婀娜多姿的妙齡女郎，每隔二、三百公尺就出現一個，各自站在雙向車道的路邊，招攬生意，這些女郎未必是捷克人，也有的是從外地來討生活的，在大太陽底下站著，等待顧客上門，實在辛苦。

布拉格之所以吸引各國的觀光客前往，在於其自十三世紀以來的市中心——舊城廣場的建築保留了最原始的舊有風貌，有如一座建築博物館，包括了哥德式、文藝復興、巴洛可、洛可可等建築。這些建築以優美的身段高傲地爭妍著，與襯托著的古堡和石板路，交織成一個詩情畫意的中古世紀之都。

捷克的平交道沒有設柵欄，車輛經過時，見到黃燈亮起，便會乖乖停車，等待火車經過。捷克人的自律，還可以從地下鐵見出，地鐵站僅設有打票機，而不像其他國家在出入口，設了一個個通關欄杆。你在捷克搭地鐵買了票後，要記得把票插入機器孔，打上時間，票務員最容易查的對象是外國觀光客，比如說八塊克朗的地鐵票，如果你被查到投機沒買票，將會被罰四百塊。

查理大橋，橫跨在維爾塔瓦河，連接著東岸舊城和西岸小區，是布拉格的標誌，正因為如此，橋上白天至晚上都是人山人海。我們特地起了個大早，搭上地鐵，去迎接清晨六點的查理大橋，總算見識到他的寧靜之美，橋上兩邊哥德式的橋塔和三十尊巴洛克式的雕塑，襯著第一道曙光，把這座「露天美術館」妝點得更為「布拉格」。

×　　　×　　　×

提起布拉格，就會想到被譽為二十世紀存在主義先趨的卡夫卡，卡夫卡於一八八三年生於布拉格，四十一歲死於布拉格。卡夫卡除了受他猶太商人父親的複雜情感影響外，十九世紀末布拉格特殊的氛圍也深深撼動著他。

黃金巷，所以能成為布拉格古堡最著名的景點之一最重要的原因是：卡夫卡在第一次世界大戰期間，曾經住在黃金巷二十二號，有十一個月（一九一六～一九一七）之久。

黃金巷，原本是僕役工匠居住的地方，之後，聚集了許多為國王煉金的術士，這些術士堅定地相信可以把石頭變成黃金，因此有了「黃金巷」的名稱；但在十九世紀之後，卻逐漸沒落成貧民窟。直到二十世紀中期重新規劃，原本的房舍改裝成小巧玲瓏販賣紀念品的店家。卡夫卡曾經住過的二十二號，如今是一家販售卡夫卡作品集的小書店。

擠過萬頭鑽動的黃金巷，想必這樣的盛況空前是生前默默無名的卡夫卡怎麼也料想不到的。

而更讓卡夫卡始料未及的應該還有那個兩次當了他的未婚妻，又被他解除婚約的菲莉絲公開了他寫給她的四百多封情書，儘管他未曾保留她給他的信。

但更諷刺的是菲莉絲在卡夫卡的創作巔峰其實扮演著重要的角色——一九一二年十月二十四日，卡夫卡連夜寫就＜判決＞，這篇作品完成於他給菲莉絲的第一封信的後兩天；卡夫卡聲稱要把＜判決＞送給毫無所悉的菲莉絲。五個星期後他寫了一封邀請函給她：「我將朗誦妳的短篇小說＜判決＞。相信我，妳將在現場，即使妳人在柏林。」——因為這樣通信五年的「柏拉圖」；因為卡夫卡所想要的聚少離多，終於成就了他的作品的確實「存在」。

卡夫卡在德語大學獲得博士學位後，到保險公司上班，這個工作提供他穩定的收入，使他得以在工作之餘，安心創作，據說他常常到深夜還在振筆疾書。

卡夫卡的好友在他死後為他出版他的作品，讓世人得以去追尋敏感纖細、不善表達的卡夫卡的曾經「存在」。

Hybermska街十六號的Cafe'Arco是卡夫卡最愛的咖啡館，有機會的話也應該在這裡坐下來喝一杯咖啡，閱讀卡夫卡的作品，也許可以超越時空遇見卡夫卡——

《蛻變》裡的薩姆薩每天不眠不休地努力工作供養家人，他沒有時間與人交際，也沒有錢談戀愛，單戀的對象是家裡懸掛的美女圖，生活索然無味。有一天他突然變成一隻大甲蟲，不必再辛苦地外出工作，每天就是待在家裡爬來爬去；他的家人在驚嚇之餘，也只能把他當蟲一樣地養在家裡，後來，薩姆薩死了後，被當成垃圾丟棄，他的家人也終於解脫了。

《審判》裡的K是平常生活規律的公務員，也追求愛情、娛樂，是一個正常不過的普通人。突然，一個無預警的逮補令降臨，兩名男子告知他被逮補了，將受到審訊，卻不說明罪名，然後將他釋放，因為他仍被允許自由工作、生活。

然而，對K而言，此衝擊已經讓他的生活起了大風浪。K遭受一連串的被傳訊、被釋放，他無法再像從前一樣靜下心來工作，他在審判中堅稱自己沒罪，同時也驚覺自己對法律所知甚少，並不斷為脫罪而努力。

但後來時間久了，他卻陷入幻滅的邏輯思考，精神失去原有平衡，性格呈現萎縮，思維也產生麻痺，那尋求真理的反抗細胞，像是根蠟燭燃燒殆盡。一連串的審判、辯護交錯，他看不到目標了，甚至放棄抵抗。在尋不著任何代表意義、價值的打擊下，終究，黯然接受莫須有罪名所安排的死亡。

× × ×

在優雅的國度，學習內斂地遠離塵囂，洗盡塵俗煩囂，在紅塵滾滾的世間，耽溺於建築、文化、美食、音樂和歌劇中，只要用心體會，不管是巴洛克時期的巴哈、古典時期的莫札特、海頓、貝多芬，還是浪漫時期的舒伯特、舒曼，都會很容易地和我們靠近。

旅行是開啟心靈世界的另一扇窗，這扇窗可能是在卡羅維瓦利的溫泉迴廊；可能是在克勒摩花木扶疏的花園；可能是在聖渥夫岡的湖畔；也可能是在庫倫諾夫街頭轉角的巷弄間。你可以凝神細聽你所拾級的每個石階，也許會見到歲月流變的軌跡；你也可以隨著眾聲喧嘩而去，跳脫原有的框框，和川流不息的觀光客，看看街頭的藝人表演。

旅行有時就是要心不在焉，心無定所隨著身體隨意地遐想，任性地流憩，無盡地漂流，享受寂寞的冒險，你將容易體會，郁達夫所說的淒涼的孤單。

閒情踱步在潔淨的街道、優雅的小店、美麗的路邊水果攤和色澤鮮豔的花店，可能突然轉進一條粉牆紅瓦的小巷，驚艷到眼前意想不到的美景，而墜入時光的洪流中。

到歐洲旅行最重要的一件事就是要在路邊的咖啡館點一杯咖啡，品嚐不同風味的咖啡，因為時空、環境、語言的不同，心情就會隨境遇改變——然後，發呆。

還要，看一齣黑光劇、聽一場音樂會，那是垂手可得的幸福，卻也是難能可貴的體驗。

當以後在記憶的光碟裡搜尋時，你會發現棧戀難捨的是喝咖啡時的心情、是看劇時的心情、是聽音樂會時的心情……。

（原載於《明道文藝》，二〇〇三年十月，第三三一期。）

在「彩虹國度」裡載欣載奔

在約翰尼斯堡飛往開普敦的國內班機上，空服員送來飲料和點心，在點心盒的外包裝和紙杯上出現了幾行英文字，原來他們相當用心地利用機會，教導觀光客幾個常用的南非語，而且你所得到的南非語，可能和鄰座的人是不同的。Aikona最接近“Are you crazy！”的意思。最有意思的是——Yebo:（”Yeh-boh”）. The Zulu word meaning “yes” is widely used in all eleven national languages. We could just say “yes”, but that wouldn’t be very colourful, would it ? After all, we’re the rainbow national ! —— “rainbow national” 的解釋，正好說明了南非由各色人種組成，黑人、白人、印度人、猶太人、歐洲人、華人還有非洲原住民，而形成獨特的文化，這樣的多元色彩，當然成就了所謂的「彩虹國度」——人種多、語言多、菜式多。

移民到南非的華僑導遊說：南非的公務人員對外國人相當友善，他剛到南非必須辦理一些相關手續，有時填寫一些文件，面對表格裡的英文專有名稱，正是一個頭兩個大時，辦事員主動拿他的護照或相關證件幫他填寫；有一個華僑老太太到郵局領包裹，對方看她年紀大不懂英文，也是主動幫忙填寫表格，老太太為了感謝他的服務，在領到包裹的同時，塞給他十塊錢Rand，結果對方要她把包裹打開檢查。

南非的錢幣頗能展現該國的特色，就紙鈔來說－－兩百塊面額的正面是花豹；一百塊是非洲水牛；五十塊是獅子；二十塊錢是大象；十塊錢是犀牛－－這五種動物，正是我們所謂的「非洲五霸」。就連銅板也非人頭像，如一塊錢的銅板是飛躍的羚羊。

南非人民貧富懸殊很大，車子出了機場，要接上高速公路前便見到黑人區的房子，其破舊不堪，若非眼見為憑，實在難以想像，單拿九二一的組合屋和他們相比，就已經有天壤之別。車子在馬路上行駛，你可以見到他們在馬路上沿車賣報紙、賣鮮花；也可以見到有人聚集在橋墩下，販售自己，希望可以找到勞動的工作。

沿著大西洋沿岸，一路南下，海岸山色，盡收眼簾，途經克里夫頓灣的高級住宅區，導遊介紹說：在南非，民眾若想海釣，可以到郵局購買許可證，政府可允許捕捉龍蝦、鮑魚，但最多各四個，鮑魚的直徑規定在十三公分，若不遵守規矩，被環保局查到是要被罰錢的，而這只限於自家食用；若是涉及商業行為，政府又有不同的規定。其實，基於保育觀念，現在不太允許人民捕食鮑魚，因為鮑魚可以算是清除海裡垃圾的清道夫，老外非常難以理解為什麼中國人那麼愛吃鮑魚！

在摩梭灣有一棵在移民時期具有傳遞書信功能的樹，這個在旅遊書上所說的「郵政樹」，實際上是牛奶樹，也就是品種不同的榕樹，為什麼牛奶樹會變成郵政樹呢？在一五〇〇年，當時荷蘭東印度公司的船隊，經過這個海域的外海，但卻不幸發生船難，船長逃生到岸上，並把船難發生的經過紀錄下來，然後將那書面文字放進馬靴裡，掛在樹上。過了一年，另外一支東印度公司的船隊上岸，有人發現馬靴裡有東西，拿出來一看，才知道原來去年在這裡，發生了船難。從那個時候起，從西方要往東方去的船員，如果他想念家鄉或愛人，就把心情寫成書信，然後，掛在靴子裡，而從東方要往西方去的人，經過這裡，就負責將書信按其收信地，分發往法國、西班牙、葡萄牙的船隻去傳遞。

現在有了郵政局，不需要郵政樹了，所以為了紀念之由，有關當局在這裡立了一個石雕的大靴子，其實就是一個郵筒，如果你到了這裡，你可以買一張卡片，記得貼上郵票，然後將卡片投入大靴子的郵筒裡，兩個禮拜後就可以到台灣。

有人總會因為長途飛行的難熬，而對旅行望之怯步。長途飛行當然疲累，但是當你眼見果然如桌面一片平坦的「桌山」；當你登上好望角的最頂端，俯瞰大西洋和印度洋交會的浩瀚壯麗的海天一色的景緻；當你見到企鵝就在你的眼前忙著築巢，並發出你難以想像的叫聲；當你見到上百隻海豹聚集在一起嬉鬧，島上黑啞啞的自然生態呈現；當你搭上四輪傳動的吉普車，隨著專業嚮導敏銳的鷹眼，找尋動物的足跡，大自壯碩的大象，小至奮力推著他的「黃金」的糞金龜，還有水塘裡的河馬，近在咫尺，自己像是置身原始蠻荒，每一次拿起望遠鏡時的心情都是既興奮又刺激；當你進入由荒野叢林中開拓出來的人工城堡——太陽城（SUN CITY），你會更相信人定勝天，而失落城（LOST CITY）的富麗堂皇，以「霸氣」兩字還難以形容，她的美處於世外桃源之中，會讓你懷疑是否是海市蜃樓；當你可以在飽餐一頓龍蝦大餐後，拿著吃不完的薯條，走到餐廳外的沙灘上，與海鷗分享你的午餐，然後，和同行的親友坐在長椅上，讓腦袋放空，此時的你完全可以體會所謂的「鷗鳥忘機」——我想，搭機、候機、轉機，一切都是值得的。

同行的團友問我：跑過那麼多國家，哪裡最好玩？我說：心情對了，人對了，到處是天堂。然而，人生苦短，我才不允許自己的心情不對，反而要以載欣載奔的心情，讓靈魂隨時重新充電。

和旅行艷遇

渴望飛出心靈的桎梏，無遠弗屆，超脫世俗的藩籬，尋風、探花、訪雪、賞月，出走生命的蓬亂，洗滌凡俗的庸碌，剪裁空靈的心境國度——剔透晶瑩。

想帶著愛的行囊，和一個可以心靈對話的男子，到加拿大住魁北克的冰酒店，相互取暖；到日本北海道的札幌共浴溫泉，奔赴洞爺湖的煙花，在花火大會中一起讚嘆；到德國穿越黑森林，找一間靜謐的湖邊餐廳，品嘗有著白蘭地香味的黑森林蛋糕；到科隆挑戰體力，爬509級的階梯登上大教堂的鐘塔，看全世界最大的教堂吊鐘。

還要去看一眼世界的盡頭——到挪威的北角看二十四小時掛在天空的太陽，讓炙熱的陽光，充分擁抱愛情；到南美洲智利的合恩角，去感受世界最底端的自然景觀的壯麗，讓冰川、奇峰與我們共舞；前進南非的好望角，往盡頭的「角點」（cape point）逼近，在步道的盡頭，執手體會處於大陸末端的孤絕與誠敬；到歐陸極西葡萄牙的羅卡角，申請「到此一遊」的證書，去領受親眼見到鋼印蓋在融化紅蠟上的古典風情的悸動。

到南非等待二百七十度色彩繽紛的大落日，在夕陽墜入地平面前，互許諾言；到美加間的尼加拉瓜大瀑布，站在它面前，緊握雙掌，讓它磅礡的氣勢，奪走我們的呼吸，讓它揭開心中的帷幕，聽從彼此內心的呼喚。

到芬蘭的聖誕老人村，在郵局事先寫好給對方的聖誕卡，指定寄信的時間，然後在聖誕夜，一起收到對方的祝福；還要和你一起上黃山，共同鎖上「連心鎖」，並把鑰匙丟下山崖，讓山神見證我們「此情綿綿無絕期」。

和旅行進行一場艷遇後，以平穩的飛行速度，讓愛在永恆中滑行、靜止，平安降落。

（第三段〈看世界的盡頭〉將刊於《中國時報》，旅遊周報；餘原載於《聯合新聞網》，二〇〇二年八月二十日。）

▶ 問題討論與活動設計

Q 如果要介紹一樣代表台灣的美食與一間具有特色的餐廳，你的推薦是什麼？

Q 你同不同意不管是閱讀旅遊文學或者實際旅行，都可以帶動心靈成長？請加以說明。

Q 請從〈和旅行豔遇〉一文的最後一段，設想「永保安康」的車票所帶來的相關商機，如果你要以此推動觀光風潮，你會設計什麼樣的鐵道之旅？

Q 如果外國朋友計畫在台北待三天兩夜，你會如何從交通、旅遊點、用餐與住宿飯店幫他規劃行程。

Q 你認為台灣有哪些條件可以推展旅遊觀光？

Q 請從你的出生成長地出發，介紹當地的人文特色。

國家圖書館出版品預行編目

文學與人生：此情無計可消除／陳碧月著. --
臺北市：秀威資訊科技, 2005[民94]
面； 公分. --（語言文學類；AG0025）

ISBN 986-7263-13-8（平裝）

855 94003602

語言文學類 AG0025

文學與人生——此情無計可消除

作　　者 / 陳碧月
發 行 人 / 宋政坤
執行編輯 / 林秉慧
圖文排版 / 張慧雯
封面設計 / 黃志偉
數位轉譯 / 徐真玉　沈裕閔
圖書銷售 / 林怡君
法律顧問 / 毛國樑　律師
出版印製 / 秀威資訊科技股份有限公司
台北市內湖區瑞光路583巷25號1樓
電話：02-2657-9211　傳真：02-2657-9106
E-mail：service@showwe.com.tw
經 銷 商 / 紅螞蟻圖書有限公司
台北市內湖區舊宗路二段121巷28、32號4樓
電話：02-2795-3656　傳真：02-2795-4100
http://www.e-redant.com

2005 年 4 月 BOD 一版
2010 年 10 月 BOD 四版
定價：360 元

讀　者　回　函　卡

感謝您購買本書，為提升服務品質，煩請填寫以下問卷，收到您的寶貴意見後，我們會仔細收藏記錄並回贈紀念品，謝謝！

1.您購買的書名：＿＿＿＿＿＿＿＿＿＿＿＿＿＿

2.您從何得知本書的消息？

□網路書店　□部落格　□資料庫搜尋　□書訊　□電子報　□書店

□平面媒體　□ 朋友推薦　□網站推薦　□其他＿＿＿＿＿

3.您對本書的評價：(請填代號　1.非常滿意 2.滿意 3.尚可 4.再改進)

封面設計＿＿　版面編排＿＿　內容＿＿　文/譯筆＿＿　價格＿＿

4.讀完書後您覺得：

□很有收獲　□有收獲　□收獲不多　□沒收獲

5.您會推薦本書給朋友嗎？

□會　□不會，為什麼？＿＿＿＿＿＿＿＿＿＿＿＿＿＿＿＿＿＿

6.其他寶貴的意見：＿＿＿＿＿＿＿＿＿＿＿＿＿＿＿＿＿＿＿＿

＿＿＿＿＿＿＿＿＿＿＿＿＿＿＿＿＿＿＿＿＿＿＿＿＿＿＿＿

＿＿＿＿＿＿＿＿＿＿＿＿＿＿＿＿＿＿＿＿＿＿＿＿＿＿＿＿

＿＿＿＿＿＿＿＿＿＿＿＿＿＿＿＿＿＿＿＿＿＿＿＿＿＿＿＿

讀者基本資料

姓名：＿＿＿＿＿＿＿＿＿＿　年齡：＿＿＿　性別：□女 □男

聯絡電話：＿＿＿＿＿＿＿＿　E-mail：＿＿＿＿＿＿＿＿＿＿

地址：＿＿＿＿＿＿＿＿＿＿＿＿＿＿＿＿＿＿＿＿＿＿＿＿

學歷：□高中(含)以下　□高中　□專科學校　□大學

□研究所(含)以上 □其他＿＿＿＿＿＿＿

職業：□製造業 □金融業 □資訊業 □軍警 □傳播業 □自由業

□服務業 □公務員 □教職　□學生 □其他＿＿＿＿＿

請貼
郵票

To：114

台北市內湖區瑞光路 583 巷 25 號 1 樓

秀威資訊科技股份有限公司　　收

寄件人姓名：

寄件人地址：□□□

(請沿線對摺寄回,謝謝!)

秀威與 BOD

BOD（Books On Demand）是數位出版的大趨勢，秀威資訊率先運用 POD 數位印刷設備來生產書籍，並提供作者全程數位出版服務，致使書籍產銷零庫存，知識傳承不絕版，目前已開闢以下書系：

一、BOD 學術著作—專業論述的閱讀延伸
二、BOD 個人著作—分享生命的心路歷程
三、BOD 旅遊著作—個人深度旅遊文學創作
四、BOD 大陸學者—大陸專業學者學術出版
五、POD 獨家經銷—數位產製的代發行書籍

BOD 秀威網路書店：www.showwe.com.tw
政府出版品網路書店：www.govbooks.com.tw

永不絕版的故事・自己寫・永不休止的音符・自己唱